그의 마지막 인사

HIS LAST BOW

아서 코난 도일 지음
승영조 옮김

현대문학

| 차례 |

머리말

셜록 홈즈 씨가 지금도 잘 살고 있다는 것을 친구들이 알면 기쁠 것이다. 이따금 류머티즘 발작으로 발을 살짝 절기는 하지만 말이다. 여러 해 동안 그는 이스트본에서 8킬로미터 떨어진 다운스의 작은 농장에서 철학과 농사일을 벗 삼아 살았다. 이런 휴식의 시기에도 여러 사건 의뢰가 들어왔지만 그는 아주 대범하게 거절했다. 영영 은퇴하기로 마음먹었던 것이다. 그러나 독일과의 전쟁이 임박하자 영국 정부를 위해 매우 지적이면서도 실질적인 활약을 하기에 이르렀고, 그 역사적인 결실을 「그의 마지막 인사」라는 이야기에 자세히 밝혀놓았다. 내 서류가방에 오래 재워놓은 예전의 몇 가지 활약상을 덧붙여 『그의 마지막 인사』라는 이 한 권의 책으로 펴내게 되었다.

의학박사 존 H. 왓슨

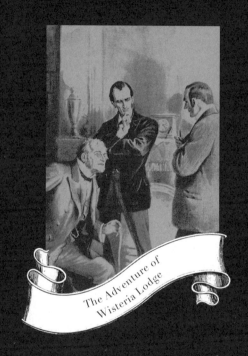

The Adventure of
Wisteria Lodge

등나무 별장

I. 존 스콧 에클스 씨의 특이한 경험

공책에 기록된 것을 보니, 그것은 1892년 3월 말로 접어들 무렵의 쌀쌀하고 바람 드센 어느 날이었다. 우리가 점심 식사를 하고 있을 때 홈즈에게 전보가 왔고, 홈즈는 바로 답장을 썼다. 그는 아무런 말도 하지 않았지만, 전보 생각을 떨쳐버린 것은 아니었다. 식후에 파이프를 물고 생각에 잠긴 얼굴로 벽난로 앞에 서서 이따금 전보에 눈길을 던졌던 것이다. 그러다 느닷없이 개구쟁이처럼 눈을 반짝이며 나를 돌아보았다.

"왓슨, 자네라면 유식한 축에 든다고 할 수 있지." 그가 말했다. "자네는 '그로테스크' 하다는 게 무슨 뜻이라고 생각해?"

"괴상하다는 거 아냐?" 내가 말했다.

홈즈는 내 정의에 고개를 내둘렀다.

"그 말에는 분명 그 이상의 뭔가가 있어." 그가 말했다. "비극과 참상의 암시가 깔려 있지. 자네는 이런저런 이야기로 참을성 많은 독자들을 꽤나 괴롭혔는데, 그 이야기들을 한번 돌이켜보면, 그로테스크한 것이 종종 범죄로 비화되었다는 것을 인정하지 않을 수 없을 거야. 빨강머리 남자들의 사건을 생각해봐. 처음에는 그로테스크했지만, 결국 무모한 도둑질로 끝났잖아. 아니면 다섯 개의 오렌지 씨앗이라는 아주 그로테스크한 사건도 있었지. 그것 역시 곧장 살인 음모로 이어졌어. 그로테스크하다는 말은 내게 경각심을 불러일으켜."

"거기에 그런 말이 쓰여 있어?" 내가 물었다.

그가 큰 소리로 전보를 읽어주었다.

도통 믿기지 않는 그로테스크한 경험을 했음. 상담 가능한가요?
— 스콧 에클스, 채링크로스 우체국

"남자야, 여자야?" 내가 물었다.

"아, 물론 남자야. 여자라면 반송 요금을 낸 전보를 치지 않고 직접 찾아왔겠지."

"만나볼 거야?"

"이봐, 왓슨, 캐러더스 대령을 잡아들인 후부터 내가 얼마나 지루해하고 있는지 알잖아. 내 정신은 헛도는 엔진 같아. 일을 하기 위해 만들어졌는데 딱히 할 일이 없어서 곧 터져버릴 것만 같단 말이야. 인생은 진부하고, 신문은 따분해. 범죄계에서 대담무쌍한 로맨스가 영영 사라져버린 모양이야. 그런데도 새로운 사건을 조사할 거냐 말 거냐고 나한테 묻는 거야? 시시할지는 몰라도 새로운 사건인데 말이야.

His Last Bow

가만, 내가 잘못 들은 게 아니라면 우리 의뢰인이 오셨군."

고른 발소리가 계단에서 들리더니, 잠시 후 한 남자가 방 안으로 들어섰다. 건장하고 키가 늘씬한 데다 잿빛 구레나룻을 기른 근엄한 모습이 자못 의젓해 보였다. 묵직한 이목구비와 거들먹거리는 태도를 보니 인생의 이력이 그대로 드러나 보였다. 각반을 두른 것 하며, 금테 안경을 쓴 것을 보면 그가 보수주의자에 국교 신도이고, 정통과 격식을 철저하게 따지는 선량한 시민인 게 분명했다. 그러나 뭔가 놀라운 경험을 해서 타고난 침착성을 잃었는지 동요하며 흥분한 태도를 보였는데, 부스스한 머리에 화가 나서 두 볼이 달아오른 흔적이 남아 있었다. 그는 바로 본론으로 뛰어들었다.

"정말 특이하고 불쾌한 경험을 했습니다, 홈즈 씨." 그가 말했다. "내 평생 이런 일은 처음입니다. 정말 말도 안 되고, 아주 분통이 터져요. 기필코 이게 무슨 영문인지를 알아야겠어요." 그는 화가 나서 씨근덕거렸다.

"앉으세요, 스콧 에클스 씨." 홈즈가 나긋한 음성으로 말했다. "먼저 나를 찾아온 이유부터 묻고 싶습니다."

"아, 이건 경찰이 관여할 일이 아닌 것 같아서요. 하지만 무슨 일인지 들어보시면, 내가 참고 넘어갈 일이 아니라는 것을 인정하실 겁니다. 나는 사립탐정을 결코 좋게 보지 않는 사람이지만, 그런데도 당신 소문을 들어보니……."

"그러시군요. 그런데, 두 번째로 묻고 싶은 것은, 왜 곧바로 찾아오지 않았느냐는 것입니다."

"그게 무슨 뜻이죠?"

홈즈가 자기 회중시계를 슬쩍 쳐다보았다.

"2시 15분이군요." 그가 말했다. "당신이 전보를 친 것은 1시였습니다. 그런데 누가 봐도 당신은 잠자리에서 막 일어나서 부스스한 차림새라는 것을 한눈에 알아볼 정도입니다."

우리의 의뢰인은 헝클어진 머리칼을 매만지고 까칠한 턱을 쓰다듬었다.

"맞습니다, 홈즈 씨. 차림새가 이런 줄도 몰랐군요. 그런 집에서 빠져나온 것만으로도 기뻐서요. 하지만 여기 오기 전에 바삐 돌아다니며 조사를 좀 해보았습니다. 그러니까 부동산 중개소에 가보았더니 집세는 가르시아 씨가 제대로 냈다면서, 등나무 별장에는 아무런 문제가 없다더군요."

"아, 진정하세요." 홈즈가 웃으며 말했다. "당신은 내 의사 친구 왓슨과 비슷하군요. 거꾸로 결말부터 이야기하는 나쁜 습관을 가졌다는 점에서 말입니다. 부디 생각을 정리해서 올바른 순서대로 말해주세요. 정확히 무슨 일이 일어났기에 머리 빗질이나 단장도 하지 않고, 드레스 부츠 차림에 조끼 단추도 잘못 끼운 채 조언과 도움을 찾아 나섰는지 말입니다."

우리의 의뢰인은 비참한 표정으로 격식을 갖추지 못한 옷차림을 굽어보았다.

"이게 아주 꼴사납게 보일 겁니다, 홈즈 씨. 내 평생 전에는 그런 일이 일어난 적이 한 번도 없어요. 그 기괴한 일을 죄다 말씀드리겠습니

다. 일단 들어보시면 꼴사나운 내 모
습이 충분히 이해되고도 남을 겁
니다."

하지만 그의 이야기는 막 시
작되려다가 잘리고 말았다. 밖
에서 어수선한 소리가 들리더
니, 허드슨 부인이 우리 방문을
열고 두 사람을 들여보냈다. 공무원
처럼 보이는 씩씩한 사람들이었다. 한 명은
우리가 잘 알고 있는, 런던 경찰국의 그렉슨 경위였는데 그는 원기왕
성하고, 용감무쌍하고, 미흡하나마 나름대로 유능한 경찰이었다. 그
는 홈즈와 악수를 하고, 자기 동료를 소개했다. 서리 주 경찰대의 베인
스 경위였다.

"우리는 같이 범인을 쫓고 있습니다, 홈즈 씨. 범인이 이쪽으로 왔
어요." 그가 불도그 같은 눈을 돌려 우리의 의뢰인을 쳐다보았다. "당
신이 리 읍내의 포펌 하우스에 사는 존 스콧 에클스 씨죠?"

"그렇습니다."

"오전 내내 당신을 찾아다녔습니다."

"보나마나 전보를 보고 뒤쫓아왔군요." 홈즈가 말했다.

"그렇습니다, 홈즈 씨. 채링크로스 우체국에서 냄새를 맡고 여기까
지 오게 되었습니다."

"그런데 왜 나를 뒤쫓는 겁니까? 원하는 게 뭐죠?"

"진술을 원합니다, 스콧 에클스 씨. 간밤에 에셔 근교의 등나무 별장에서 앨로이셔스 가르시아 씨가 사망한 경위에 대해서 말입니다."

우리의 의뢰인이 꼿꼿이 앉아서 눈을 부릅떴다. 그는 놀라서 안색이 확 변했다.

"죽었다고? 방금 죽었다고 했습니까?"

"그렇습니다. 그는 죽었어요."

"하지만 어떻게? 사고였나요?"

"두말할 나위 없이, 살인이죠."

"맙소사! 그런 끔찍한 일이! 그렇다면 그건, 그건 내가 혐의자라는 뜻인가요?"

"고인의 주머니에서 당신의 편지 한 통이 발견되었습니다. 그것을 보니 당신이 간밤에 그의 집에서 묵을 계획이었더군요."

"그랬습니다."

"아, 정말 그랬다고요?"

경위가 수첩을 꺼냈다.

"잠깐 기다리세요, 그렉슨." 셜록 홈즈가 말했다. "당신은 솔직한 진술을 바라는 것 맞죠?"

"그리고 그 진술이 불리하게 사용될 수 있다는 것을 내 의무상 알려드리는 바입니다."

"그렇지 않아도 당신들이 여기 오기 전에 에클스 씨는 그 얘기를 하려던 참이었습니다. 왓슨, 브랜디와 소다수를 좀 드리는 게 좋을 것 같아. 자, 에클스 씨, 청중이 늘어난 것은 무시하고, 아까 중단되

지 않았으면 말씀하셨을 이야기를 계속해주시죠."

우리의 방문객은 브랜디를 비우자 안색이 정상으로 돌아왔다. 그는 미심쩍은 눈길로 경위의 수첩을 슬쩍 쳐다보고 곧바로 특이한 경험담을 늘어놓기 시작했다.

"나는 독신입니다." 그가 말했다. "사람 사귀길 좋아해서 친구가 무척이나 많죠. 그 가운데 켄징턴의 앨버말 맨션에 사는 멜빌이라는 은퇴한 양조업자가 있습니다. 몇 주 전 가르시아라는 젊은 친구를 만난 것도 바로 그의 집 식탁에서였습니다. 그는 스페인 출신이고, 대사관과 무슨 연줄이 있는 것으로 보였어요. 완벽한 영어를 구사했고, 태도가 사근사근하고, 누구 못지않게 잘생긴 남자였습니다.

그럭저럭 우리는 친구가 되었습니다. 청년과 허물없는 사이가 된 거죠. 그는 처음부터 내게 호감을 가졌던 모양입니다. 우리가 만난 지 이틀 만에 그가 나를 만나러 우리 집으로 찾아왔어요. 그러다 보니 결국 그의 집에 가서 며칠 지내자는 초대를 받기에 이르렀죠. 에셔와 옥스숏 사이에 있는 그의 집 등나무 별장에서 말입니다. 이 약속을 지키려고 엊저녁에 에셔에 간 겁니다.

내가 찾아가기 전에 그의 식구들 얘기를 들은 적이 있어요. 자기 고향 출신인 충직한 하인 한 명과 같이 사는데, 도맡아서 모든 시중을 들어준다더군요. 그 사람도 영어를 할 줄 알아서 집안일도 그가 했습니다. 그리고 훌륭한 요리사도 한 명 있다고 하더군요. 여행을 하다가 만나서 채용한 혼혈 요리사인데, 멋진 정찬 요리를 할 줄 안다고 했습니다. 서리 주 한복판에서 그렇게 기묘한 집안 식구들을 찾아보기 어려울 거라고 한 그의 말이 기억납니다. 나는 맞장구를 쳤죠. 알고 보니 생각보다 훨씬 더 기묘했지만 말입니다.

나는 마차를 타고 찾아갔습니다. 에셔 남부에서 3킬로미터 남짓 달렸죠. 도로에서 좀 떨어진 곳에 세워진 그 집은 꽤 컸습니다. 대문에서 현관까지의 진입로는 키 큰 상록수 관목으로 생울타리를 둘렀더군요. 그건 다 쓰러져가는 낡은 집이었죠. 얼룩이 지고 비바람에 바랜 현관문 앞의 잡초 무성한 진입로에 경마차가 멈추었을 때, 내가 잘 알지도 못하는 사람을 찾아온 게 잘한 일인지 모르겠더군요. 하지만 그는 직접 문을 열어주고 나를 열렬히 환영했습니다. 피부색이 거무스레하고 우울한 인상의 남자 하인이 나서더니 내 가방을 받아 들고 나를 침실로 안내했죠. 모든 곳이 음산하더군요. 단둘이 마주 앉아 저녁 식사를 했는데, 주인은 나를 즐겁게 해주려고 애를 쓰면서도 끊임없이 딴생각을 하는 것 같았습니다. 하는 말도 모호하고 횡설수설해서 무슨 말인지 알아들을 수도 없었어요.

그는 손가락으로 줄곧 식탁을 두드리고 손톱으로 긁어대는 등 안절부절못하고 있는 게 역력하더군요. 저녁 식사는 제대로 차려놓지도 않았고, 맛도 형편없었습니다. 말 없는 하인이 우울하게 서 있는 것도 분위기를 더 망치기만 했죠. 저녁 식사를 하는 동안 나는 무슨 구실을 대고 얼른 집에 돌아갈까 하는 생각만 자꾸 들었습니다.

두 신사분께서 지금 조사하고 있는 일과 관계가 있을지도 모를 일이 한 가지 기억납니다. 그때는 이런 생각을 못 했지요. 저녁 식사가 끝나갈 무렵 하인이 주인에게 편지를 건네주었습니다. 그것을 읽은 주인은 전보다 더 허둥거리며 더욱 이상해진 듯했어요. 그는 억지로 계속해온 대화를 포기하고, 줄담배를 피우면서 하염없이 생각에 잠겨 앉아 있었습니다. 편지 내용에 대해서도 함구했죠. 11시 무렵 잠자리에 들게 되자 차라리 마음이 놓이더군요. 한참 후 가르시아가 내 침실을 들여다보았습니다. 그때 침실이 어두웠는데, 내가 초인종을 울렸냐고 묻더군요. 나는 그러지 않았다고 말했죠. 그는 그때 1시가 거의 다 되었다면서, 늦은 시간에 폐를 끼쳐서 미안하다고 사과를 했습니다. 그 후 나는 깜빡 잠이 들어서 밤새 곤히 잤어요.

이제 마침내 놀라운 이야기를 할 때가 되었네요. 잠이 깬 것은 날이 훤히 밝은 뒤였어요. 시계를 보니 9시가 되어가고 있었습니다. 8시에 깨워달라고 특별히 부탁까지 해두었는데 그것을 잊어버렸다니 어이가 없더군요. 나는 벌떡 일어나서 초인종을 울려 하인을 불렀습니다. 아무도 응답을 않더군요. 다시, 또다시 초인종을 울렸지만 결과는 마찬가지였습니다. 그러자 나는 초인종이 망가진 줄 알았습니다. 주섬주섬 옷을 입고, 잔뜩 화가 난 채 서둘러 아래층으로 내려갔죠. 따뜻한 물이 필요했거든요. 그런데 아무도 없는 것을 보고 내가 얼마나 놀랐을지 짐작이 가실 겁니다. 그 후 나는 이 방 저 방을 다 둘러보았습니다. 그 어디에도 사람이 없었어요. 집주인이 간밤에 자기 침실을 보여준 적이 있어서, 그 침실 문을 두드렸죠. 응답이 없었어요. 문손잡이를 돌리고 안으로 들어갔죠. 방은 텅 비어 있었고, 침대에는 잠을 잔 흔적이 없었습니다. 집주인이 하인들과 함께 사라졌어요. 외국인 주인, 외국인 하인, 외국인 요리사 모두 간밤에 사라져버린 겁니다! 이것이 내가 등나무 별장을 방문한 결과입니다."

이 괴상한 사건을 그의 기묘한 이야기 수집 목록에 추가하게 된 셜록 홈즈는 두 손을 비비며 나직이 웃었다.

"정말 아주 특이한 경험을 하셨군요." 그가 말했다. "그래서 어떻게 하셨나요?"

"나는 분통이 터졌죠. 터무니없이 짓궂은 장난에 당했다는 생각이 먼저 들더군요. 짐을 챙겨서 현관문을 박차고 나왔습니다. 손에 가방을 든 채 에셔로 향했죠. 그 마을서 가장 크다는 부동산 중개소인 앨런 브라더스를 찾아갔는데, 알고 보니 그 별장을 세놓은 곳이 거기더군요. 설마 나를 놀리려고 그런 짓을 벌였을 리는 없고, 아마도 집세를 내지 않으려고 그랬을 거라는 생각이 퍼뜩 들어서 찾아간 겁니다. 이제 3월 말에 접어들고 있으니, 다음 분기 집세를 낼 때가 된 거죠. 하지만 이런 생각은 빗나갔습니다. 중개인은 내가 경고를 해주어 고맙지만 집세는 이미 선불로 받았다고 하는 것이었어요. 그 후 나는 런던에 와서 스페인 대사관에 들렀습니다. 대사관에서는 그를 모르더군요. 그래서 멜빌을 찾아갔죠. 그 집에서 가르시아를 처음 만났으니까요. 하지만 알고 보니 그는 가르시아를 나만큼도 몰랐어요. 마지막으로 내 전보에 대한 홈즈 씨의 회답을 받고, 이리 찾아온 겁니다. 홈즈 씨가 골치 아픈 일에 조언을 해주시는 것으로 알고 있었으니까요. 그런데 경위님, 두 분이 들어와 한 말을 듣고 보니, 그다음 이야기를 알고 계시는 모양이군요. 무슨 비극적인 사건이 일어났고 말입니다. 맹세컨대 내가 한 말에는 한 점 거짓이 없습니다. 그리고 내가 말한 것 이외에, 나는 그 남자가 어떻게 되었는지 아는 게 아무것도 없어요. 나는 다만 최선을 다해 경찰을 돕고 싶습니다."

"그 말을 믿습니다, 스콧 에클스 씨, 믿어요." 그렉슨 경위가 아주 부드러운 어조로 말했다. "우리가 알아낸 사실들과 당신이 말한 모든 내용이 거의 일치합니다. 그런데 한 가지, 저녁 식사 때 도착한 편지가 있었는데, 집주인이 그 편지를 어떻게 했는지 혹시 보셨습니까?"

"예, 보았습니다. 가르시아는 그것을 구겨서 벽난로 안에 내동댕이 쳤죠."

"그 점에 대해 할 말이 있으신가요, 베인스 씨?"

시골 형사는 우람하고 비만한 체구에 얼굴은 붉었는데, 볼과 이마의 굵은 주름살 뒤에 거의 감춰지다시피 한 두 눈이 유난히 반짝이지 않았다면 아주 우둔해 보였을 것이다. 그는 흐릿한 미소를 머금고 주머니에서 색이 변하고 구겨진 종이를 꺼냈다.

"그건 벽난로가 아니라 도그그레이트(벽난로 설비 가운데 도그라고 불리는 지지대가 달린 별도의 벽난로 쇠살대—옮긴이)였습니다, 홈즈 씨. 에클스 씨의 말은 좀 과장되었어요. 그 뒤에서 타지 않은 이 편지를 찾아냈죠."

잘했다는 듯이 홈즈가 씩 웃었다.

"종잇조각 하나를 찾아내기 위해 집 안을 아주 샅샅이 살펴본 게 틀림없군요."

"그렇습니다, 홈즈 씨. 그게 제 방식이죠. 읽어볼까요, 그렉슨 씨?"

런던 경위가 고개를 끄덕였다.

His Last Bow

"이 편지는 비침무늬가 없는 보통의 크림색 종이에 쓰였습니다. 종이를 4분의 1로 자른 건데, 날이 짧은 가위로 두 번에 걸쳐 잘랐습니다. 세 번을 접고 자줏빛 밀랍을 바른 다음 뭔가 납작한 타원형 물건으로 재빨리 눌러서 봉했습니다. 주소는 등나무 별장, 가르시아 씨 앞으로 되어 있죠. 내용은 이렇습니다.

　우리의 색은 초록과 흰색. 초록 열림, 흰색 닫힘. 정면 계단, 첫 번째 복도, 오른쪽 일곱 번째, 초록 베이즈 천. 성공 바람.

— D.

이건 여자 필체입니다. 끝이 뾰족한 펜으로 썼는데, 주소는 다른 펜으로 썼거나 다른 사람이 썼어요. 보시다시피, 글자가 더 굵고 진합니다."

"주목할 만한 편지로군요." 홈즈가 슬쩍 건너다보고 말했다. "그토록 섬세하게 살펴보신 것에 대해 탄복하지 않을 수 없습니다, 베인스 씨. 거기에 사소한 몇 가지를 덧붙일 수 있겠군요. 밀랍을 누른 타원형 물건은 분명 커프스단추입니다. 그런 모양이 달리 뭐가 있겠습니까? 종이를 자른 것은 둥근 손톱 가위입니다. 두 번 자른 흔적이 짧긴 하지만, 똑같이 살짝 휘어져 있는 것을 알아볼 수 있어요."

시골 형사가 허허 웃었다.

"난 또 단물을 다 빨아낸 줄 알았는데, 이제 보니 조금 더 남아 있었군요." 그가 말했다. "편지 내용을 보면, 무슨 일인가 벌어지기 직전이고, 여느 사건처럼 배후에 여자가 있다는 것 말고는 도통 이해가 안 됩니다."

이런 대화가 오가는 동안 스콧 에클스 씨는 자리에서 안절부절못했다.

"편지를 찾으셨다니 다행이군요. 편지가 내 이야기를 뒷받침해줄 테니까요." 그가 말했다. "그런데 가르시아 씨는 어떻게 되었는지 아직 듣지 못했습니다. 그 집 사람들은 또 어떻게 되었는지 말입니다."

"가르시아에 대해서는 간단히 말씀드릴 수 있습니다." 그렉슨이 말했다. "그는 집에서 1.5킬로미터쯤 떨어진 옥스숏 공유지에서 오늘 아침 사망한 채 발견되었습니다. 모래주머니 같은 것에 세게 맞아 두개골이 부서졌어요. 그건 상처가 났다기보다 으깨진 겁니다. 사건 현장은 아주 으슥한 곳인데, 거기서 400미터 이내에는 집 한 채 없어요. 뒤에서 첫 일격을 가한 게 분명한데, 그가 죽은 뒤에도 오랫동안 가격을 했어요. 정말 사나운 폭행이었죠. 그런데 범인의 발자국도, 단서가 될 만한 다른 것도 없었습니다."

"강도였나요?"

"아니요, 뭘 빼앗으려고 한 흔적이 없어요."

"가슴 아프군요. 정말 가슴 아프고 끔찍한 일입니다." 스콧 에클스 씨가 발끈하며 말했다. "하지만 나로서는 정말 곤혹스럽습니다. 집주인이 밤 나들이를 가서 그렇게 슬픈 종말을 맞은 것은 나와 아무런 관계가 없어요. 어째서 나를 이 사건과 연루시키는 거죠?"

"그거야 아주 간단합니다." 베인스 경위가 답했다. "당신이 보낸 편지가 고인의 주머니에서 나온 유일한 서류입니다. 그가 사망한 날 밤에 그와 함께 지내겠다고 쓴 편지 말입니다. 고인의 이름과 주소를 알게 된 것도 바로 이 편지 봉투 덕분입니다. 우리가 고인의 집에 도착한 것은 오늘 아침 9시가 넘어서였습니다. 가보니 집 안에는 당신도, 그 누구도 없더군요. 나는 그렉슨 씨에게 전보를 쳐서, 내가 등나무 별장을 조사하는 동안 런던에서 당신을 추적하게 했습니다. 그 후 런던에 와서 그렉슨 씨를 만나 이리 온 겁니다."

"이제 이 사건은 공식 절차를 밟는 게 좋겠군요." 그렉슨이 일어서며 말했다. "스콧 에클스 씨, 우리와 함께 경찰서로 가서, 서면 진술을 해주시기 바랍니다."

"그래요, 당장 가겠습니다. 하지만 사건 의뢰는 유효합니다, 홈즈 씨. 비용과 수고를 아끼지 마시고 진실을 밝혀주시기 바랍니다."

내 친구가 시골 경위를 돌아보았다.

"내가 같이 조사하는 것에 반대하지 않으시죠, 베인스 씨?"

"나야 물론 영광으로 생각합니다."

"모든 것을 아주 신속하고 능률적으로 조사해 오신 듯합니다. 혹시 그 사람이 사망한 정확한 시간에 대한 단서가 있는지 물어봐도 될까요?"

"그는 1시 이후 쭉 그곳에 있었습니다. 그 무렵에 비가 왔는데, 그는 비가 오기 전에 사망한 것이 분명합니다."

"하지만 그건 전혀 불가능합니다, 베인스 씨." 우리의 의뢰인이 외쳤다. "내가 그의 말소리를 못 알아들을 수는 없어요. 맹세컨대, 바로 그 시간에 그는 침실에 있는 나한테 말을 걸었어요."

"놀랍긴 한데, 불가능한 것은 아닙니다." 홈즈가 빙그레 웃으며 말했다.

"단서라도 있나요?" 그렉슨이 물었다.

"겉보기에 이 사건은 그리 복잡하지 않습니다. 분명 신기하고 흥미로운 데가 있지만 말입니다. 결정적인 최종 견해는 좀 더 확실히 알아본 다음에 밝히겠습니다. 그런데 베인스 씨, 그 집을 조사할 때 이 편지 외에 눈에 띄는 것은 없었나요?"

형사가 야릇한 눈길로 내 친구를 바라보았다.

"있었습니다." 그가 말했다. "한두 가지 눈에 번쩍 띄는 것이 있었죠. 내가 경찰서에서 볼일을 마친 다음, 같이 가서 그것들에 대한 의견을 듣고 싶습니다."

"그럽시다" 하는 말과 함께 셜록 홈즈는 초인종을 눌렀다. "이 신사분들을 배웅해주세요, 허드슨 부인. 그리고 애를 시켜서 이 전보를 부쳐주세요. 심부름 값은 5실링을 주시고요."

손님들이 떠난 후 우리는 한동안 묵묵히 앉아 있었다. 그는 줄담배를 피우면서 홈즈 특유의 열띤 자세로 고개를 앞으로 내민 채, 예리한 눈 위의 미간을 찡그리고 있었다.

"아, 왓슨." 그가 문득 나를 돌아보며 물었다. "자네는 어떻게 생각해?"

"스콧 에클스의 묘한 이야기는 이해가 안 돼."

"그럼 범죄는?"

"글쎄, 하인들이 실종된 것을 보면, 그들도 일면 살인에 연루되어 도피한 거라고 봐야 하지 않을까?"

"그렇게 볼 수도 있지. 하지만 척 보기에도 그건 이상하다는 것을 자네는 인정해야 해. 그러니까 두 하인이 주인을 해칠 음모를 꾸몄다는 것도 그렇지만, 하필이면 손님이 온 밤에 주인을 공격했다는 건 이상하잖아? 다른 날 주인이 혼자 있을 때 얼마든지 그럴 수 있는데 말이야."

"그럼 왜 달아난 거야?"

"바로 그거야. 그들이 왜 달아났을까? 그게 중요한 사실이야. 또 중요한 것은, 우리의 의뢰인 스콧 에클스가 묘한 경험을 했다는 거지. 자, 왓슨, 중요한 이 두 가지 사실을 모두 만족시킬 수 있는 설명을 한다는 것이 인간의 능력으로는 불가능할까? 아주 이상한 어구를 늘어놓은 의문의 편지 역시 설명할 수 있다면, 그것을 잠정적인 가설로 받아들일 가치가 있을 거야. 장차 알게 될 새로운 사실이 모두 그 가설과 맞아떨어진다면, 우리의 가설은 점차 해결책이 되겠지."

"그 가설이 뭔데?"

홈즈는 게슴츠레 눈을 뜨고 의자에 등을 기댔다.

"왓슨, 그게 장난이었다는 발상은 말도 안 된다는 것을 자네도 인정할 거야. 결과로 알 수 있듯이, 그때 심각한 사건이 진행 중이었어. 스콧 에클스를 등나무 별장으로 유인한 것도 뭔가 사건과 연관이 있어."

"하지만 무슨 연관이 있을 수 있다는 거야?"

"차례로 꿰어 맞춰볼까? 척 보기에, 젊은 스페인 사람과 스콧 에클스 씨가 느닷없이 친구가 된 데에는 뭔가 부자연스러운 데가 있어. 그것을 주도한 것은 그 청년이야. 그는 처음 만난 직후에 런던의 반대쪽에 있는 에클스를 찾아갔어. 가까운 사이가 되자 이윽고 에셔로 내려오게 했지. 음, 그가 에클스에게 뭘 바란 것일까? 에클스가 뭘 제공할 수 있었을까? 내가 보기에 그는 매력적인 사람도 아냐. 특별히 지적인 것도 아니고, 재기발랄한 라틴계 사람과 마음이 통할 것 같은 사람도 아니지. 그런데도 가르시아가 만난 많은 사람 가운데 특히 자기 목적에 딱 들어맞는 사람으로 하필이면 그를 꼽은 이유가 뭘까? 그에게 두드러진 무슨 장점이 있는 걸까? 뭔가 있을 거야. 그는 전형적인 유형의 점잖은 영국인이야. 다른 영국인에게 목격자로 내세우기에 제격인 사람이지. 경위 두 명 다 그의 진술에 의문을 제기할 생각도 않는 걸 봤지? 아주 이상한 진술이었는데도 말이야."

"하지만 증언할 게 뭐가 있다는 거야?"

"결과적으로는 증언할 게 없어졌어. 모든 게 빗나가버린 거야. 내 생각은 그래."

"나도 알겠어. 알리바이를 원했을 거야."

"맞았어, 왓슨. 에클스는 알리바이를 입증해줄 수 있었지. 등나무 별장의 식구들이 무슨 공모를 했다고 가정해보자구. 그 일이 무엇이었든

간에, 1시 전에 끝나기로 되어 있었을 거야. 시계를 조작하거나 해서 스콧 에클스가 생각한 시각보다 더 이른 시간에 잠자리에 보낼 수 있었겠지. 아무튼 가르시아가 찾아와서 1시라는 말을 했을 때 실은 12시가 넘지 않았을 거야. 가르시아가 계획했던 일을 해치우고 1시까지 돌아올 수 있었다면, 어떤 혐의에도 대항할 수 있는 강력한 증언을 확보한 셈이지. 피고가 줄곧 자기 집에만 있었다는 것을 법정에서 증언해줄 아주 반듯한 영국인이 있으니까. 말하자면 최악의 경우에 대비해서 보험을 들어둔 거야."

"그래, 알겠어. 하지만 다른 이들이 실종된 것은 어떻게 된 거지?"

"그것까지는 아직 모르겠지만, 어떻게든 알아낼 수 있을 거라고 봐. 하지만 정보를 얻기 전에 이러쿵저러쿵할 일은 아니지. 그래서는 자기도 모르게 가설에 맞도록 정보를 왜곡할 수도 있으니까."

"그럼 그 편지는 뭐야?"

"내용이 뭐였더라? '우리의 색은 초록과 흰색.' 무슨 경마 얘기 같군. '초록 열림, 흰색 닫힘.' 이건 분명 무슨 신호 얘기야. '정면 계단, 첫 번째 복도, 오른쪽 일곱 번째, 초록 베이즈 천.' 이건 약속 장소이고. 이 모든 일의 밑바탕에는 질투에 사로잡힌 남편이 있을지도 몰라. 이건 분명 위험한 일을 하려던 것이었어. 그게 아니라면 여자가 '성공 바람' 같은 말을 할 리가 없었을 거야. 'D'는 이런 사실을 알려준 여자 이름이겠지."

"그 남자는 스페인 사람이었어. 그렇다면 'D'는 스페인에서 가장 흔한 여자 이름인 돌로레스일 거야."

"멋지군, 왓슨, 멋진 생각이야. 하지만 인정할 수 없어. 스페인 여자라면 스페인 사람에게 스페인어로 편지를 썼겠지. 이 편지를 쓴 사람은 분명 영국인이야. 음, 훌륭한 그 경위가 돌아올 때까지 우린 인내심을 발휘하는 수밖에 없겠어. 그동안 몇 시간이나마 무료함으로 인한 견딜 수 없는 피로감을 떨쳐버린 행운에 감사할 따름이지."

⁂

서리 주 형사가 돌아오기 전에 홈즈의 전보에 대한 답신이 도착했다. 홈즈는 전문을 읽고 그것을 수첩에 끼워 넣으려다 기대에 찬 내 얼굴을 슬쩍 쳐다보았다. 그는 씩 웃으며 전보를 툭 던져 주었다.

"우린 상류사회를 파고들 거야." 그가 말했다.

전보에는 이름과 주소가 나열되어 있었다.

딩글 저택의 해링비 경, 옥스숏 타워스의 조지 폴리엇 경, 퍼디 플레이스의 J. P. 하인즈 하인즈 씨. 포턴 올드홀의 제임스 베이커 윌리엄스 씨, 하이 게이블의 헨더슨 씨, 네더 월슬링의 조슈아 스톤 목사.

"이것으로 우리의 작전 범위를 크게 줄일 수 있을 게 분명해." 홈즈가 말했다. "제법 수사를 할 줄 아는 베인스도 이미 우리와 비슷한 계획을 세웠을 거야."

"나는 이해가 안 되는걸."

"음, 이봐 왓슨, 우리는 이미 결론에 도달했어. 저녁 식사 때 가르시

아가 받은 편지는 무슨 약속이었다는 것
말이야. 자, 우리의 해석이 옳다고 치자
구. 그래서 이 밀회의 약속을 지키기
위해 정면 계단을 올라가서 복도에서
일곱 번째 문을 찾아야 한다면, 이 집
은 분명 아주 커다란 저택이야. 이 저
택이 옥스숏에서 2-3킬로미터 이상
떨어져 있지는 않다는 것 역시 확실해.
가르시아가 그 방향으로 걸어가고 있었으
니까 말이야. 내 해석에 따르면, 그는 거기 갔다가 알리바이를 입증할
수 있는 시간에, 그러니까 1시까지 다시 등나무 별장으로 돌아오려고
했어. 옥스숏 가까이 있는 커다란 저택의 수는 많지 않으니까, 나는 스
콧 에클스가 언급한 부동산 중개소에 연락해서 그 저택 목록을 얻기로
했지. 이 전보가 그거야. 얽힌 실타래의 끄트머리가 이 가운데 어딘가
있을 거야."

❧

베인스 경위와 함께 서리 주의 아름다운 마을인 에셔에 도착한 것
은 6시가 거의 다 되어서였다.

홈즈와 나는 여기서 묵어갈 준비를 해온 터라, 황소 여관의 편안한
방을 잡았다. 그러고 나서 우리는 형사와 함께 등나무 별장으로 향했
다. 쌀쌀하고 어두운 3월의 밤, 칼날 같은 바람이 불고 가는 비가 얼굴

을 적셨다. 우리의 발길이 향한 공유지 들판과 그 너머 우리의 목적지인 비극의 현장에 걸맞은 날씨였다.

II. 산페드로의 호랑이

쌀쌀하고 음울한 길을 3킬로미터쯤 걷자 높다란 나무 대문이 나왔다. 대문을 지나 길은 어두컴컴한 밤나무 가로수 길로 이어졌다. 그늘진 곡선의 진입로를 거쳐 우리는 어둠에 감싸인 나지막한 저택에 이르렀다. 암청회색 하늘을 배경으로 저택은 칠흑같이 검게 보였다. 현관 왼쪽의 거실 창문에서 희미한 불빛이 새어나왔다.

"순경 한 명이 지키고 있습니다." 베인스가 말했다. "창문에 노크를 하겠습니다."

그는 풀밭을 가로질러 가서 유리창을 두드렸다. 뿌연 유리창을 통해 벽난로 가의 의자에서 한 남자가 벌떡 일어나는 모습이 어렴풋이 보이더니, 방 안에서 날카로운 외마디 소리가 들렸다. 잠시 후 창백한 얼굴의 경찰이 숨을 헐떡이며 문을 열어주었다. 떨리는 그의 손에서 양초 불빛이 흔들렸다.

"무슨 일인가, 월터스?" 베인스가 날카롭게 물었다.

경찰은 손수건으로 이마를 훔치며 안도의 한숨을 길게 내쉬었다.

"경위님이 오신 것을 보니 반갑습니다. 밤은 기나긴데 제가 담이 좀 약해서요."

"담이 약하다고? 자네가 그렇게 예민한 줄은 몰랐군."

"아, 경위님, 집 안이 괴괴한데, 부엌에 괴상한 것이 있어요. 그런데 경위님이 창문을 두드리자 그만 저는 그게 또 나타난 줄 알았죠."

"그게 또 나타나다니?"

"악마요, 경위님. 내가 알기론 악마예요. 악마가 창가에 있었어요."

"창가에 뭐가 있었다고? 아니 언제?"

"한 두 시간 전이었어요. 막 날이 저물 무렵이었죠. 저는 의자에 앉아 책을 읽고 있었어요. 무슨 까닭엔지 고개를 쳐들었는데, 아래쪽 유리창으로 저를 빤히 바라보는 어떤 얼굴이 보였습니다. 아이고, 그 얼굴! 꿈에 나타날까 두려워요."

"쯧쯧, 월터스! 경찰이 그런 소리를 하면 쓰나."

"압니다, 경위님, 그건 저도 알아요. 하지만 간이 떨어지는 줄 알았어요. 부정해봐야 무슨 소용이 있겠어요. 그건 검지도 않고, 하얗지도 않고, 내가 아는 어떤 색도 아니었어요. 우유를 엎지른 흙탕처럼 묘한 색깔이었죠. 그리고 그 덩치가 말입니다, 경위님 두 배만 했어요. 얼굴은 어쨌냐면, 물안

경처럼 부리부리한 눈에, 굶주린 야수 같은 흰 이빨을 드러내고 있었죠. 정말이지 저는 손

가락 하나 까딱할 수가 없었어요. 놈이 휙 하니 사라질 때까지 숨도 쉴 수 없었죠. 밖으로 뛰쳐나가서 관목 숲을 뒤져봤는데, 다행히 아무도 없더군요."

"월터스, 자네가 건실한 청년이라는 것을 내가 몰랐다면, 이런 일로 자네에게 벌점을 주었을 거야. 그것이 정말 악마였다면, 당번 경찰이 그걸 체포하지 못한 것을 다행이라고 여겨서야 되겠는가? 아마 자네가 좀 불안해서 헛것을 보았겠지."

"그 정도는 아주 쉽게 밝혀낼 수 있습니다." 홈즈가 휴대용 랜턴을 밝히며 말했다. "그렇군." 그는 풀밭을 잠깐 살펴보더니 보고했다. "12호(305밀리미터—옮긴이) 신발입니다. 키 크기가 발 크기와 비례한다면 분명 거인일 겁니다."

"어디로 갔나요?"

"관목을 뚫고 도로로 향했습니다."

"음." 경위가 심각하고 사려 깊은 얼굴로 말했다. "그게 누구였고, 원하는 게 무엇이었든, 지금은 사라지고 없습니다. 우리는 그보다 먼저 살펴볼 게 있어요. 자, 홈즈 씨, 지금 괜찮으시다면 집 안을 안내해 드리겠습니다."

여러 침실과 거실을 주의 깊게 살펴보았지만 아무런 소득이 없었다. 거주자들은 거의 아무것도 가지고 나가지 않은 것이 분명했다. 가구부터 사소한 물건까지 고스란히 집 안에 남아 있었다. 마크스, 하이홀본 따위의 상표가 붙은 고급 의류도 잔뜩 있었다. 이미 전보 조회를 해본 결과 마크스는 고객이 옷값을 제대로 냈다는 것 말고는 아는 게 없었다. 개인 용품으로는 잡동사니와 몇 개의 담배 파이프, 소설 몇 권, 그중 두 권은 스페인어 소설이고, 그 밖에 구식의 공이식 리볼버(탄약 밑동에 볼록 나온 핀이 있어서, 공이치기로 위에서 핀을 내리치면 내부의 화약이 폭발해 총알이 발사된다—옮긴이)와 통기타 하나가 있었다.

"이런 데는 아무 단서도 없어요." 베인스가 손에 촛불을 들고 이 방에서 저 방으로 성큼성큼 거닐다가 말했다. "하지만 홈즈 씨, 이제 부엌을 주목해주시기 바랍니다."

집 뒤쪽에 있는 부엌은 어둡고 천장이 높았다. 한쪽 구석에는 지푸라기가 깔렸는데, 요리사가 잠자리로 사용한 게 분명했다. 식탁에는 엊저녁 만찬의 잔재인, 반쯤 먹고 남긴 요리가 담긴 너저분한 접시가 널려 있었다.

"이걸 보십시오." 베인스가 말했다. "어떻게 생각하십니까?"

경위가 촛불을 들고 찬장 뒤쪽에 세워진 이상한 물체를 비추었다. 워낙 말라서 주름이 지고 쪼그라든 탓에 그것이 무엇인지 알아보기 힘들었다. 검은 가죽이 씌워졌다는 것과, 난쟁이 인간을 닮았다는 것밖에는 할 말이 없었다. 나는 그것을 살펴보면서 처음에는 미라가 된 흑인 아기인 줄 알았는데, 다시 보니 몹시 쪼그라든 옛날 원숭이 같았다. 그러다 결국은 그게 동물인지 인간인지 종잡을 수 없었다. 배 둘레에는 두 줄의 하얀 조개껍데기를 두르고 있었다.

"아주 흥미롭군. 정말 흥미로워!" 홈즈가 불길한 이 유골을 응시하며 말했다. "또 다른 것은 없나요?"

베인스가 말없이 개수대로 앞서 가서 촛불을 들이댔다. 커다란 흰 새가 털도 뽑히지 않은 채 난도질이 되어 흩어져 있었다. 홈즈가 절단 된 머리에 붙은 육수(肉垂. 칠면조나 닭과 같은 동물의 수컷에서, 부리 가 시작되는 부위에서 목의 배 쪽으로 늘어진 부드러운 피부의 융기를 가리키는 말—옮긴이)를 가리켰다.

"흰 수탉이군." 그가 말했다. "그지없이 흥미롭군! 정말 아주 이상 한 사건이야."

그러나 베인스 씨는 가장 불길한 것을 아직 보여주지 않았다. 그는 개수대 아래에서 피가 잔뜩 담긴 양동이를 꺼냈다. 그러고는 식탁 아 래에서 검게 그은 잔뼈가 수북이 담긴 큰 접시를 꺼냈다.

"뭔가를 죽였고, 또 뭔가를 태웠습니다. 이것들은 우리가 불구덩이 에서 긁어낸 것입니다. 오늘 아침 의사를 불렀죠. 그의 말로는 이게 인 간이 아니라더군요."

홈즈가 씩 웃으며 두 손을 비볐다.

"베인스 경위, 이렇게 특이하고 배울 게 많 은 사건을 맡게 되신 것을 축하합니 다. 이런 말을 하면 실례일지 모르겠 지만, 경위는 그동안 뛰어난 능력을 발휘할 여지가 없었던 듯합니다."

베인스 경위의 실눈이 즐거움으 로 반짝거렸다.

"맞습니다. 홈즈 씨. 시골에서는

발전할 수가 없어요. 이런 사건은 절호의 기회입니다. 나는 이 기회를 붙잡고 싶어요. 이 뼈에 대해 어떻게 생각하십니까?"

"새끼 양, 아니면 새끼 염소 같군요."

"그럼 흰 수탉은요?"

"기묘해요, 베인스 씨, 아주 기묘합니다. 아주 특이한 사건이 아닐 수 없어요."

"그렇습니다. 이 집에는 아주 이상한 사람들이 아주 이상한 방식으로 살아온 게 틀림없어요. 그 가운데 한 명이 죽었습니다. 그의 식구들이 뒤따라가서 그를 죽인 걸까요? 그랬다면 곧 붙잡게 될 겁니다. 항구를 죄다 감시 중이니까요. 하지만 내 생각은 다릅니다. 그래요, 홈즈 씨, 내 생각은 전혀 달라요."

"뭔가 가설을 세우셨군요?"

"이건 내가 직접 해결할 겁니다, 홈즈 씨. 내 명예를 위해서라도 말입니다. 홈즈 씨야 이미 이름을 날리고 있지만, 나는 아직 아닙니다. 당신의 도움을 받지 않고 내가 해결했다고 말할 수 있다면 얼마나 좋겠습니까."

홈즈가 기분 좋게 웃었다.

"그래요, 그래, 베인스 경위." 그가 말했다. "경위는 경위대로, 나는 나대로 각자 해봅시다. 내가 알아낸 결과는 언제든 말씀만 하시면 다 알려드리겠습니다. 이 집에서 보고 싶은 것은 다 본 듯하군요. 이제 다른 곳에서 좀 더 유익하게 시간을 보내야겠습니다. 또 봅시다. 행운을 빌어요!"

내가 아니면 알아보기 힘든 여러 가지 미묘한 신호를 포착했으므로, 나는 홈즈가 단서를 잡았다는 것을 알 수 있었다. 부담 없는 관찰자에게는 여전히 냉담했지만, 그래도 반짝이는 두 눈과 활기찬 태도에는 흥분을 억누르며 긴장하고 있는 기색이 역력해서 결정적인 게임이 진행 중이라는 것을 나는 확신할 수 있었다. 그의 버릇대로 그는 말을 하지 않았고, 내 버릇대로 나는 질문을 하지 않았다. 추리에 여념이 없는 사람에게 공연히 질문을 해서 방해하지 않고, 범인 체포에 보잘것없는 도움의 손길이나마 빌려주며 함께 즐기는 것만으로도 나는 족했다. 때가 되면 모든 것을 알게 될 테니까 말이다.

그래서 나는 묵묵히 기다렸지만, 너무나 실망스럽게도 기다린 보람이 없었다. 날이 가고 또 가는데 내 친구는 제자리걸음만 하고 있었다. 어느 날 아침 그는 런던에 다녀왔는데, 우연히 지나가는 소리를 들어보니 대영박물관에 들른 것이었다. 그는 이런 한 차례의 나들이 빼고는 오랫동안 종종 혼자 산책을 하며 시간을 보냈다. 아니면 그사이에 사귄 마을의 수다쟁이들과 잡담을 나누곤 했다.

"시골에서 일주일을 보내는 것은 자네에게 헤아릴 수 없을 만큼 값진 일이 될 거야, 왓슨." 그가 말했다. "생울타리에서 초록 새순이 돋고 개암나무에서 또다시 꽃눈이 터지는 것을 보는 것은 너무나 즐거워. 호미와 양철통, 식물 이야기책 한 권을 들고 길을 나서면 유익한 하루하루를 보낼 수 있어." 그는 실제로 그런 것들을 가지고 나갔지만, 저녁에 돌아와서 보여주는 식물은 변변치 않았다.

산책길에서 우리는 때로 베인스 경위를 우연히 만났다. 내 친구와 인사를 나누는 그의 투실하고 붉은 얼굴에는 미소가 떠올랐고 작은 두 눈은 반짝거렸다. 사건에 대해서는 거의 말을 하지 않았지만, 몇 마디 주워들은 것만으로도 수사 과정이 불만스럽지는 않은 것으로 보였다. 하지만 사건이 일어난 지 닷새 후 다음과 같이 대문짝만 하게 신문에 실린 글을 보고 나는 자못 놀라지 않을 수 없었다.

옥스숏 사건 해결
암살 용의자 체포

홈즈는 기사 제목을 읽고 벌에 쏘인 사람처럼 의자에서 벌떡 일어섰다.

"맙소사!" 그가 외쳤다. "베인스가 범인을 잡았다는 거야?"

"그렇군." 내가 말했다. 신문에는 이런 기사가 났다.

어제 밤늦게 옥스숏 살인 사건 용의자를 체포했다는 소식이 전해지자 에셔와 인근 지역은 사뭇 흥분된 상태이다. 등나무 별장의 가르시아 씨가 옥스숏 공유지에서 사망한 채 발견되었다는 것을 기억하실 것이다. 그의 시신에는 지독한 폭행 흔적이 있었는데, 같은 날 밤 그의 하인과 요리사가 달아남으로써, 그들이 범죄에 연루된 것으로 보였다. 입증되지는 않았지만 피살된 신사의 집에 귀중품이 있어서, 그것을 훔치고자 한 것이 범행 동기인 듯하다. 용의자 체포는 전적으로 베인스 경위의 노력에 의한 것으로, 이번 사건을 맡은 그는 도망자들의 은신처를 알아냈다. 그는 용의자들이 멀리 달아나지 않고 미리 마련해둔 은신처에 숨어 있을 거라고 판단했다. 하지만 결국 그들을 찾아내게 되리라는 것은 처음부터 확실해 보였다. 창문 너머로 요리사를 본 적이 있는 소매상인들 한두 명의 증언에 따르면, 요리사의 외모가 아주 특이했기 때문이다. 그는 흑인의 특징이 두드러진 누리끼리한 얼굴에, 무시무시하게 생긴 거구의 흑백 혼혈이었다. 이 남자는 범행 이후에도 눈에 띄었다. 사건 당일 대담하게 등나무 별장에 돌아왔다가 월터스 순경의 눈에 띄어 추적을 당한 것이다. 베인스 경위는 요리사에게 뭔가 목적이 있었기 때문에 다시 찾아올 것으로 보고, 등나무 별장을 비워둔 채 관목 숲에 잠복을 했다. 요리사는 함정으로 걸어 들어와서, 간밤에 격투 끝에 체포되었다. 그 과정에 다우닝 순경이 이 야만인에게 심하게 물어뜯겼다. 용의자가 치안판사에게 회부된 후 경찰의 재구류 요청이 받아들여지면, 앞으로 수사가 급진전될 것으로 보인다.

"당장 베인스에게 가봐야겠어." 홈즈가 모자를 집어들며 외쳤다. "그가 떠나기 전에 만나야 해."

우리는 서둘러 마을 거리로 나가, 예상대로 막 별장을 떠나려는 경위를 발견했다

"신문 보셨습니까, 홈즈 씨?" 그가 우리에게 신문을 내밀며 물었다.

"보았습니다, 베인스, 이미 보았어요. 우정 어린 훈계의 말씀을 드려도 고깝게 여기지 마시기 바랍니다."

"훈계라고요?"

"나도 이번 사건을 제법 공들여 조사했는데, 경위는 길을 잘못 들었습니다. 확신이 없다면 너무 멀리 가지 않기를 바랍니다."

"친절하기도 하시군요, 홈즈 씨."

"이건 경위를 위해 하는 말입니다."

잠시 베인스 씨의 작은 눈 하나가 살짝 윙크를 하는 것처럼 보였다.

"우리는 각자 조사를 하기로 했습니다, 홈즈 씨. 내가 하고 있는 게 바로 그겁니다."

"아, 그렇다면 좋아요." 홈즈가 말했다. "나중에 내 탓 하지 마세요."

"물론이죠. 선생이 나를 위해 그런다고 믿습니다. 하지만 누구나 각자의 방식이라는 게 있어요, 홈즈 씨. 당신에게는 당신의 방식이 있고, 나한테도 내 방식이 있겠죠."

"그 얘기는 그만둡시다."

"새로운 정보가 생기면 언제든 알려드리겠습니다. 그 작자는 순전히 야만인입니다. 짐마차 말처럼 튼튼하고, 악마처럼 사납죠. 다우닝의 엄지를 물어뜯어서 하마터면 끊어질 뻔한 걸 간신히 제압했답니다. 그런데 영어는 한 마디도 못해서, 으르렁거리는 소리밖에는 들을 수가 없어요."

"그럼 그가 주인을 살해했다는 증거가 있다고 보십니까?"

"나는 그런 말을 한 적이 없어요, 홈즈 씨. 그런 말은 안 했습니다. 아무튼 누구나 나름대로 자기 방식이 있어요. 당신은 당신대로 나는 나대로 한번 해봅시다. 그러기로 했잖습니까."

홈즈는 어깨를 으쓱하고 나와 같이 돌아섰다.

His Last Bow

"구제불능이군. 벼랑을 향해 치닫고 있는 것 같은데 말이야. 아무튼 그의 말대로, 우리는 각자 자기 방식을 시험하고 있으니 곧 결과가 나오겠지. 그런데 베인스 경위에게는 내가 통 이해할 수 없는 구석이 있어."

"왓슨, 저 의자에 좀 앉아봐." 황소 여관으로 돌아왔을 때 홈즈가 말했다. "자네에게 상황을 설명해주고 싶어. 오늘 밤 자네의 도움이 필요할 것 같으니까 말이야. 이 사건이 어떻게 전개되었는지, 내가 파악한 한도 내에서 설명을 해볼게. 이 사건은 크게 보면 아주 단순하지만, 그런데도 어떻게 범인을 잡을 것인가의 문제는 놀랍도록 난해해. 그 문제는 아직도 실마리가 덜 풀렸어.

사망일 저녁 가르시아가 받은 편지를 다시 생각해보자. 가르시아의 하인들이 사건에 연루되었다는 베인스의 생각은 무시해도 돼. 오로지 알리바이를 조작할 목적으로 스콧 에클스를 현장에 부른 것이 다름 아닌 가르시아라는 사실이 바로 그 근거야. 그러니까 그날 밤 무슨 일을 벌이려고 한 것은 하인들이 아니라 가르시아였던 거야. 보나마나 무슨 범죄를 저지르려고 했는데 그 과정에서 그가 당해버렸어. 내가 그걸 범죄라고 말한 것은, 범죄를 저지르려고 하는 자만이 알리바이를 조작하려고 하기 때문이야. 그런 그의 목숨을 노렸음직한 사람은 누구일까? 그거야 보나마나 가르시아가 노렸던 사람이겠지. 내가 보기에 여기까지는 확실해.

이제 우리는 가르시아네 식구들이 사라진 이유를 알 수 있어. 그들은 둘 다 알 수 없는 그 범죄의 공모자였어. 계획이 실행되어 가르시아가 돌아왔다면, 모든 혐의는 전형적인 그 영국인이 막아주었을 테고, 모든 게 잘 되었을 거야. 하지만 그 계획은 위험하기 짝이 없었어. 그래서 가르시아가 정해진 시간까지 돌아오지 않으면, 그가 목숨을 잃었다고 볼 수 있었을 거야. 따라서 그런 경우 부하 두 명은 미리 정해둔 곳에 숨기로 했겠지. 경찰 수사를 피한 다음, 나중에 다시 계획을 추진할 수 있도록 말이야. 이런 가설이라면 사실과 잘 들어맞잖아?"

종잡을 수 없이 뒤얽힌 실타래가 내 눈앞에서 술술 풀리는 듯했다. 늘 그랬듯이, 나는 왜 그까짓 것을 미처 알아차리지 못했을까 싶었다.

"그런데 하인 한 명이 왜 돌아왔지?"

"허둥지둥 달아나다가 뭔가 귀중한 것, 그러니까 꼭 챙겨야 할 것을 그만 놓고 갔겠지. 그래서 끈질기게 또 돌아온 것 아니겠어?"

"음, 그리고 또 뭘 알아야 하지?"

"다음에 문제가 되는 것은 저녁 식사 때 가르시아가 받은 편지야. 그 편지를 보면 다른 곳에 공모자가 또 있어. 그런데 그곳은 어디일까? 그건 아주 큰 저택일 수밖에 없고, 그런 저택의 수는 한정되어 있을 수밖에 없다는 건 이미 말했지? 이 마을에 처음 온 날 나는 열심히 돌아다녔어. 식물 연구를 하면서 짬짬이 큰 저택을 모두 둘러보고, 거기 사는 사람들의 가족 내력을 조사했지. 눈길을 끈 것은 딱 한 집이었어. 그건 제임스 1세 시대의 그 유명한 하이게이블 저택이야. 옥스숏에서 1.6킬로미터, 범죄 현장에서는 800미터도 떨어지지 않은 곳에 있지. 다른 저택에는 로맨스하고는 동떨어진 단조롭고 점잖은 사람들이 살고 있었지. 하지만 하이게이블 저택의 헨더슨 씨는 어느 모로 보나 흥미로운 사람이었어. 흥미로운 모험을 벌일 만한 사람이었지. 그래서 헨더슨 씨와 그 집 사람들을 눈여겨보게 되었지.

그들 모두 특이한 사람들인데, 누구보다도 주인이 특히 별난 사람이었어, 왓슨. 그럴듯한 구실을 대서 그를 만나볼 수 있었지. 하지만 우묵하고 어둡고 사려 깊은 그의 두 눈을 보니 내 용건을 간파하고 있는 듯했어. 나이는 쉰 살에 억세고 활동적인 인물인데, 철회색 머리칼에 짙고 검은 눈썹, 사슴처럼 조용한 발걸음, 제왕 같은 태도를 지녔지. 양피지 같은 얼굴 뒤에 불같은 성질을 감춘, 사납고 거만한 남자야. 그 역시 외국인이 아니라면, 열대지방에서 오래 살다 온 사람이야. 피부가 누렇고 말랐지만, 가죽 채찍처럼 질기거든. 그의 친구이자 비서인 루카스 씨는 분명 외국인이야. 갈색 초콜릿빛 피부에 교활하고 나긋나긋하고, 말투가 느끼하고 비밀스러워. 그러니까, 왓슨, 등나무 별장과 하이게이블 저택 두 곳에 모두 외국인이 있다는 것을 알고 보니, 실마리가 슬슬 풀리기 시작했어.

가깝고 허물없는 사이인 헨더슨과 루카스가 그 집의 중심인물이야. 하지만 지금 우리 처지에서는 그보다 더 중요할지 모르는 다른 사람이 한 명 있어. 헨더슨에게는 열한 살과 열세 살짜리 딸이 둘 있어. 미스 버넷이라는 가정교사가 있는데 나이가 마흔 살쯤 되는 영국인이야. 또 믿음직한 남자 하인이 한 명 있지. 이렇게 가족이 단출한 건 헨더슨이 여행광이라서 이리저리 늘 떠돌아다니기 때문이야. 그들이 1년이나 돌아다니다가 하이게이블로 돌아온 게 고작 몇 주 전이었어. 덧붙여 말하면, 헨더슨은 엄청난 부자야. 마음만 먹으면 거의 못 할 게 없지. 그 밖에 그의 집에는 영국의 시골 대저택이 다 그렇듯, 하는 일은 없이 먹는 것만 밝히는 집사와 시종들, 하녀들로 넘쳐나지.

그 많은 정보는 더러 마을 사람과 잡담을 하면서, 더러는 직접 관찰을 해서 얻은 거야. 해고되어 불만이 많은 하인들보다 더 좋은 소식통은 없는데, 다행히 그런 사람을 한 명 찾아냈지. 다행이라고는 했지만, 열심히 찾지 않았으면 눈에 띄지 않았을 거야. 베인스가 말한 대로 우리는 각자 자기 방식이 있어. 제왕 같은 고용주가 최근 홧김에 해고한 하이게이블의 정원사인 존 워너를 찾아낼 수 있었던 것도 다 내 방식 덕분이야. 그런데 또 집안 하인들 가운데 워너의 친구가 있었는데, 그들은 워너와 마찬가지로 주인에게 반감과 두려움을 품고 있었지. 그래서 그 집안의 비밀을 여는 열쇠를 손에 넣을 수 있었어.

정말 흥미로운 사람들이야, 왓슨. 아직은 다 아는 척하지 않겠지만, 아무튼 아주 흥미로워. 중앙 양쪽에 부속건물이 딸렸고, 하인들은 한쪽에서 살지. 다른 쪽에 가족이 살고. 가족의 식사를 챙겨주는 헨더슨의 하인만 빼고 양쪽 사람들은 서로 단절되어 있어. 모든 것은 한쪽 문으로 오가는데, 그곳이 유일한 연결 통로야. 가정교사와 아이들은 정원에 가는 것 말고는 거의 집 밖에 나가는 법이 없어. 헨더슨은 혹시라도 혼자 거니는 법이 없어. 비서가 그림자처럼 따라다니지. 하인들 사이의 소문에 따르면, 그들의 주인이 뭔가를 지독히 두려워한다는 거야. 워너는 악마에게 돈을 받고 영혼을 팔았다고 말하더군. 그래서 채권자가 언제 찾아와서 영혼을 요구할지 모른다는 거야. 두 사람이 어디 출신인지, 정체가 뭔지 아무도 몰라. 두 사람은 퍽이나 폭력적이야. 헨더슨은 두 번이나 개 채찍으로 애먼 사람들을 후려쳤는데, 워낙 부자라서 돈으로 무마를 했지.

자, 왓슨, 이제 이 새로운 정보를 가지고 상황을 파악해보자. 그 편지는 이상한 이 집안 사람들이 보냈을 거야. 가르시아를 부추겨서 앞서 계획한 일을 추진하라고 한 거지. 편지를 쓴 사람은 누굴까? 그건 그 요새 안의 누군가인데, 여자야. 그렇다면 가정교사 미스 버넷이 아니면 누구겠어? 아무리 생각해봐도 그쪽 같아. 아무튼 그 가설이 옳다면 어떻게 된 것일까? 미스 버넷의 나이로 보나 성격으로 보나, 이것은 내가 처음 생각한 것과 달리 치정이 얽힌 사건일 리가 없어.

그녀가 편지를 썼다면, 아마 그녀는 가르시아의 친구이자 공모자겠지. 그렇다면 그가 죽었다는 소식을 들은 그녀는 어떤 반응을 보였을까? 그가 무슨 악랄한 짓을 꾀하다가 사망한 것이라면 그녀는 입을 닫을 거야. 하지만 속내로는 그를 살해한 자들에 대한 앙심과 증오를 품고 있겠지. 그러니 어쩌면 복수를 하기 위해 가능한 한 도우려고 할지도 몰라. 그렇다면 그녀를 만나서 한번 운을 띄워볼까? 처음엔 그런 생각을 했댔어. 하지만 지금은 어쩐지 불길해. 살인 사건이 벌어진 그날 밤 이후 미스 버넷을 본 사람이 없어. 감쪽같이 사라진 거야. 살아 있기나 한 걸까? 어쩌면 그녀가 불러낸 친구와 같은 날 밤에 종말을 맞은 것이나 아닐까? 아니면 그저 잡혀간 걸까? 우리가 알아내야 할 게 바로 그 점이야.

참 난감한 상황이라는 것을 이제 자네도 알 거야, 왓슨. 영장을 신청할 만한 구실이 없어. 치안판사 앞에 우리의 모든 계획을 내밀어봐야 황당하게만 보일 거야. 그 여자가 안 보인다는 것은 대수로운 일도 아니거든. 별난 그 집에서는 누가 일주일쯤 안 보이는 것은 예사니까 말이야. 하지만 그녀는 지금 목숨이 위험한지도 몰라. 내가 할 수 있는 일이라고는 그 집을 지켜보는 것뿐이야. 출입구는 워너에게 망을 보라고 해두었지. 계속 이런 상태로 지켜보고 있을 수만은 없어. 법으로 해결할 수 없다면 우리가 위험을 무릅쓰고 나설 수밖에."

"그래서 어쩌려고?"

"그녀의 방이 어딘지 알아. 헛간 지붕을 통해 들어갈 수 있지. 오늘 밤 자네와 함께 가볼까 해. 수수께끼의 핵심을 찌를 수 있는지 알아보게 말이야."

솔직히 그것은 전혀 내키지 않았다. 저택은 흉흉한 분위기가 풍기고, 특이한 거주자들은 으스스하기만 한데, 어떤 위험이 닥쳐올지도 모르고, 우리가 법적으로 당당한 짓을 하려는 것도 아니라는 사실, 이 모든 것이 결합되어 나는 은근히 주눅이 들었다. 하지만 홈즈의 냉철한 추리에는 그가 제안하는 어떤 모험이라도 마다할 수 없게 하는 뭔가가 있었다. 그렇게 해야, 오직 그렇게 해야만, 해결책을 찾을 수 있다는 것을 알기 때문이다. 나는 말없이 그의 손을 그러쥐었고, 주사위는 던져졌다.

그러나 우리의 조사는 생각만큼 그 끝이 모험적이지 않았다. 5시 무렵, 3월의 밤이 어느덧 땅거미를 드리우기 시작했을 때, 흥분한 촌사람이 느닷없이 우리 숙소에 들이닥쳤다.

"놈들이 떠났어요, 홈즈 씨. 놈들이 마지막 기차 편으로 떴어요. 여선생은 탈출을 했고요. 그녀는 지금 내가 타고 온 마차 안에 있습니다."

"잘했어요, 워너!" 홈즈가 벌떡 일어나며 외쳤다. "왓슨, 이제 가닥이 잡혔어."

마차 안에는 그동안 애를 태운 나머지 반쯤 탈진한 여자가 타고 있었다. 여위고 수리 같은 얼굴에는 최근에 비극을 겪은 흔적이 역력했다. 그녀는 맥없이 고개를 떨어뜨리고 있었다. 그러다 고개를 든 그녀가 몽롱한 눈으로 우리를 쳐다볼 때, 커다란 회색 홍채의 중앙에 까만 동공이 작은 점처럼 줄어든 것이 눈에 띄었다. 그녀는 아편에 취해 있었다.

"홈즈 씨가 말씀하신 대로 나는 대문을 줄곧 지켜봤습니다." 우리의 밀사인 해고된 정원사가 말했다. "마차가 밖으로 나가자 기차역까지 따라갔죠. 미스 버넷은 잠을 자면서 걷는 것처럼 보였어요. 하지만 놈들이 기차 안으로 태우려고 하자, 정신을 차리고 반항을 하더군요. 놈들이 객실 안으로 밀어 넣었지만, 그녀는 놈들을 뿌리치고 다시 밖으로 나왔습니다. 내가 그녀를 도와서 마차에 태우고 이리 온 겁니다. 그녀를 빼돌릴 때 객실 창문에 비친 그 얼굴을 결코 잊지 못할 거예요. 검은 눈에 오만상을 찌푸린 노란 악마 같은 얼굴이었죠. 놈이 쫓아왔다면 나는 결딴났을 겁니다."

우리는 그녀를 위층으로 옮겨서, 소파에 눕혔다. 그녀는 진한 커피 두 잔을 마시게 하자 곧 몽롱한 환각에서 깨어났다. 홈즈는 베인스를 불러서 재빠르게 상황을 설명했다.

"아, 내가 찾고 있던 바로 그 증거를 확보했군요." 경위가 내 친구의 손을 흔들며 열렬히 말했다. "나도 처음부터 당신과 똑같은 냄새를 맡았습니다."

"그럴 리가! 경위가 헨더슨을 추적했다고요?"

"그럼요, 홈즈 씨. 당신이 하이게이블의 관목 사이로 기어갈 때, 나는 그 정원 나무 위에서 당신을 내려다보고 있었습니다. 누가 먼저 증거를 잡을 것인가, 다만 그게 문제였죠."

"그럼 왜 그 혼혈인을 체포했습니까?"

베인스가 껄껄 웃었다.

"자칭 헨더슨이라는 자는 자기가 의심받고 있다는 것을 알고 있어서, 납작 엎드린 채 꼼짝도 하지 않으려고 할 게 분명했습니다. 위험하다고 생각하는 한 말입니다. 나는 애먼 사람을 체포해서 우리가 그를 감시하지 않는 줄 알게 했습니다. 그래서 그가 방심한 사이에 미스 버넷을 찾을 기회가 올 거라고 본 겁니다."

홈즈가 경위의 어깨에 손을 턱 얹었다.

"경위는 경찰로서 크게 빛을 볼 겁니다. 본능과 직관이 이토록 뛰어나니 말입니다."

베인스가 좋아서 얼굴을 붉혔다.

"이번 주 내내 기차역에 사복 경찰을 대기시켜 놓았습니다. 하이게이블 사람들이 어딜 가든 가까이에서 지켜보라고 했죠. 그런데 미스 버넷이 탈출을 할 때 어째야 할지 곤혹스러웠던 게 분명합니다. 하지만 이렇게 그녀를 데려왔으니 모든 게 잘 된 셈입니다. 그녀의 증언이 없으면 체포할 수 없으니, 어서 진술을 받는 게 좋겠습니다."

"빠르게 회복되고 있습니다." 홈즈가 가정교사를 슬쩍 처다보고 말했다. "그런데 베인스, 헨더슨이라는 사람의 정체가 무엇입니까?"

"헨더슨의 본명은 돈 무리요(돈Don은 스페인에서 더 나은 계층의 사람에게 두루 붙이는 존칭으로, 돈 후안처럼 세례명 앞에 붙이므로, 여기서 경위가 성씨 앞에 붙여 돈 무리요라고 말한 것은 부적절한 어법이다—옮긴이)입니다." 경위가 대답했다. "한때 산페드로의 호랑이 라고 불렸죠."

산페드로의 호랑이! 그에 대한 온갖 이야기가 내 뇌리를 스쳤다. 그는 이루 말할 수 없이 음탕하고 피에 굶주린 독재자라는 악명을 날린 인물이었다. 그래도 문화인이라는 탈을 쓰고 어떤 나라를 지배했는데, 겁이 없고 우악스럽고 힘이 넘친 그는 10여 년 동안 겁을 먹은 국민 위에 군림하며 가증스러운 악행을 저질렀다. 중앙아메리카에서는 어디서나 그의 이름만 들어도 사람들이 벌벌 떨었다. 결국 참다못한 사람들이 일제히 봉기를 했다. 그러나 그는 잔혹한 것 못지 않게 교활해서, 봉기 조짐이 보이자마자 열렬한 지지자들을 시켜서 해외로 은밀히 재산을 빼돌렸다. 봉기한 사람들이 들이닥쳤을 때 궁전은 이미 텅 비어 있었다. 독재자와 두 명의 자녀, 비서, 그리고 그의 재산은 모두 빠져나간 뒤였다. 그 이후 그는 세상에서 사라졌고, 유럽 언론에서는 그의 행방에 대한 얘기가 분분했다.

"그렇습니다. 바로 그 산페드로의 호랑이, 돈 무리요입니다." 베인스가 말했다. "조사를 해보시면 알겠지만, 산페드로의 국기는 초록색과 흰색입니다. 홈즈 씨. 바로 그 편지와 같은 색이죠. 그는 헨더슨으로 위장했지만, 나는 파리, 로마, 마드리드에서 바르셀로나까지 그를 추적했습니다. 1886년에 그의 배가 그곳에 들어왔죠. 복수를 하기 위해 줄곧 그를 찾던 사람들도 이제 와서야 그의 행방을 알게 되었답니다."

"그를 찾아낸 것은 1년 전이었어요." 미스 버넷이 말했다. 그녀는 이미 자리에서 일어나 대화에 귀를 기울이고 있었다. "전에 누가 그의 목숨을 노린 적이 있지만, 그는 악마 덕분에 살아남았어요. 이번에 다시 시도했지만 오히려 기사처럼 고결한 가르시아 씨가 쓰러지고, 그 괴물은 말짱하기만 했어요. 하지만 다시, 또다시 시도될 거예요. 언젠가 정의가 실현될 때까지 말예요. 내일 다시, 태양이 떠오르는 것처럼 그건 확실해요." 그녀는 여윈 두 손을 부르쥐고, 탈진해서 창백해진 얼굴에 맹렬한 증오를 드러냈다.

"그런데 미스 버넷, 당신은 어쩌다 이 사건에 연루되었죠?" 홈즈가 물었다. "영국 여성이 어쩌다 이런 살인 사건에 연루된 겁니까?"

"내가 연루된 것은, 이 세상에서 정의를 실현하려면 이 방법밖에 없었기 때문입니다. 산페드로에서 몇 년 동안 피가 강을 이룬 것에 대해 잉글랜드의 법으로 뭘 어쩔 수 있나요. 혹은 그 인간이 훔쳐서 배에 가득 실어간 보물에 대해 뭘 어쩔 수 있나요. 여러분에게는 그게 다른 행성에서 벌어진 범죄 같겠죠. 하지만 '우리'는 알아요. 우리는 슬픔과 고통 끝에 그 사실을 알게 되었어요. 우리에게 후안 무리요 같은 악마는 없어요. 그에게 희생된 이들이 계속 복수의 눈물을 흘리는 한 삶의 평화는 있을 수 없어요."

"그래요." 홈즈가 말했다. "그는 그런 인간입니다. 그는 정말 잔혹한 인간이라고 들었습니다. 그런데 당신은 무슨 피해를 당했나요?"

"모두 말씀드릴게요. 장차 강력한 라이벌이 될 조짐이 보이는 사람이라면 이런저런 구실을 붙여서 죄다 살해하는 게 그 악당의 방침이었답니다. 우리 남편, 아, 진짜 내 이름은 세뇨라 빅토르 두란도인데, 남편은 런던 주재 산페드로 대사였어요. 그이가 나를 만나 결혼한 곳도 런던이죠. 세상에 그이보다 더 고귀한 분은 없어요. 불행히도, 남편이 훌륭하다는 말을 들은 무리요가 무슨 구실을 붙여 소환해서는 총살을 시켜버렸어요. 그이는 죽을 것을 예감하고 나를 데려가지 않았답니다. 나는 가슴이 찢어졌어요. 재산은 몰수당해서 가진 돈도 없었죠.

그 후 독재자는 몰락했어요. 앞서 경위님이 말씀하신 대로 그는 달아났죠. 하지만 그에게 처참하게 당한 많은 사람들, 가장 가깝고 가장 사랑하는 사람이 그의 손에 죽거나 고문을 당한 사람들은 마음을 놓을 수 없었어요. 그들은 모임을 만들어서, 일을 마무리 지을 때까지는 해산하지 않기로 했어요. 우리는 몰락한 독재자가 이름을 헨더슨으로 바꾼 것을 알아냈죠. 그 후 나는 그의 집안에 잠입해서 그의 동정을 살피는 임무를 맡았어요. 나는 가정교사가 되어 그 일을 할 수 있었죠. 그는 식사 때마다 얼굴을 마주하는 여자가 설마 자기 손에 졸지에 남편을 잃은 여자인 줄은 몰랐어요. 나는 웃는 낯으로 그를 대하고, 그의 아이들에게 내 의무를 다하면서 때를 기다렸어요. 파리에서 한 차례 시도했지만 실패했죠. 추적자들을 따돌리며 유럽 도처를 이리저리 재빨리 옮겨 다니다가, 마침내 이 집으로 돌아왔는데, 이 저택은 그가 잉글랜드에 처음 도착했을 때 마련해둔 집이랍니다.

하지만 여기서도 정의의 사도들이 기다리고 있었어요. 그가 이리 돌아올 것을 안 가르시아가 충직한 하층민 두 명과 함께 기다리고 있었던 거예요. 그는 전에 산페드로에서 가장 명망이 높았던 분의 아들이랍니다. 세 사람 모두 같은 이유로 복수심을 불태우고 있었어요. 가르시아는 낮에는 아무것도 할 수 없었어요. 무리요가 어쩌나 조심을 하던지, 루카스, 그러니까 전성기 때는 로페스라고 알려진 종자를 꼭 데리고 다녔거든요. 하지만 밤에는 혼자 잤기 때문에, 복수를 노릴 수 있었어요. 어느 날 저녁, 만반의 준비를 갖춘 나는 내 친구에게 최종 행동 지침을 보냈어요. 무리요는 늘 조심하면서 줄곧 침실을 바꾸었거든요. 나는 문을 열어놓고, 진입로가 내다보이는 창문에 초록색이나 흰색 신호를 보내기로 했죠. 안전한지, 거사를 뒤로 미루는 게 나은지 알려주기 위해서 말예요.

하지만 모든 일이 틀어지고 말았어요. 어쩌다가 그만 비서 로페스에게 내가 의심을 받고 만 거예요. 내 뒤로 살금살금 기어온 그는 내가 편지를 다 쓰자마자 나를 덮쳤어요. 그는 자기 주인과 함께 나를 내 방으로 질질 끌고 갔어요. 그러곤 나를 배신자라고 심판하더군요. 그들은 벌을 모면할 길만 있었다면 거기서 바로 내게 칼침을 놓았을 거예요. 결국 두 사람은 한참 의논을 하더니 나를 죽이는 건 너무 위험하다는 결론을 내리더군요. 하지만 가르시아만큼은 제거하기로 작정했어요. 그들은 나한테 재갈을 물리더니, 주소를 댈 때까지 무리요가 내 팔을 비틀었어요. 가르시아가 어떻게 될지 미리 알았다면 차라리 팔을 부러뜨리라고 했을 거예요. 내가 쓴 편지에 로페스가 주소를 적어서, 그의 커프스단추로 봉인한 후, 하인 호세 편에 편지를 부쳤어요. 그들이 가르시아를 어떻게 살해했는지는 모르겠어요. 로페스가 남아서 나를 감시했기 때문에 무리요가 가르시아를 해치웠다는 것만 알 뿐이에요. 분명 길이 꺾이는 길목 골담초 덤불 속에 숨어서 기다렸다가, 그가 지나갈 때 덮쳤겠죠. 처음에는 집 안에 들어오게 했다가 강도로 몰아서 살해할 생각이었어요. 하지만 조사를 받는 과정에서 그들의 신분이 바로 공개되면, 다시 공격을 받게 될 거라고 생각했답니다. 가르시아만 죽으면 추적이 그칠 수도 있었어요. 그렇게 죽으면 다른 사람들이 두려워서 발을 뺄지 모르니까요.

이제 그들이 한 짓을 아는 나만 없으면 그들에겐 아무런 문제가 없었어요. 그렇지 않아도 내 목숨이 오락가락한 적은 벌써 여러 번이었어요. 그들은 나를 방에 가두고 말할 수 없이 끔찍한 협박을 하기도 했고, 내 정신을 망가뜨리기 위해 잔인하게 학대했으니까요. 어깨에 찔린 자국 좀 보세요. 팔에는 온통 멍투성이고요. 내가 창문에서 소리를 지르려고 할 때마다 입에 재갈을 물렸죠. 닷새 동안 계속 잔인하게 갇혀 지내면서 먹지도 못해 몸도 마음도 추스를 수가 없었어요. 오늘 오후에야 식사다운 식사를 했지만, 식사가 끝난 후 나는 마약을 먹었다는 것을 알게 되었어요. 꿈결에 거의 질질 끌려서 마차에 올랐고, 마찬가지로 기차에 실렸죠. 바로 그때, 기차가 슬슬 움직이는 순간, 갑자기 자유가 오직 내 손에 달렸다는 생각이 퍼뜩 들더군요. 나는 뛰쳐나갔어요. 그들은 다시 나를 끌어들이려고 했죠. 이분이 나를 도와서 마차로 이끌어주지 않았다면, 나는 결코 탈출하지 못했을 거예요. 아, 이제 완전히 그들의 손아귀에서 벗어나다니, 이렇게 고마울 수가 없어요."

우리는 모두 이 놀라운 이야기에 골똘히 귀를 기울였다. 먼저 침묵은 깬 것은 홈즈였다.

"우리의 문제는 끝나지 않았습니다." 그가 고개를 내두르며 말했다. "경찰 수사는 끝났어도 법적인 일은 이제 시작이죠."

"맞아." 내가 말했다. "말주변이 좋은 변호사라면 정당방위라고 둘러댈 수 있어. 전에 수많은 범죄를 저질렀겠지만, 재판할 수 있는 범죄는 이것뿐이잖아."

"괜찮아요, 괜찮아. 나는 법이 그렇게 호락호락하다고 생각지 않아요." 베인스가 흥겹게 말했다. "아무리 위험인물이라고 해도 그 사람을 냉정하게 살해 대상으로 삼아 유인을 했다는 건 정당방위가 될 수 없죠. 암, 그렇고말고요. 다음번 길퍼드 순회재판 때 하이게이블 저택 사람들을 증인으로 세우면 다 잘 될 겁니다."

그러나 산페드로의 호랑이가 응분의 벌을 받게 되기까지는 시간이 꽤 흘러야 했다. 교활하고 대담한 무리요와 비서가 추적을 따돌렸던 것이다. 그들은 에드먼턴 스트리트의 셋집에 들어갔다가 뒷문을 통해 커즌 광장으로 빠져나갔다. 그날 이후 그들은 종적이 묘연했다. 여섯 달쯤 뒤에 몬탈바 후작과 그의 비서 룰리 씨가 마드리드의 에스쿠리알 호텔 방에서 살해되었다. 그것은 니힐리스트의 소행으로 보였는데, 범인은 체포되지 않았다. 베인스 경위는 후작과 비서의 얼굴 모습을

인쇄해서 베이커 스트리트에 들렀다. 후작의 마력적인 검은 눈과 무성한 눈썹, 오만한 얼굴, 그리고 비서의 검은 얼굴을 보니, 늦기는 했어도 마침내 정의가 실현되었다는 것을 알 수 있었다.

"혼란스러운 사건이었어, 왓슨." 홈즈가 저녁 파이프를 물고 말했다. "자네는 사건을 산뜻하게 정리하기를 퍽이나 좋아하는데, 이번에는 어렵겠어. 사건이 두 대륙을 배경으로 해서 수수께끼 같은 두 집단 사람들 사이에 일어났으니 말이야. 게다가 고상한 우리 친구 스콧 에클스가 등장해서 더욱 복잡해졌지. 그가 연루되었다는 것은, 작고한 가르시아의 생각이 얼마나 치밀하고, 자기보호 본능이 얼마나 투철했는가를 잘 보여주고 있지. 우리가 그래도 능력 있는 경위의 협조를 받으며 제대로 핵심에 접근했고, 구불구불한 길을 따라 수많은 가능성의 정글을 잘 헤쳐갔다는 것도 실은 대견한 노릇이야. 혹시 미심쩍은 데라도 있어?"

"혼혈 요리사가 돌아온 목적은 뭐지?"

"부엌에 있던 이상한 생물을 보면 설명이 돼. 그 남자는 후진국 산 페드로의 미개인인데, 그게 바로 그의 주물呪物이었던 거야. 그는 동료와 함께 미리 준비해둔 은신처로 달아날 때, 동료의 설득에 밀려 그걸 가구처럼 놓아두고 갔어. 그 은신처에는 분명 어떤 공모자가 또 있었겠지. 하지만 혼혈인은 못내 마음이 쓰여서 이튿날 돌아왔는데, 창문으로 훔쳐보니 월터스 순경이 자리를 지키고 있었지. 그는 사흘 동안 더 기다렸다가, 경건한 신앙인지 미신인지 때문에 또다시 그걸 되찾으려고 했어. 노련한 베인스 경위가 내 앞에서는 그 주물이 별것 아닌 척

했지만, 그게 중요하다는 것을 잘 알고 있었지. 그래서 그 요리사가 들어오게끔 덫을 놓아두었어. 또 궁금한 거 있어?"

"토막 난 조류, 양동이의 피, 검게 탄 뼈, 수수께끼 같은 부엌의 그것들은 다 뭐지?

홈즈가 히죽 웃으며 수첩을 넘겼다.

"언젠가 오전에 대영박물관에 가서 그런저런 점들에 대해 알아보았지. 에커먼의 『부두교와 흑인 종교』라는 책에 이런 말이 나오더군.

진짜 부두교 신도들은 중요한 일을 할 때면 반드시 자기가 믿는 불결한 신들에게 제물을 바친다. 극단적인 경우 이 의식은 인간을 제물로 바치고 인육을 먹는 사육제 형태를 띠기도 한다. 일반적인 제물로는 흰 닭이나 검은 염소를 쓰는데, 닭은 산 채로 토막 내고, 염소는 목을 딴 후 불에 태운다.(서아프리카의 노예들에 의해 아이티에 전래된 부두교는 로아loa라고 불리는 수많은 정령이 세계를 지배한다고 주장한다. 동물 제물이나 먹을거리를 바치고, 노래와 춤이라는 의식을 통해 로아가 분노하는 것을 막을 수 있다고 본다—옮긴이)

그러니 우리의 미개인 친구는 정통 의식을 제대로 치른 거야. 그것 참 그로테스크하지?" 홈즈는 천천히 수첩을 덮으며 덧붙여 말했다. "그런데 전에 말했듯이, 그로테스크한 것에서 끔찍한 것까지는 딱 한 발짝 거리야."

The Adventure of the
Red Circle

붉은 원

제1부

"아, 워런 부인, 불안해할 만한 특별한 이유라도 있나요? 이 금쪽 같은 시간에 내가 왜 그 일에 끼어들어야 하는지 모르겠군요. 정말 나는 따로 할 일이 있단 말입니다." 이렇게 말한 셜록 홈즈는 커다란 스크랩북으로 다시 눈길을 돌렸다. 그는 최근 자료를 정리하면서 색인을 다는 중이었다.

그러나 하숙집 여주인은 여느 여성처럼 끈질기고, 영악한 데까지 있었다. 그녀는 결코 물러설 생각이 없었다.

"지난해 우리 하숙인의 사건을 해결해주신 적 있잖아요." 그녀가 말했다. "페어데일 홉스 씨 사건 말예요."

"아, 그래요. 싱거운 사건이었죠."

"하지만 그는 그 얘기를 입에 달고 살았답니다. 홈즈 씨가 얼마나 친절하신지, 그리고 그 막막한 사건을 얼마나 속 시원히 해결했는지 말이에요. 막상 내가 막막해지니까 그의 말이 퍼뜩 떠오르더군요. 홈즈 씨라면 마음만 먹으면 거뜬히 해결해줄 수 있을 거예요."

홈즈는 아첨에 약한 사람인데, 정확히 말하면, 친절에 유독 약하다. 아첨과 친절이라는 두 가지 힘에 밀린 그는 체념의 한숨을 내쉬고 풀칠하던 붓을 내려놓고는 의자를 뒤로 물렸다.

"좋아요, 좋아, 워런 부인, 그럼 그 얘기 한번 들어봅시다. 담배 태워도 되겠죠? 어디 있더라? 아, 고마워, 왓슨. 성냥도! 부인이 불안해하시는 이유는, 새로운 하숙인이 방에만 틀어박혀서 얼굴 보기도 힘들기 때문이다 이거죠? 아니, 그게 뭐가 어때서요? 내가 만일 부인 댁에서 하숙을 한다면, 몇 주일 내리 얼굴 한 번 못 보는 날이 많을 겁니다."

"그러시겠죠. 하지만 이건 달라요. 난 겁이 난다니까요. 무서워서 잠을 이룰 수가 없어요. 이른 아침부터 한밤중까지 방 안에서 정신 사납게 오락가락하는 소리는 들리는데 도통 얼굴 한 번 볼 수 없으니, 도저히 견딜 수가 없어요. 우리 남편도 나만큼이나 불안해한답니다. 하지만 그이는 종일 밖에서 일을 해요. 나는 집에서 마음을 놓을 수가 없죠. 그 사람은 왜 사람 눈을 피하는 걸까요? 방구석에서 무슨 짓을 하는 거죠? 여자애(워런 부인의 하녀―옮긴이) 말고는 집 안에 남자랑 나 둘뿐이니, 불안해서 견딜 수가 없어요."

홈즈는 앞으로 몸을 내밀고, 길고 여윈 손가락을 부인의 어깨에 얹었다. 그는 언제라도 사람의 마음을 진정시킬 수 있는, 거의 최면술 같은 능력을 지니고 있었다. 그녀의 눈에서 두려운 기색이 사라지고, 평정을 잃었던 얼굴도 평소처럼 진정되었다. 그녀는 그가 가리킨 의자에 앉았다.

"내가 그 일을 맡으려면, 사소한 일들까지 다 알아야 합니다." 그가 말했다. "차분히 생각해보세요. 가장 사소한 점이 가장 중요할 수도 있어요. 그 남자가 온 것은 열흘 전이고, 하숙비는 2주일 치를 냈다고요?"

"하숙 조건에 대해 묻기에, 일주일에 50실링이라고 말했죠. 우리 집 맨 위층에 있는 방인데, 작은 거실 겸 침실이 하나 있고, 그 밖에 필요한 건 다 있다고 말했어요."

"그리고요?"

"그가 말하더군요. '내 조건대로 지낼 수 있다면 일주일에 5파운드를 내겠소'라고요. 나는 가난한 여자랍니다. 워런 씨의 벌이가 시원치 않으니, 돈이 참 절실하죠. 그가 10파운드짜리 지폐를 꺼내 냉큼 내게 주더니 이렇게 말하는 거예요. '조건을 잘 지켜주면 앞으로도 오랫동안 2주일마다 같은 금액을 받을 거요. 조건을 어기면 가차 없이 떠날 겁니다.'"

"조건이라는 게 무엇이었나요?"

"아, 그건 그가 우리 집 열쇠를 가져야 한다는 것이었어요. 그거야 상관없죠. 하숙인들이 종종 그러니까요. 또 다른 조건은 종일 혼자 있게 해주고, 무슨 일이 있어도 자기 방에 들어오지 말라는 것이었어요."

"그거야 이상할 거 없잖아요?"

"상식적으로는 그렇죠. 하지만 그건 몰상식해요. 그는 열흘 동안 묵었는데 워런 씨도, 나도, 여자애도, 그 남자랑 눈 한 번 마주치질 못했어요. 그런데 밤중에도, 아침에도, 한낮에도, 오락가락 오락가락하는 부산한 발소리가 들려요. 첫날 밤만 빼고 방에서 나온 적이 없답니다."

"아, 첫날 밤에는 밖에 나왔다고요?"

"예. 나갔다가 아주 늦게 돌아왔죠. 우리가 모두 잠자리에 든 후에요. 그 방에 자리를 잡은 후 나갔다 오겠다고 말하면서, 문에 빗장을 지르지 말라더군요. 자정이 지난 후에 그가 계단을 올라가는 소리를 들었죠."

"그럼 식사는요?"

"우리가 항상 지켜야 한다고 그가 특별히 지시한 게 바로 그거랍니다. 그가 초인종을 울리면 식사를 문 밖 의자에 올려놓아요. 그리고 그가 식사를 마치고 다시 초인종을 울리면, 그 의자에 놓인 빈 그릇을 가지고 내려오죠. 그가 달리 원하는 게 있으면 인쇄체로 쪽지에 써서 밖에 내놓아요."

"인쇄체로?"

"예. 연필로 또박또박 쓰죠. 필요한 낱말만 달랑 써요. 여기, 보여 드리려고 가져왔어요. '비누SOAP.' 이것두요. '성냥MATCH.' 이건 첫날 아침에 내놓은 거예요. '데일리 가제트DAILY GAZETTE.' 날마다 아침 식사랑 같이 그 신문을 갖다 놓는답니다."

"이봐, 왓슨." 홈즈는 하숙집 여주인이 건네준 쪽지를 아주 흥미롭게 바라보며 말했다. "이건 제법 독특한 사건인 게 분명해. 은둔 생활을 한다 이거지. 그런데 왜 인쇄체일까? 인쇄체를 쓰는 것은 좀 무식해 보이지. 왜 필기체로 쓰지 않았을까? 자네 생각은 어때, 왓슨?"

"필체를 감추려고 그랬겠지."

"아니 왜? 하숙집 여주인에게 필체를 좀 보여주면 뭐가 어때서? 아무튼 자네 말대로인지도 모르지. 그렇다면 달랑 낱말만 쓰는 이유는 뭘까?"

"나는 모르겠어."

"이건 아주 즐거운 지적 추리의 장을 열어주는군. 낱말은 끝이 뭉툭하고 보랏빛이 도는 연필로 썼어. 보기 드문 연필은 아니지. 글을 쓴 후 이쪽 옆을 찢은 게 보이지? 'SOAP'의 S가 살짝 잘렸어. 왓슨, 이거 의미심장하지?"

"일부러?"

"그래. 그 사람의 정체가 드러날지 모르는 무슨 표시나 지문 같은 게 분명 옆에 있었어. 그런데 워런 부인, 그가 피부가 검고 수염을 기른 중간 키의 남자라고 하셨는데, 나이는 몇 살쯤 됐던가요?"

"젊어 보였어요. 서른을 넘진 않았어요."

"음, 다른 특징은 없나요?"

"영어를 아주 잘했지만, 억양이 외국인 같았어요."

"옷을 잘 차려입었나요?"

"아주 쫙 빼입었죠. 신사다웠어요. 검은 옷이었는데 눈여겨볼 만한 데는 없었어요."

"이름을 말해주던가요?"

"아니요."

"그럼 편지나 방문객은 없었나요?"

"예, 전혀."

"하지만 부인이나 여자애가 아침에 그의 방에 들어갔겠죠?"

"아니요. 방 정리도 그가 다 했어요."

"세상에! 그것 참 별일이군. 가져온 짐은 어땠나요?"

"큰 갈색 가방 하나 가져왔어요. 딱 그것만."

"음, 도움이 될 만한 정보가 별로 없군요. 그 방에서 나온 게 아무것도 없다는 건가요? 정말로?"

하숙집 여주인이 가방에서 봉투를 하나 꺼냈다. 그녀는 탁자에 대고 봉투를 탈탈 털어서 불에 탄 성냥 두 개와 담배꽁초 하나를 꺼냈다.

"오늘 아침 그의 재떨이에 있던 거예요. 당신이 아주 사소한 것에서 중요한 사실을 알아낸다고 해서 이걸 가져왔답니다."

홈즈가 어깨를 으쓱했다.

"알아낼 만한 게 없군요." 그가 말했다. "물론 성냥은 궐련에 불을 붙이기 위해 사용한 거네요. 남은 길이를 보면 그게 분명합니다. 파이프니 시가에 불을 댕겼다면 성냥이 반은 타니까요. 그런데, 아니 이런! 담배꽁초는 주목할 만하군요. 그 신사는 턱수염과 콧수염을 모두 길렀죠?"

"예."

"이해가 안 되는군요. 수염이 없는 사람만이 꽁초가 이렇게 짧아지도록 담배를 피울 수 있어요. 그래, 왓슨, 이 정도로 피우면 자네의 단정한 수염도 그슬릴 거야."

"빨부리를 쓰지 않았을까?" 내가 제안했다.

"아니, 아니야. 끝부분 색이 변했어. 혹시 하숙방에 두 사람이 있는 거 아닌가요, 워런 부인?"

"아니요. 그는 어찌나 적게 먹는지, 그걸 먹고 살 수 있을까 싶을 정도인걸요."

"음, 정보가 좀 더 나오길 기다려야겠어요. 어차피 부인은 딱히 불평할 것도 없으니까요. 하숙인이 별난 것은 분명하지만, 무슨 말썽을 일으킨 것도 아니고, 하숙비도 다 받았죠. 하숙비도 후하게 줬으니, 그가 숨어서 지내겠다고 한들 부인이 관여할 일이 아닙니다. 무슨 범죄 혐의가 있지 않은 한 그의 프라이버시를 침해할 수는 없어요. 일단 이 사건을 내가 맡았으니, 앞으로 지켜보겠습니다. 새로운 일이 생기면 내게 알려주세요. 필요하면 내게 도움을 청하시고요."

"이 사건에는 분명 흥미로운 구석이 있어, 왓슨." 하숙집 여주인이 떠나자 그가 말했다. "물론 별일 아닐 수도 있어. 그냥 괴팍한 사람인지도 몰라. 하지만 겉으로 드러난 것보다 훨씬 더 심각한 사건일 수도 있어. 가장 먼저 떠오르는 생각은 지금 그 방에 있는 사람이 처음 계약을 한 사람이 아닐 수도 있다는 거야."

"왜 그렇게 생각하지?"

"음, 이 담배꽁초도 그렇지만, 하숙인이 방을 잡은 직후에 유일하게 외출을 했다는 게 의미심장하잖아? 그가 돌아온 것, 그러니까 누군가 돌아온 것은 목격자가 아무도 없는 시간이었어. 돌아온 사람이 외출한 사람이었다는 보장이 없지. 그리고 또, 방을 잡은 사람은 영어를 잘했어. 그런데 이 사람은 성냥을 'matches'라고 해야 하는데도 'match'라고 썼어. 복수형이 아니라 단수형 명사로 실린 사전을 보고 이 낱말을 알아낸 거라는 추리를 할 수 있지. 낱말 하나만 달랑 적은 것도 영어를 잘 모른다는 걸 숨기기 위한 것일 수 있어. 그래, 왓슨, 하숙인이 바뀌었다고 의심할 만한 이유는 많아."

"하지만 목적이 뭐지?"

"아! 그게 문제야. 비교적 쉽게 조사할 수 있는 길이 있지." 그는 런던의 여러 신문에 나오는 개인 광고란을 날마다 철해둔 두툼한 스크랩북을 꺼냈다. "아, 이런!" 페이지를 넘기며 그가 말했다. "울고 짜고 징징거리는 것 좀 봐! 얄궂은 사건이 넘쳐나! 하지만 여기야말로 색다른 것을 연구하는 사람에게는 더할 나위 없이 값진 사냥터야! 그 하숙인은 혼자 있고, 다른 사람과 편지로 연락을 주고받을 수 없어. 그랬다가는 그가 지키고자 하는 비밀이 누설될지 모르니까 말이야. 그렇다면 그는 바깥세상의 소식이나 전갈을 어떻게 받을까? 그건 분명 신문 광고를 통해서야. 다른 수단은 없는 것 같아. 다행히 우리는 한 가지 신문만 알아보면 돼. 이건 지난 2주 동안의 《데일리 가제트》지 스크랩이야. '왕자 스케이팅 클럽의 검은 보아 목도리를 두른 숙녀.' 이건 넘겨도 되겠군. '지미는 어머니를 마음 아프게 하지 않을 거야.' 이건 관계가 없겠어. '브릭스턴 승합마차에서 기절한 숙녀라면.' 여자 얘기는 관심 없고. '날마다 간절히 바라……' 이건 울고 짜는 소리야! 아, 이건 좀 가능성이 있겠어. 들어봐. '인내할 것. 확실한 연락 수단을 찾는 중. 당분간은 이 광고란으로. G.' 워런 부인의 하숙인이 도착한 지 이틀 됐을 때야. 그럴듯하게 들리잖아? 수수께끼의 하숙인은 영어를 이해하는 해. 잘 쓸 줄은 몰라도 말이야. 다시 추적을 할 수 있는지 알아볼까? 그래, 여기 있군. 사흘 후야. '잘 진행되고 있음. 신중히 인내할 것. 구름이 걷히는 중. G.' 그 후 일주일 동안은 광고가 없어. 그러다가 훨씬 더 노골적인 얘기가 나오는군. '문제 해결 중. 기회를 봐서 신호하겠음. 정해둔 신호 명심할 것. 1은 A, 2는 B 등. 곧 연락하겠음. G.' 이건 어제 신문이야. 오늘 신문에는 없어. 워런 부인의 하숙인과 아주 딱 들어맞는 얘기들이잖아? 왓슨, 조금만 기다리면 분명 사건의 실체가 드러날 거야."

정말 그랬다. 이튿날 아침 내 친구가 벽난로를 등지고 깔개 위에 서서 득의의 웃음을 머금고 있었다.

"이거 어때, 왓슨?" 그가 탁자에서 신문을 집어들고 외쳤다. "'흰 돌로 외장을 한 높다란 붉은 벽돌집. 4층. 왼쪽 두 번째 창문. 해가 진 후. G.' 이제 확실해졌어. 아침 식사를 하고 워런 부인의 이웃집을 살펴봐야겠어. 아니, 워런 부인! 아침부터 무슨 소식을 들고 오신 거죠?"

우리의 의뢰인이 난데없이 요란하게 방으로 들이닥치더니, 새로 일어난 중요한 일을 얘기해주었다.

"경찰을 불러야 할 일이에요, 홈즈 씨!" 그녀가 외쳤다. "더는 못 참겠어요! 짐을 싸서 방을 빼라고 할 거예요. 당장 뛰어 올라가서 그렇게 말하려다가, 먼저 홈즈 씨 의견부터 듣는 게 낫겠다는 생각이 들더군요. 하지만 내 참을성도 한계에 이르렀어요. 우리 영감을 학대하는 판에……."

"워런 씨를 학대해요?"

"아무튼 짐짝 다루듯 했어요."

"아니 누가 그랬는데요?"

"아, 내가 알고 싶은 게 바로 그거예요! 오늘 아침이었죠. 워런 씨는 토트넘 코트 로드에 있는 모턴 앤드 웨이라이트 회사에서 시간 기록원으로 일해요. 그이는 7시 전에 집을 나서야 한답니다. 그런데 오늘 아침 한길로 열 걸음도 나서기 전에, 두 남자가 뒤에서 덮쳐서 그이의 머리에 외투를 뒤집어씌우더니, 길가에 댄 마차 안에 그이를 짐짝처럼 부렸어요. 그러고는 한 시간쯤 싣고 가서, 마차 문을 열고 패대기쳤답니다. 그이는 도로에 쓰러진 채 마차가 떠난 것도 모르고 벌벌 떨며 어쩔 줄을 모르고 있었죠. 그러다 겨우 정신을 차려 보니 거기가 햄스테드 히스였다는 거예요. 그래서 승합마차를 타고 집에 와서 지금 소파에 누워 있답니다. 나는 무슨 일이 일어났는지 알려주려고 바로 이리 왔고요."

"아주 흥미롭군요." 홈즈가 말했다. "그들의 얼굴은 보았답니까? 말하는 것은 들었고?"

"아니요. 그이는 완전히 넋이 나가버렸어요. 그저 아는 거라고는 마법처럼 번쩍 들려서 마법처럼 나동그라졌다는 거죠. 적어도 두 남자가 연루됐는데, 아마 세 명일 거예요."

"그런데 그게 하숙인과 관계가 있단 말인가요?"

"아, 우리는 거기서 15년이나 살았는데, 전에는 그런 일이 일어난 적이 없어요. 그 남자한테는 이제 질렸어요. 돈이 전부가 아니잖아요. 오늘이 가기 전에 그를 내보내고야 말 거예요."

"잠깐만 기다려요, 워런 부인. 성급하게 굴지 마세요. 이번 일은 처음 보기보다 훨씬 더 중요할지 모른다는 생각이 들었거든요. 지금 하숙인에게 뭔가 위험한 일이 생긴 게 분명합니다. 부인의 집 근처에서 잠복해 기다리는 그의 적들이 부인의 남편을 그 남자로 착각한 겁니다. 아침에 안개가 껴서 말입니다. 실수한 것을 알고는 바로 풀어준 거죠. 실수하지 않았다면 무슨 짓을 하려고 했는지는 아직 분명치 않아요."

"아, 홈즈 씨, 그럼 나는 어째야 하죠?"

"워런 부인의 하숙인을 꼭 보고 싶습니다."

"그게 되려나 모르겠군요. 안으로 쳐들어가면 또 모를까. 내가 식사 쟁반을 내려놓고 계단을 내려갈 때 잠긴 문을 따는 소리가 항상 들리긴 해요."

"당연히 쟁반을 들여놓아야겠죠. 숨어서 그 모습을 볼 수 있겠군요."

하숙집 여주인은 잠깐 생각에 잠겼다.

"아, 맞은편에 작은 창고가 있어요. 거울을 갖다 놓고 문 뒤에 숨어 있으면……."

"훌륭해요!" 홈즈가 말했다. "점심시간이 몇 시죠?"

"1시쯤이에요."

"그럼 왓슨 박사와 내가 그때 들르겠습니다. 워런 부인, 그럼 안녕히 가세요."

12시 반에 우리는 워런 부인의 집 계단에 올라섰다. 폭이 좁은 그 집은 대영박물관 동북쪽의 좁은 도로인 그레이트옴 스트리트에 있는 높다란 노란 벽돌 건물이었다. 스트리트의 모퉁이에 서 있었기 때문에 그 집에서는 좀 더 그럴듯한 건물이 늘어선 하우 스트리트를 굽어볼 수 있었다. 홈즈는 그중 한 집을 가리키며 나직이 웃었다. 그 집은 한 줄로 늘어선 집들 가운데 툭 튀어나와 있어서 유난히 눈에 띄었다.

"저것 봐, 왓슨!" 그가 말했다. "'흰 돌로 외장을 한 높다란 붉은 벽돌집'이야. 바로 저기서 신호를 보내겠지. 우리는 이제 그 장소도 알고, 신호도 알아. 그러니 우리가 할 일은 간단해. 저 창문에 '셋방 있음'이라는 패가 붙어 있어. 비어 있는 게 분명하니까 공모자가 저기로 숨어들겠지. 그런데, 워런 부인, 어떻게 됐죠?"

"준비됐어요. 위로 올라가서 신발은 층계참 아래에 벗어 두세요. 내가 안내할게요."

그녀가 준비해둔 은신처는 안성맞춤이었다. 거울이 놓여 있어서, 우리는 어둠 속에 앉은 채 맞은편 문을 아주 똑똑히 볼 수 있었다. 우리가 그곳에 자리를 잡고 워런 부인이 떠나자마자, 희미하게 딸랑이는 소리가 났다. 우리 이웃의 수수께끼 인물이 초인종을 울린 것이다. 곧 하숙집 여주인이 쟁반을 들고 나타나서, 닫힌 문 옆에 있는 의자 위에 내려놓고는 무거운 발소리를 울리며 떠났다. 우리는 문 모퉁이에 웅크린 채 거울에 눈길을 고정시켰다. 하숙집 여주인의 발소리가

His Last Bow

멀어지자 갑자기 열쇠를 돌리는 소리가 났다. 이어서 손잡이가 돌아가더니 가녀린 두 손이 불쑥 나와 의자 위의 쟁반을 들어올렸다. 그 직후 그 손은 흠칫하며 쟁반을 제자리에 내려놓았다. 순간 거무스름하고 아리따운 얼굴이 겁에 질린 채 빠끔히 열린 창고를 쏘아보는 모습이 얼핏 보였다. 그러고는 문이 쾅 닫히고 다시 열쇠가 돌아가고, 쥐 죽은 듯 조용해졌다. 홈즈가 내 소매를 당겼다. 우리는 슬그머니 계단을 내려갔다.

"저녁에 다시 들르겠습니다." 궁금해하는 하숙집 여주인에게 홈즈가 말했다. "왓슨, 이번 일은 집에 가서 얘기하는 게 낫겠어."

"자네도 보았다시피 내 추리가 옳다는 게 입증되었어." 안락의자에 푹 파묻혀서 그가 말했다. "하숙인이 바뀌었어. 내가 미처 예상치 못한 것은 그게 여자였다는 거야. 그것도 보통 여자가 아니었어, 왓슨."

"그 여자가 우리를 봤어."

"음, 뭔가를 보고 놀랐지. 그건 분명해. 사건의 윤곽은 이제 확실해졌어, 그렇지? 두 남녀가 아주 끔찍하고 갑작스러운 위험을 피해 런던에서 은신처를 구했어. 끔찍이 조심하는 모습을 보면 그 위험이 얼마나 큰지 알 수 있지. 남자는 무슨 일인가를 꾸미고 있는데, 그는 그 일을 하는 동안 여자가 절대적으로 안전하기를

붉은 원

바라고 있어. 그건 쉬운 일이 아닌데, 그가 독창적으로 잘 처리를 했지. 음식을 갖다 주는 하숙집 여주인조차 그녀의 존재를 모르게끔 말이야. 이제 분명해졌지만, 쪽지를 인쇄체로 쓴 것은 필체 때문에 여자라는 것이 혹시 드러날까봐 그랬던 거야. 그는 여자 근처에 올 수 없었어. 그랬다가는 적들을 그녀에게 안내하는 꼴이 될 테니까. 직접 연락을 할 방법이 없었기 때문에 신문의 개인 광고란을 이용한 거야. 여기까지는 모든 게 분명해."

"하지만 사건의 핵심이 뭐지?"

"아, 그래, 왓슨. 역시 자네는 아주 현실적이야! 사건의 핵심은 과연 무엇일까? 워런 부인의 얄궂은 사건은 꽤나 확대되어, 갈수록 좀더 불길한 모습을 띠게 되었어. 분명한 건 이거야. 이게 여느 사랑의 도피와는 다르다는 것. 자네도 그 여자의 얼굴에서 위기의 조짐을 보았어. 또 우리는 하숙집 주인 남자가 공격당했다는 이야기를 들었지. 그건 분명 하숙인을 노린 것이었어. 그런 사실과 한사코 비밀을 지키려고 하는 것을 볼 때 이것은 죽느냐 사느냐의 문제라는 얘기야. 나아가서 워런 씨에 대한 공격으로 미루어볼 때, 적이 누군지는 모르지만, 아무튼 그들은 하숙인이 남자에서 여자로 바뀌었다는 것을 모르고 있어. 아주 기묘하고 복잡한 사건이야, 왓슨."

"자네가 더 끼어들 이유가 있을까? 거기서 얻을 것도 없잖아."

"아니, 무슨 소리야? 이것은 예술을 위한 예술이야, 왓슨. 자네도 환자를 돌볼 때 진료비를 생각지 않고 연구에 심취해본 적이 있을걸?"

"그야, 내 교육 차원에서지."

His Last Bow

"교육은 끝이 없어, 왓슨. 교육은 배움의 연속이고, 마지막에 가장 위대한 것을 배우지. 이번 사건에서는 배울 게 많아. 돈이나 명예가 걸린 것은 아니지만, 꼭 해결해보고 싶어. 해거름에는 우리의 조사도 한 단계 나아가게 될 거야."

우리가 워런 부인의 집으로 다시 돌아왔을 때는 런던 겨울밤의 어둠이 단색의 회색 커튼처럼 두텁게 드리워졌고, 다만 노란빛이 도드라진 사각의 창문들과 가스등의 흐릿하고 둥근 불빛만이 어둠을 깨뜨리고 있었다. 우리가 하숙집의 어두운 거실에서 건너편을 지켜보고 있을 때, 위쪽에서 어둠을 뚫고 다른 흐릿한 빛이 나타났다.

"그 방에서 누군가 움직이고 있어." 홈즈가 여위고 열띤 얼굴을 창문 쪽으로 내밀며 나직이 말했다. "맞아, 그림자가 보여. 다시 나타났어! 촛불을 들고 있군. 지금은 맞은편을 내다보고 있어. 그 여자가 바라보고 있는지 확인하려는 거지. 이제 불빛이 깜빡이기 시작했어. 왓슨, 서로 확인해볼 수 있게 자네도 신호를 잘 봐. 한 번 깜빡였어. 그건 A야. 자, 시작해. 몇 번 깜박였지? 스무 번. 나도 그렇게 봤어. 그건 T야. A와 T. 알 만 해! 다시 T야. 여기서부터는 분명 두 번째 낱말일 거야. 자, 그다음에는, TENTA로군. 갑자기 멈추었어. 아니, 이게 전부일 리가 없는데? ATTENTA는 아무 의미도 없어. 그렇다면 세 낱말일까? AT와 TEN과 TA. 그럼 'T.A.'가 이름 머리글자인 것일까? 다시 시작했어! 저게 뭐지? ATTE……, 아니, 같은 메시지를 다시 보내고 있잖아. 이상한걸. 아주 이상해, 왓슨! 다시 시작했어! AT……, 아니, 세 번이나 되풀이하고 있잖아. ATTENTA를 세 번이나! 또 얼마나 되풀이하려는 거지? 아니, 이제 끝낸 모양이로군. 창가에서 물러났어. 왓슨, 자네 생각은 어때?"

"암호문이야, 홈즈."

내 친구는 문득 알겠다는 듯이 나직이 웃었다. "그렇다면 그리 어려운 암호가 아니야, 왓슨." 그가 말했다. "그래, 물론, 이건 이탈리아어야! 끝말 A는 여성에게 말한다는 뜻이지. '조심하라! 조심하라! 조심하라!' 이런 뜻이야. 어때, 왓슨?"

"그게 맞는 것 같아."

"틀림없어. 이건 아주 긴박한 전갈이야. 그걸 강조하기 위해 세 번이나 되풀이했지. 하지만 뭘 조심하라는 것일까? 아니, 잠깐. 그가 다시 창가로 다가왔어."

웅크린 남자의 흐릿한 실루엣이 다시 보이더니, 작은 불꽃이 깜박이며 신호가 다시 시작되었다. 이번에는 전보다 빨랐다. 횟수를 헤아리기 힘들 정도였다.

"PERICOLO. 페리콜로라니, 이게 무슨 뜻이지, 왓슨? '위험'이라는 뜻이지, 아마? 그래, 맙소사, 이건 위험 신호야. 신호를 다시 보내고 있어! PERI, 어라, 아니 왜……."

불빛이 갑자기 꺼져버렸다. 창문을 밝힌 어렴풋한 사각의 불빛이 사라지자, 여닫이 창문틀이 반짝이는 높다란 건물의 4층은 둘레에 검은 띠를 두른 것처럼 보였다. 마지막 경고의 외침은 갑자기 끊기고 말았다. 누가, 어떻게 그런 것일까? 동시에 같은 생각이 우리 둘의 뇌리를 스쳐 지나갔다. 홈즈가 웅크리고 있던 창가에서 벌떡 일어섰다.

His Last Bow

"이건 심각해, 왓슨." 그가 외쳤다. "뭔가 고약한 일이 벌어지고 있어! 신호가 왜 그런 식으로 갑자기 중단된 걸까? 런던 경찰국에 연락해야겠어. 하지만 상황이 긴박해서 우리가 여길 떠날 수는 없어."

"내가 갔다올까?"

"상황을 좀 더 분명히 알아봐야겠어. 별일이 아닐 수도 있으니까 말이야. 가보자, 왓슨. 직접 건너가서 어떻게 된 일인지 알아보자."

제2부

하우 스트리트를 급히 내려가면서 나는 방금 우리가 나온 건물을 힐끗 돌아보았다. 희미하게 윤곽이 보이는 맨 위층 창문에 한 사람의 머리 그림자가 보였다. 여자였다. 꼼짝하지 않고 골똘히 바깥 어둠을 내다보며, 갑자기 중단된 신호가 다시 계속되기를 애타게 기다리는 모습이었다. 하우 스트리트의 건물 문간에는 한 남자가 목도리와 방한 외투로 몸을 감싸고 난간에 기대어 서 있었다. 그는 현관 불빛에 우리 얼굴이 드러나자 화들짝 놀랐다.

"홈즈!" 그가 외쳤다.

"아니, 그렉슨!" 이름을 부르며 내 친구는 런던 경찰국의 형사와 악수를 했다. "'여행은 연인들의 만남으로 끝난다'(셰익스피어의 『십이야』 제2막 3장에 나오는 말─옮긴이)더니. 여기는 무슨 일로 온 거죠?"

"보아하니 홈즈 씨와 같은 이유로군요." 그렉슨이 말했다. "홈즈 씨가 어떻게 여길 오게 됐는지는 모르겠지만요."

"다른 실마리를 붙들고서 같은 매듭에 이르렀군요. 나는 신호를 지켜보고 있었습니다."

"신호?"

"예, 창문에서 보낸 신호. 신호가 중간에 갑자기 끊겼습니다. 그 까닭을 알아보려고 온 겁니다. 당신이 맡아서 잘 하고 있으니 내가 계속 조사할 이유가 없겠군요."

"잠깐만요!" 그렉슨이 열렬히 외쳤다. "솔직히 말씀드리면, 수사를 할 때 홈즈 씨가 곁에 계실 때만큼 든든한 적은 없습니다. 이 건물에는 출구가 이곳밖에 없으니, 그는 독 안에 든 쥐입니다."

"그가 누구죠?"

"아하, 이번만큼은 우리가 홈즈 씨보다 앞섰군요. 이번에는 우리가 이겼다는 것을 인정하셔야겠습니다그려."

그렉슨이 지팡이로 바닥을 탁탁 두드리자, 멀찍이 거리 한쪽에 서 있던 사륜마차에 있던 마부가 채찍을 들고 어슬렁어슬렁 다가왔다.

"셜록 홈즈 씨를 소개해드리죠." 그렉슨이 마부에게 말했다. "이분은 레버던 씨입니다. 미국 핑커턴 탐정사무소의 탐정이죠."

"롱아일랜드 동굴 미스터리를 해결한 영웅이시죠?" 홈즈가 말했다. "만나서 반갑습니다."

이 미국인은 조용하고 사무적인 청년이었는데, 찬사를 듣고는 말끔하게 면도를 한 도끼 같은 얼굴을 붉혔다.

"저는 지금 일생일대의 추적을 하고 있습니다." 그가 말했다. "조르지아노만 잡을 수 있다면……."

"뭐라고요? '붉은 원'의 조르지아노 말입니까?"

"아, 그자가 유럽에서도 유명한 모양이죠? 우리는 미국에서 그가 한 짓을 죄다 파악했습니다. 무려 쉰 명을 살해한 막후 인물이라는 것을 확실히 알아냈죠. 하지만 그를 잡아들일 확실한 물증이 아직 없어서 뉴욕에서부터 줄곧 뒤를 밟아왔습니다. 놈의 덜미를 잡을 구실이 생기기만 기다리면서 런던에서 일주일째 그를 미행하고 있죠. 그렉슨 씨와 나는 바짝 추적을 해서 놈이 저 집에 들어가는 것을 보았습니다. 저긴 문이 하나밖에 없으니 우리 손아귀에서 빠져나갈 수 없어요. 그가 들어간 후 세 명이 나갔습니다만, 그중에 놈은 없었습니다."

"홈즈 씨가 신호 얘기를 하셨습니다." 그렉슨이 말했다. "늘 그랬듯이, 우리가 모르는 것을 많이 알고 계신 모양입니다."

홈즈는 몇 마디 명쾌한 말로 앞서 우리가 본 상황을 설명했다. 미국인은 안타깝다는 듯이 손을 마주쳤다.

"놈이 우리의 존재를 알아차렸어요!" 그가 외쳤다.

"왜 그렇게 생각하십니까?"

"그게 그렇지 않습니까? 런던에는 그의 일당이 여러 명 있는데, 그중 한 명에게 그가 여기서 무슨 신호를 보내고 있었습니다. 그러다 갑자기, 홈즈 씨 말씀대로, 조심하라는 신호를 보내고는 바로 신호를 중단했습니다. 그게 무슨 뜻인지 빤하잖아요? 거리에 우리가 있는 것을 창문으로 보았거나, 아니면 어떤 식으로든 위험이 임박했다는 것을 알아차린 거죠. 그래서 위험을 피하려면 달아나야 한다고 생각한 겁니다. 홈즈 씨는 어떻게 생각하십니까?"

"당장 올라가서 알아봐야 한다고 생각합니다."

"하지만 체포 영장이 없는걸요."

"그는 범죄가 의심되는 상황에서 남의 집에 들어가 있습니다." 그렉슨이 말했다. "그것만으로도 충분히 체포할 수 있습니다. 일단 잡아들인 후, 나중에 뉴욕의 도움을 받아 구속 영장을 발부받도록 합시다. 지금 놈을 체포하는 것은 내가 책임을 지겠습니다."

우리 영국 형사들은 머리를 쓰는 일에는 우물쭈물할지 몰라도, 용기를 내야 할 일에는 주저함이 없다. 그렉슨은 그 악랄한 살인마를 체포하기 위해 계단을 올라갔다. 그는 런던 경찰국의 계단을 올라가기라도 하는 것처럼 아주 조용하고 사무적인 태도로 발걸음을 뗐다. 핑커턴 탐정사무소의 탐정이 그를 앞지르려고 했지만, 그렉슨이 팔꿈치로 단호하게 그를 막았다. 런던의 위험은 런던 경찰에게 우선권이 있었다.

3층 왼쪽의 방문이 빠끔히 열려 있었다. 그렉슨이 문을 밀고 들어갔다. 방 안은 어둡고 괴괴했다. 내가 성냥불을 켜서 형사의 랜턴을 밝혔다. 가물거리던 성냥불이 랜턴 심지에 옮겨붙어 실내를 밝힌 순간 우리 모두 화들짝 놀랐다. 양탄자가 깔리지 않은 실내의 전나무 마룻바닥에 갓 흘린 핏자국이 나 있었던 것이다. 빨간 발자국은 안쪽의 방에서 나와 우리 쪽으로 향해 있었다. 안쪽 방은 문이 닫혀 있었다. 그렉슨이 그 문을 열어젖히고 최대로 밝힌 랜턴 빛을 앞으로 들어올렸다. 우리는 목을 빼고 그의 어깨 너머로 방 안을 바라보았다.

빈방 마룻바닥 중앙에 거구의 남자가 나동그라져 있었다. 말끔하게 면도를 한 거무스레한 얼굴이 처참하게 뒤틀려 있었고, 섬뜩한 진홍빛 피가 햇무리처럼 그의 머리 둘레에 널따랗게 번져 있었다. 두 무릎을 세운 채, 양손을 고통스럽게 내뻗은 상태였다. 위로 향한 갈색의 굵은 목에는 칼날이 깊이 박힌 채 하얀 손잡이만 튀어나와 있었다. 덩치가 우람한 이 남자는 분명 처참한 일격을 받아 도살용 도끼에 찍힌 황소처럼 쓰러졌을 것이다. 그의 오른손 옆에는 뿔 손잡이가 달린 아주 섬뜩한 양날 단검이 바닥에 떨어져 있었고, 칼 가까이 검은 새끼염소 가죽 장갑이 놓여 있었다.

"맙소사! 블랙 조르지아노잖아!" 미국 탐정이 외쳤다. "이번에는 누가 선수를 쳤군."

"창문에 양초가 있군요, 홈즈 씨." 그렉슨이 말했다. "아니, 뭘 하려는 거죠?"

홈즈가 그새 방을 가로질러 가서, 양초에 불을 붙이고, 촛불을 유리창 쪽으로 내밀었다 뒤로 물렸다 하기를 반복했다. 그러다 어둠 속을 뚫어지게 바라보던 그는 촛불을 불어 끄고 바닥에 내던졌다.

"이게 도움이 되었으면 좋겠군요." 그가 말했다. 두 전문가가 시신을 살펴보고 있는 동안 그가 다가와서 깊은 생각에 잠

겨 서 있었다. "아래에서 기다리는 동안 세 사람이 집 밖으로 나갔다고 했는데, 얼굴을 자세히 보았나요?" 그가 마침내 말했다.

"예, 그럼요."

"한 서른 살에, 검은 수염을 기르고 피부는 거무스름하고, 중키 정도 되는 사람이 그중에 있었나요?"

"예. 그가 마지막으로 나갔습니다."

"그 사람이 범인일 겁니다. 나는 그의 생김새를 알고 있고, 우리는 그의 뚜렷한 발자국도 확보하고 있습니다. 그만하면 잡아들이는 데 충분할 겁니다."

"충분치 않아요, 홈즈 씨. 런던 사람이 얼마나 많은데."

"그럴지도 모르죠. 그래서 당신이 이 숙녀의 도움을 받는 게 좋겠다고 생각했지요."

우리 모두 그 말에 고개를 돌렸다. 문간에 키가 크고 아리따운 여성이 서 있었다. 바로 블룸스베리의 수수께끼의 하숙인이었다. 그녀가 천천히 다가왔다. 불안과 두려움으로 창백한 얼굴을 찡그리고 있었다. 그녀는 겁에 질려 마룻바닥의 검은 인영을 줄곧 뚫어지게 바라보았다.

"당신들이 그를 죽였군요!" 그녀가 중얼거렸다. "오, 디오 미오(Dio mio. 영어로 'my God'[맙소사]'에 해당하는 이탈리아어―옮긴이), 당신들이 그를 죽였어요!" 그러곤 갑자기 숨을 세차게 들이켜는 소리가 들리더니 그녀가 환호성을 올리며 펄쩍 몸을 솟구쳤다. 그녀는 손뼉을 치고 방 안을 빙빙 돌며 춤을 추었다. 믿기지 않는 기쁨으로 두 눈을 반짝이는 그녀의 입에서는 아름다운 이탈리아어 탄성이 수없이 쏟아져 나왔다. 여성이 그처럼 발작을 일으키듯 기뻐하는 것을 보는 것은 경이로우면서도 섬뜩했다. 갑자기 그녀가 동작을 멈추더니 질문하는 듯한 눈길로 우리 모두를 응시했다.

"그런데 여러분! 여러분은 경찰이죠? 여러분이 주세페 조르지아노를 죽였어요. 그렇죠?"

"우리는 경찰입니다, 부인."

그녀는 어둑한 실내를 둘러보았다.

"그렇다면 제나로는 어디 있나요?" 그녀가 물었다. "그이는 내 남편이에요. 제나로 루카. 나는 에밀리아 루카랍니다. 우리는 뉴욕에서 왔어요. 제나로는 어디 있죠? 그이가 이 창문에서 아까 내게 신호를 보냈어요. 그래서 내가 득달같이 달려왔고요."

"신호를 보낸 것은 접니다." 홈즈가 말했다.

"당신이! 어떻게 신호를 알죠?"

"그런 암호는 어렵지 않습니다, 부인. 부인이 이곳으로 오길 바랐지요. '비에니'(vieni. 영어로 'come〔오라〕'에 해당하는 이탈리아어ー옮긴이) 신호를 보내기만 하면 틀림없이 오실 줄 알았습니다."

이리따운 이탈리아인이 놀라워하며 내 친구를 바라보았다.

"그것을 어떻게 아셨는지 모르겠군요." 그녀가 말했다. "주세페 조르지아노, 그는 어떻게……" 하던 말을 멈추더니 그녀의 얼굴이 갑자기 기쁨과 자랑스러움으로 밝아졌다. "이제 알겠어요! 우리 제나로! 훌륭하고 아름다운 제나로, 그이가 나를 안전하게 지켜주었어요. 그랬어요. 그이가 억센 손으로 직접 괴물을 죽인 거예요. 오, 제나로, 정말 멋져요! 그런 남자에게 어떤 여자가 반하지 않겠어요!"

"저기, 루카스 부인." 목석같은 그렉슨은 그녀가 노팅힐의 건달이라도 되는 듯이 냉담하게 그녀의 소매에 손을 얹고 말했다. "댁이 누군지, 어떤 사람인지 아직 모릅니다만, 몇 마디 말씀을 들어보니 우리 경찰국에서 꼭 필요로 하는 사람이라는 것만큼은 확실하군요."

"그렉슨, 잠깐." 홈즈가 말했다. "우리는 정보를 얻고자 하는데, 이 부인은 바로 그 정보를 우리에게 주고자 한다는 생각이 듭니다. 부인, 부군께서 우리 앞에 쓰러져 있는 저 남자를 살해한 혐의로 체포되어 재판을 받게 될 거라는 사실을 아시죠? 부인의 말은 증거로 이용될 수 있습니다. 하지만 부군이 악의적으로 살인을 한 것이 아니며 우리가 그 내막을 알아주길 그가 바란다고 생각하신다면, 부인이 우리에게 자초지종을 모두 말해주는 것이 무엇보다도 더 부군에게 도움이 될 것입니다."

"조르지아노가 죽었으니 우리는 이제 두려워할 게 없어요." 부인이 말했다. "그는 악마 같은 괴물이었어요. 그런 자를 죽였다고 해서 우리 남편을 처벌할 판사는 이 세상에 없을 거예요."

"그렇다면," 하고 홈즈가 말했다. "이 방문을 잠그고 처음 상태대로 놓아두고, 이 숙녀와 함께 하숙집으로 가서, 자초지종을 들어본 후 결정을 하는 것이 좋겠군요."

30분 후 우리 네 사람은 루카 부인의 작은 거실에 자리 잡고 앉아서, 우리 눈으로 우연히 결말을 목격한 흥흥한 이번 사건에 대한 놀라운 이야기에 귀를 기울였다. 그녀는 빠르고 유창하지만 문법에 얽매이지 않은 영어로 이야기한 탓에, 명료한 의미 전달을 위해 문법은 내가 바로잡았다.

"나는 나폴리 근처의 포실리포에서 태어났어요." 그녀가 말했다. "아버지는 그 지역의 최고 변호사이고 한때는 하원의원이었던 아구스토 바렐리랍니다. 제나로는 아버지 밑에서 일했는데, 나는 그이를 사랑하게 되었어요. 어떤 여자라도 그이를 사랑하지 않을 수 없었을 거예요. 그이는 돈도 지위도 없었어요. 아름답고 강하고 열정적인 것 말고는 가진 게 없어서 아버지는 결혼을 허락해주지 않으셨어요. 우리는 같이 달아나서 바리에서 결혼을 했어요. 내 보석을 팔아서 마련한 돈으로 미국으로 건너갔죠. 그게 4년 전이었어요. 우리는 그 후 계속 뉴욕에서 살았어요.

처음에는 운이 좋았어요. 제나로는 어느 이탈리아인 신사에게 고용될 수 있었어요. 뉴욕 바워리 거리에서 그분이 불량배에게 당하는 것을 그이가 구해준 뒤로, 그분은 우리의 막강한 후원자가 되었답니다. 그분의 이름은 티토 카스탈로테죠. 뉴욕의 핵심 과일 수입상인 카스탈로테와 잠바라는 큰 회사의 주인이었어요. 동업자인 잠바 씨는 병이 들어서, 우리의 새 친구 카스탈로테 씨가 회사의 전권을 쥐고 있답니다. 회사는 직원 수가 300명이 넘어요. 그분은 우리 남편을 고용해서 부장으로 임명하는 등 각별히 호의를 베풀어 주셨죠. 카스탈로테 씨는 독신이랍니다. 내가 보기에 그분은 제나로를 아들로 여기시는 듯해요. 남편과 나도 그분을 친아버지처럼 사랑했어요. 우리는 브루클

린에 작은 집을 얻고 살림도 장만했죠. 이제 우리의 미래는 탄탄대로인 듯했는데, 그때 우리의 하늘을 뒤덮은 먹구름이 몰려왔어요.

어느 날 밤, 제나로가 퇴근하고 돌아왔을 때, 고국 이탈리아 사람을 데려왔어요. 이름이 조르지아노였죠. 그 남자 역시 포실리포 출신이었어요. 그의 시신을 보셔서 아시다시피 그는 체격이 우람했죠. 체격만 거창한 게 아니라, 그에 관한 모든 것이 거창하고 기괴하고 소름이 끼쳤죠. 우리 집이 작아서 그의 목소리는 천둥처럼 울렸어요. 그가 말을 하면서 거대한 팔을 휘두르며 손짓할 공간도 비좁을 정도였답니다. 그의 생각, 감정, 열망, 그 모든 것이 과장되고 괴상망측했어요. 그는 말을 한다기보다 아주 열렬히 으르렁거려서, 다른 사람은 엄청난 말의 홍수에 주눅이 든 채 그저 다소곳이 앉아서 귀를 기울일 수밖에 없었어요. 두 눈은 어찌나 이글거리는지 누구나 기가 죽을 수밖에 없었죠. 그는 무시무시하고 놀라운 남자였어요. 그가 죽었다는 게 얼마나 고마운지 몰라요!

그는 걸핏하면 찾아왔답니다. 하지만 나보다도 제나로가 더 그를 싫어한다는 것을 난 알았죠. 딱한 우리 남편은 창백하고 맥없이 앉아서, 우리 방문객이 미친 듯이 늘어놓는 사회 문제나 정치 이야기를 들었어요. 제나로는 아무 말도 하지 않았죠. 하지만 그이를 잘 아는 나는 낯선 감정이 그이의 얼굴에 드러난 것을 볼 수 있었어요. 처음에는 그게 혐오감인 줄 알았어요. 그런데 차츰 두고 봤더니, 그건 혐오감 이상이었어요. 그건 공포였죠. 깊고, 은밀하고, 몸을 사리는 공포 말예요. 그날 밤, 내가 그 공포를 알아차린 바로 그날 밤, 나는 그이를 껴안고 나에 대한 그이의 사랑에 호소했어요. 내게 아무것도 숨기지 말고 다 털어놓으라고, 그 거구의 남자가 그이에게 왜 그늘을 드리우고 있는지 말해달라고요.

그이가 말을 해주었어요. 얘기를 들으며 내 가슴은 얼음처럼 차가워졌죠. 가여운 우리 제나로는 모든 세상이 그에게 등을 돌리고, 불공정한 삶에 미칠 것만 같던 시절, 거칠고 열화와 같던 젊은 시절에 옛 카르보나리당(Carbonari는 숯 굽는 사람들을 뜻하는 이탈리아어로 19세기 초 이탈리아 남부에서 활동한 비밀결사의 명칭—옮긴이)과 손을 잡은 붉은 원이라는 나폴리 조직에 가입한 적이 있었어요. 이 조직의 비밀과 맹세 서약은 무시무시했는데, 일단 가입을 하면 탈퇴가 불가능했어요. 우리가 미국으로 달아났을 때, 제나로는 그 조직을 영영 떨쳐버린 줄만 알았죠. 그런데 어느 날 저녁 나폴리에서 그이를 가입시킨 바로 그 남자를 만났으니 얼마나 무서웠겠어요! 거인 조르지아노는 살인으로 팔뚝까지 피에 절어서, 이탈리아 남부에서는 '저승사자' 정도로 알려진 인간이었어요. 그 인간은 이탈리아 경찰을 피해 뉴욕에 와 있었죠. 이미 뉴욕에 터를 잡고 그 끔찍한 조직의 지부까지 만들어둔 상태였어요. 이 모든 얘기를 내게 들려준 제나로는 바로 그날 받은 호출장을 보여주었어요. 어느 날 집회가 열릴 텐데, 그날 그이가 참석해야 한다고 지시하는 그 호출장 머리에는 붉은 원이 그려져 있었죠.

그건 끔찍한 일이었지만, 더욱 끔찍한 일은 나중에 일어났어요. 조르지아노가 줄곧 찾아왔는데, 우리에게 찾아온 날이면 저녁에 주로 나한테 말을 걸었어요. 말은 남편한테 하면서도, 야수처럼 소름끼치는 부리부리한 두 눈은 항상 나를 향하고 있었죠. 어느 날 저녁 그의 비밀이 드러났어요. 알고 보니 그가 '사랑'이라고 부르는 것을 내가 일깨운 거예요. 야수, 야만인의 사랑을 말예요. 그날 제나로는 아직 집에 돌아오지 않았죠. 그는 집 안에 들이닥치더니, 우악스러운 팔로 나를 붙들고, 곰처럼 나를 껴안고는 키스를 해대며 자기랑 같이 떠나자고 애걸을 하더군요. 내가 몸부림을 치면서 비명을 지를 때 제나로가 들어와서 그를 공격했어요. 그는 제나로를 후려쳐서 기절을 시키고는 달아나서 다시 돌아오지 않았어요. 그날 밤 우리한테 치명적인 적이 생긴 거죠.

며칠 후 집회가 열렸어요. 제나로가 돌아왔을 때 표정을 보니 뭔가 참혹한 일이 있었던 게 분명했어요. 그건 우리가 상상한 것 이상으로 끔찍한 일이었죠. 조직에서 부유한 이탈리아인들에게 공갈 협박을 해서 돈을 갈취했어요. 돈을 내놓지 않으면 폭력을 쓰겠다고 협박을 한 거죠. 우리의 친구이자 은인인 카스탈로테에게도 접근을 한 모양이에요. 그분은 위협에 굴하지 않고 거절을 하고는 경찰에 신고를 했어요. 그래서 집회 때 다른 사람이 또 그렇게 반발하지 않도록 본때를 보여 줘야 한다는 결의를 하게 되었어요. 그분과 집을 다이너마이트로 날려 버려야 한다는 결의였죠. 그래서 그것을 누가 할 것인지 제비뽑기를 했어요. 그이는 제비뽑기 자루 속에 손을 넣으면서, 우리의 적이 잔혹한 미소를 짓는 걸 보았어요. 보나마나 어떤 식으로든 사전 조작을 해놓은 게 분명했죠. 그이가 바로 빨간 원이 그려진 걸 뽑았거든요. 그건

붉은 원

살인 지령이었죠. 그이는 최고의 친구를 죽여야 했어요. 아니면 그이와 내가 보복을 당해야 했죠. 그 악마 같은 조직은 두려워하거나 혐오하는 사람을 처벌할 때 당사자가 사랑하는 사람까지 해치는 것을 서슴지 않았어요. 그런 사실을 알고 있었기 때문에 불쌍한 제나로는 겁에 질리고 걱정이 되어서 미칠 것만 같았죠.

그날 우리는 앉아서 꼬박 밤을 새웠어요. 서로 꼭 껴안고 우리 앞에 놓인 시련에 대해 서로 격려를 해주었어요. 살인은 이튿날 저녁에 하기로 되어 있었어요. 정오에 남편과 나는 런던으로 달아났죠. 하지만 떠나기 전에 우리의 은인에게 위험을 알려주었답니다. 나중에 그분의 목숨을 노리는 일이 없도록 경찰에도 알리고요.

그 뒷일은 신사 여러분도 아실 거예요. 우리는 적들이 그림자처럼 뒤쫓아올 거라고 확신했어요. 조르지아노는 개인적으로 복수를 할 구실까지 있었죠. 어쨌든 그가 얼마나 무자비하고, 얼마나 교활하고 끈질긴지 우리는 잘 알고 있었어요. 그가 얼마나 무서운 힘을 지녔는지는 이탈리아에도 미국에도 널리 알려져 있어요. 그 힘을 휘두를 때가 지금 아니면 언제겠어요. 우리 남편은 런던에 막 도착해 아직 발각되지 않은 틈을 노려서, 어떤 위험도 미칠 수 없는 안전한 피난처를 내게 마련해주었어요. 남편은 미국과 이탈리아 경찰에 연락할 수 있도록, 숨어 있지 않고 밖에 나가 있기를 바랐죠. 나는 그이가 어디서 어떻게 지냈는지 몰라요. 내가 아는 것이라고는 신문에 난 광고뿐이죠. 그런데 한번은 창밖을 내다보다가, 이탈리아인 두 명이 이 집을 감시하고 있는 것을 보았어요. 어떻게인지 몰라도 조르지아노가 우리의 은신처를 알아낸 모양이었어요. 마지막으로 제나로가 신문 광고를 통해 내게 전한 말은, 어느 집 창문에서 내게 신호를 보내겠다는 것이었어요. 그런데 조심하라는 신호를 보내다가 갑자기 신호가 끊겼죠. 이제 보니 어떻게 된 일인지 알겠어요. 그이는 조르지아노가 가까이 있다는 것을 알았고, 아, 고맙게도, 그이는 그가 접근했을 때 맞설 준비를 하고 있었던 거예요. 그럼 이제 신사 여러분께 묻고 싶어요. 우리가 무슨 법을 어겼는지, 세상의 어떤 판사가 우리 제나로가 한 일을 잘못이라고 할 수 있는지 묻고 싶어요."

"음, 그렉슨 씨." 미국인이 형사를 건너다보며 말했다. "당신네 영국인의 견해는 어떤지 모르겠지만, 뉴욕에서는 아마도 이 숙녀의 남편이 아주 전폭적인 찬사를 받을 겁니다."

"부인은 나와 함께 가서 국장을 만나게 될 것입니다." 그렉슨이 대답했다. "부인의 말이 사실이라면 부인이나 남편이 걱정할 일은 없을 겁니다. 하지만 내가 종잡을 수가 없는 것은, 도대체 홈즈 씨가 어떻게 이 사건에 뛰어들었나 하는 것입니다."

"교육, 바로 교육을 위해서죠, 그렉슨. 유서 깊은 대학에서 계속 배움을 추구한 결과입니다. 자, 왓슨, 자네는 비극적이고 기괴한 이야기를 하나 더 수집하게 되었군. 아직 8시가 안 되었는데, 코벤트 가든에서 바그너의 밤 공연이 있어! 서두르면 2막부터는 볼 수 있을 거야."

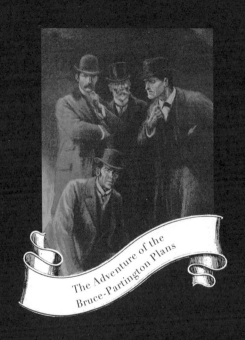

The Adventure of the
Bruce-Partington Plans

브루스파팅턴호 설계도

그해 1895년 11월 셋째 주에는 런던에 노란 안개가 자욱하게 끼었다. 월요일부터 목요일까지, 베이커 스트리트의 우리 창문에서 맞은편 집들이 흐릿하게나마 보인 날이 잠시라도 있었는지 모르겠다. 첫날 홈즈는 두툼한 참고자료집에 상호참조 표시를 하며 시간을 보냈다. 둘째와 셋째 날은 최근 취미를 붙인 중세음악이라는 주제에 끈질기게 매달렸다. 그러나 넷째 날, 아침 식사를 마치고 의자를 뒤로 물려 앉아서, 우중충하고 짙은 갈색의 소용돌이가 여전히 우리 눈앞을 지나가며 유리창에 끈적끈적한 물방울이 맺히는 것을 바라보고 있자니, 조급하고 활동적인 성격의 내 친구는 따분한 하루하루를 더는 참을 수가 없었다. 그는 할 일이 없는 것에 안달복달하며, 에너지를 발산하지 못해 열에 들떠서는 가구를 투덕거리다가, 손톱을 깨물며 거실을 오락가락, 오락가락했다.

"신문에 재미있는 기사 없어, 왓슨?" 그가 말했다.

홈즈에게 재미있는 기사란 범죄 사건 기사를 뜻한다는 것을 나는 알고 있었다. 혁명 뉴스, 전운이 감돈다는 뉴스, 정부의 임박한 변화에 관한 뉴스도 있었지만, 그런 것은 내 친구의 회가 동하는 일이 아니었다. 진부하지 않고 시시껄렁하지 않은 범죄 사건 기록은 찾아볼 수가 없었다. 홈즈는 신음소리를 내뱉고 다시 안절부절 실내를 서성이기 시작했다.

"런던 범죄자들은 정말 멍청한 녀석들이야." 경기에 진 운동선수가 투덜거리는 어투로 그가 말했다. "이 창밖을 좀 내다봐, 왓슨. 형상들이 어렴풋이 나타나서 흐릿하게 보이다가, 또다시 구름 같은 안개 속으로 사라지는 모습을 좀 봐. 도둑이나 살인자라면 이런 날이야말로 정글 속의 호랑이처럼 숨어서 런던을 배회하기 딱 좋은 날이야. 와락 덮칠 때만 모습이 드러나는데, 그게 희생자에게만 보이지."

"사소한 절도 사건은 수두룩해." 내가 말했다.

홈즈는 콧방귀를 뀌었다.

"이 거대하고 음산한 무대는 그보다 훨씬 더 대단한 범죄를 위한 무대야." 그가 말했다. "이 사회를 위해서는 내가 범죄자가 되지 않은 게 천만다행이지."

"그건 그래!" 내가 진심으로 말했다.

"내가 브룩스나 우드하우스라고 해봐. 그러니까 내 목숨을 노릴 이유를 가진 쉰 명 가운데 하나라면, 내가 과연 얼마나 오래 살아남을 수 있을까? 한 번의 호출, 한 번의 거짓 약속만으로도 모든 게 끝장나고 말 거야. 라틴아메리카, 그러니까 암살이 난무하는 나라에 안개가 끼지 않는 게 다행이지. 오, 이런! 마침내 따분한 나날을 날려 보낼 조짐이 보이는군."

His Last Bow

하녀가 전보를 들고 왔다. 홈즈가 전보를 개봉하더니 웃음을 터트렸다.

"이런, 이런! 무슨 일이지?" 그가 말했다. "마이크로프트 형이 온다는군."

"그게 뭐 별일이라고."

"그게 별일이 아니라고? 그건 시골길에서 시가마차(시내에서 말한 마리가 끌고 궤도 위를 운행하던 여객 마차―옮긴이)를 만난 것과 같아. 형한테는 자기 궤도가 있어서 그 궤도로만 달리지. 펠멜 거리의하숙집과 디오게네스 클럽과 화이트홀을 맴도는 거야. 그게 형의 궤도지. 형이 이곳에 온 것은 한 번, 딱 한 번뿐이야. 형이 궤도를 이탈할 만큼 큰일이 난 것일까?"

"아무런 설명이 없어?"

홈즈가 형의 전보를 건네주었다.

　　캐도건 웨스트의 일로 만나야겠다. 즉시 가겠다.

　　　　　　　　　　　　　　　　　　　　　― 마이크로프트

"캐도건 웨스트? 귀에 익은데?"

"나는 처음 듣는 이름이야. 그런데 형이 이렇게 불쑥 나타나다니! 이건 행성이 궤도를 이탈한 격이야. 그런데 자네는 형이 어떤 사람인지 알아?"

나는 그리스인 통역사 사건 때 들은 말이 어렴풋이 떠올랐다.

"형님이 영국 정부 산하의 무슨 작은 사무소를 갖고 계시다면서?"

홈즈가 나지막이 웃었다.

"그때는 자네를 잘 알지 못했잖아. 아주 중요한 국가 문제에 대해서는 말을 삼가지 않을 수 없어서 말이야. 형이 영국 정부를 위해 일한다는 건 맞아. 때로는 형이 곧 영국 정부일 때가 있다고 해도 어느 면에서는 맞는 말이야."

"세상에!"

"자네가 놀랄 줄 알았어. 형은 연봉 450파운드의 하급 관리로 지내면서 아무런 야망도 없고, 명예나 작위를 받으려고 하지도 않지만, 이 나라에서 없어서는 안 되는 사람이야."

"아니, 어떻게?"

"음, 형이 하는 일은 아주 독특해. 그런 일자리를 형이 스스로 만들었어. 그런 일은 전에 없었고, 앞으로도 없을 거야. 형은 살아 있는 인간 중에서 누구보다 질서 정연한 두뇌를 지녔고 기억력도 최고야. 형은 내가 범죄 사건을 탐색하는 데 들이는 것과 똑같은 큰 힘을 그런 특별한 일에 사용했지. 모든 정부 부서의 결정이 형에게 넘어와서, 형은 전화교환소나, 대차를 결산하는 어음교환소와 같은 구실을 하는 거야. 다른 모든 사람들은 특수 분야의 전문가인데, 형은 모든 분야의 전문가지. 그래서 어느 장관이 해군과 인도, 캐나다, 복본위제(두 가지 이상의 금속을 한 나라의 화폐 제도의 기초인 본위화폐로 하는 화폐 제도—옮긴이) 문제 등이 모두 뒤얽힌 일에 관한 정보를 필요로 한다고 쳐봐. 장관은 낱낱의 문제에 대해 각 전문 부서의 조언을 따로따로 듣게 되지. 하지만 형이라면 그 모든 문제에 초점을 맞추고, 각 요인이 다른 요인에 어떤 영향을 미치는지 즉석에서 설명할 수 있어. 그래서 사람들은 형의 도움을 받기 시작했지. 그게 편리한 지름길이니까. 이제 형은 없어서는 안되는 존재가 되었어. 형의 대단한 두뇌에는 모든 정보가 차곡차곡 저장되어 있어서, 즉석에서 꺼내 쓸 수 있지. 형의 제안이 국가 정책을 결정하는 일이 거듭되었어. 이제는 그게 생활화되었지. 오로지 국가 정책을 좌우하는 거창한 생각만 하며 사는 거야. 내가 찾아가서 사건에 대해 조언을 구하면, 그때서야 긴장을 풀고 두뇌 운동 삼아 사건을 해결해주지. 그런 제우스 신께서 오늘 납신다는 거야. 대체 무슨 일일까? 캐도건 웨스트가 누구지? 그 사람이 형과 무슨 관계일까?"

"아, 알겠어." 내가 외치며 소파 위의 신문 더미 속으로 뛰어들었다. "그래, 찾았어, 바로 이거야! 캐도건 웨스트는 화요일 아침 지하철에서 시체로 발견된 청년이야."

홈즈가 파이프를 입으로 가져가다가 귀가 솔깃해서 상체를 곧추세웠다.

"심각한 일인 게 분명해, 왓슨. 형을 궤도 이탈하게 한 사망 사건이라면 평범한 사건일 리가 없지. 도대체 형은 그 사건과 무슨 관계가 있을까? 내 기억으로 그건 평범한 사건이었어. 청년은 열차 밖으로 뛰어내려 자살을 한 게 분명해. 그는 주머니를 털린 것도 아니었고, 폭행을 당했다고 볼 만한 이유도 없었어. 그렇지?"

"검시배심을 한 결과, 새로운 증거가 많이 드러났어." 내가 말했다. "좀 더 세심히 들여다보니, 이건 틀림없이 수상쩍은 사건이야."

"형에게 미친 영향으로 판단해보면, 더없이 비상한 사건이라고 생각지 않을 수 없어." 그가 안락의자에 느긋이 기댔다. "자, 왓슨, 사실을 확인해보자."

"그는 이름이 아서 캐도건 웨스트였어. 스물일곱 살에, 미혼이고, 울리치 아세널(1805년 울리치에 세워진 병기고에 해당하는 군사시설. 후에 왕립 사관학교와 왕립 포병대가 들어왔다―옮긴이)의 사무원이었어."

"공무원이었군. 형과 관련이 있어!"

"그는 월요일 밤 갑자기 울리치를 떠났어. 그의 약혼녀 바이올렛 웨스트베리 양이 그를 마지막으로 보았군. 그날 저녁 7시 30분쯤 그녀를 안개 속에 남겨두고 갑자기 떠났다는 거야. 두 사람이 다툰 것은 아니었어. 그녀는 그가 왜 그랬는지 영문을 모른다는군. 그 후 알려진 행적이라고는, 런던의 지하철 앨드게이트 역 바로 밖에서 메이슨이라는 이름의 선로공이 그의 시체를 발견했다는 것뿐이야."

"언제?"

"화요일 아침 6시에 발견되었어. 동쪽으로 향한 선로의 왼쪽에 깔린 자갈 바깥에 쓰러져 있었지. 선로가 터널에서 막 빠져나와서 앨드게이트 역에 가까운 지점이야. 머리가 심하게 부서졌어. 기차에서 떨어지는 바람에 생긴 상처겠지. 기차를 타고 왔다가 떨어진 게 분명해. 근처의 거리에서 실려 온 거라면, 도중에 기차역 울타리를 지나야 하는데, 거긴 검표원이 항상 지키고 서 있어. 그것만큼은 틀림없는 것 같아."

"좋아. 사건은 명백하군. 그 남자는 살았거나 죽은 상태로 기차에서 떨어졌어. 거꾸로 말이야. 여기까지는 분명해. 계속 말해봐."

"시체가 발견된 선로를 지나간 기차는 서쪽에서 동쪽으로 가던 기차였어. 이 노선에는 수도권 왕복 기차와, 윌스덴에서 교외 환승역까지 왕복하는 기차가 다녀. 그 청년이 사망했을 때, 그날 밤 늦게 바로 그 방향으로 여행을 하고 있었다는 것은 확실한데, 어느 역에서 탔는지는 알 수 없어."

"그야 차표를 보면 알겠지."

"주머니에 차표가 없었어."

"차표가 없었다고! 맙소사, 왓슨, 그건 정말 특이한 일이야. 내 경험에 따르면, 차표를 보여주지 않고 수도권 기차를 타는 것은 불가능해. 그러니 아마도 그 청년은 차표를 가지고 있었을 거야. 어디서 승차했는지를 숨기기 위해 범인이 훔쳐간 것일까? 그랬을지도 모르지. 아니면 객실에서 떨어뜨렸을까? 그랬을 수도 있어. 아무튼 요점은 아주 흥미롭다는 거야. 강도를 당한 흔적은 없다고?"

"분명 없어. 여기 소지품 목록이 있군. 지갑에는 2파운드 15실링이 들어 있었어. 캐피틀 앤드 카운티스 뱅크 울리치 지점의 수표책도 있었고. 그의 신원은 그 수표책으로 알아낸 거야. 또 그날 저녁 울리치 극장 특등석 표가 두 장 있었어. 전문기술 문서 몇 장이 있었고."

홈즈가 만족스럽다는 소리를 냈다.

"마침내 핵심에 이르렀어, 왓슨! 영국 정부, 울리치 아세널, 전문기술 문서, 마이크로프트 형. 연결 고리가 완벽해. 그런데 내가 잘못

안 게 아니라면, 형이 도착했나 보군. 직접 설명을 해주려고 말이야."

잠시 후 키가 늘씬하고 풍채 좋은 마이크로프트 홈즈가 안내를 받고 방 안으로 들어왔다. 체구가 육중하고 우람해서, 그 모습은 신체적으로 세련되지 못하고 굼뜨다는 것을 암시했다. 하지만 거대한 그 몸통 위에 떡하니 올려진 머리의 이마는 위엄이 가득하고, 깊이 자리 잡은 강철 같은 잿빛의 두 눈은 경계를 늦추는 법이 없었으며, 입은 굳게 다물고, 표정의 움직임은 포착하기 어려웠다. 때문에 그를 처음 본 사람은 그의 체구가 비대하다는 것은 말끔히 잊어버리고 다만 올연히 돋보이는 정신만 기억했다.

그를 뒤따라 마른 체격에 근엄한 표정의 런던 경찰국 형사가 등장했다. 우리의 옛 친구 레스트레이드였다. 두 사람의 표정이 심각한 것으로 보아 중요한 볼일이 있다는 것을 알 수 있었다. 형사는 말없이 악

His Last Bow

수를 나누었다. 마이크로프트 홈즈는 용을 쓰며 외투를 벗고 안락의자에 주저앉았다.

"정말 짜증나는 일이야, 셜록." 그가 말했다. "습관을 바꾸는 건 질색인데, 권력자들은 싫다는 소릴 못 하게 해. 시암(타이의 옛 이름—옮긴이) 왕국의 현 상태에서는 내가 사무실을 비울 수가 없는데, 진짜 위기가 닥쳤으니 어쩔 수 없지. 총리가 그렇게 당황한 것을 본 적이 없어. 해군 본부는 어떤가 하면, 벌집을 쑤셔놓은 것처럼 난리가 아니야. 그 사건 기사는 읽어봤겠지?"

"방금 봤어요. 전문기술 문서라는 게 뭐죠?"

"아, 그게 바로 핵심이야! 다행히 그게 밖으로 새지는 않았어. 그 얘기가 퍼졌다면 언론이 광분했을 거야. 참혹한 종말을 맞은 청년의 주머니에 들어 있던 문서는 브루스파팅턴호 잠수함 설계도였어."

마이크로프트 홈즈의 말이 워낙 엄숙해서 그것이 얼마나 중요한가를 여실히 느낄 수 있었다. 그의 동생과 나는 귀를 쫑긋 세우고 앉아 있었다.

"그 잠수정 얘기는 물론 들어봤겠지? 그 얘기를 들어보지 못한 사람은 없을 거야."

"이름만 들어봤죠."

"그 중요성은 이루 말할 수가 없어. 그건 정부에서 엄중히 보호해온 최고의 국가 기밀이었어. 브루스파팅턴호의 작전 반경 내에서는 해전이 불가능하게 되었다고 할 수 있지. 2년 전 정부는 막대한 금액을 비밀리에 빼돌려서 잠수함 독점권을 확보하는 데 썼어. 그 비밀을 지키는 데 총력을 다 기울였지. 설계도는 극히 복잡하고 포괄적인, 약 서른 가지의 별개 특허로 이루어졌고, 그 어느 하나도 없어서는 안 돼. 그 설계도를 아세널 근처 비밀 사무실의 정교한 금고에 보관했어. 문과 창문에 모두 방범 장치가 돼 있지. 상상할 수 있는 그 어떤 상황에서도 사무실에서 설계도를 훔쳐갈 수는 없었어. 해군 건설 부장이 설계도를 보고 싶어도, 예외 없이 울리치 사무실로 찾아가야만 했지. 그런데 런던 심장부에서 죽은 하급 사무직원의 주머니에서 그게 발견되었어. 공직자 입장에서 볼 때 그건 정말 끔찍한 노릇이야."

"하지만 회수했잖아요?"

"아니야, 셜록, 아니야! 그건 일부일 뿐이야. 우린 회수하지 못했어. 울리치에서 잃은 서류는 열 장이지. 캐도건 웨스트의 주머니에서 나온 것은 일곱 장뿐이야. 가장 중요한 세 장이 없어졌어. 도둑맞은 거야. 감쪽같이 사라졌어. 너는 다른 모든 일을 접어라, 셜록. 즉결재판이나 받고 끝날 평소의 아기자기한 사건일랑 잊어버려. 네가 해결해야 할 사건은 중차대한 국제 사건이야. 캐도건 웨스트는 왜 서류를 빼돌렸을까? 사라진 서류는 어디 있을까? 그는 어떻게 죽었을까? 그의 시신은 왜 그곳에서 발견되었을까? 어떻게 해야 이 문제를 해결할 수 있을까? 이 모든 질문의 답을 찾으면, 너는 국가를 위해 크나큰 일을 했다고 할 수 있다."

"왜 형이 직접 해결하지 않죠? 형도 나 못지않잖아요."

"내가 해결할 수도 있겠지. 하지만 자잘한 정보 수집이 문제야. 네가 내게 정보를 다오. 그러면 나는 안락의자에서 앉아 전문가의 탁월

한 견해를 들려줄게. 하지만 이리저리 뛰어다니며 철도 계원들에게 질문을 던지고, 엎드려서 돋보기를 들여다보고 하는 건 내 장기가 아니야. 그러니 네가 바로 이 사건을 해결할 유일한 사람인 거다. 네가 다음번 서훈 명단에 이름을 올리고 싶다면……."

내 친구는 씩 웃으며 고개를 내둘렀다.

"나는 게임을 위한 게임을 해요." 그가 말했다. "아무튼 사건이 흥미로운 데가 있다는 건 분명하니, 기꺼이 조사하도록 하겠습니다. 관련 사실들을 좀 더 알려주세요."

"이 종이에 좀 더 필요한 사항들을 적어두었어. 도움이 될 만한 몇 군데 주소와 함께 말이야. 설계도 보관 담당자는 정부의 유명한 전문가인 제임스 월터 경인데, 훈장과 직함이 인명록 두 줄을 채울 정도야. 한평생 공직에 몸담아온 신사이고, 고귀한 가문의 사람들이 즐겨 초대하는 손님이고, 무엇보다도 의심할 나위 없이 투철한 애국심을 지닌분이지. 금고 열쇠를 가진 두 사람 가운데 한 명이야. 덧붙여 말하면, 설계도는 월요일 업무시간 중에 분명 사무실에 있었는데, 제임스 경은 3시경에 자기 열쇠를 가지고 런던으로 떠났어. 이번 사건이 일어난 저녁 내내 그는 바클레이 광장에 있는 싱클레어 제독의 집에 있었지."

"증인이 있나요?"

"그래. 그의 동생인 밸런타인 월터 대령이 울리치에서 떠난 시간을 증언했고, 런던에 도착한 것은 싱클레어 제독이 증언했어. 그러니 제임스 경은 이 사건과 직접적인 연관은 없는 거야."

"다른 열쇠를 가진 사람은 누구죠?"

"고참 사무원이자 제도사인 시드니 존슨 씨. 마흔 살에 다섯 자녀를 둔 기혼자야. 과묵하고 침울한 성격인데, 공직 기록은 대체로 우수한 편이지. 동료들에게는 인기가 없지만 일은 열심히 해. 본인 말에 따르면, 그것을 입증해줄 사람은 그의 아내밖에 없지만, 월요일 저녁 퇴근 후 내내 집에만 있었어. 그의 열쇠는 회중시곗줄에 걸린 채 떨어진 적이 없다더군."

"캐도건 웨스트에 대해 얘기해주세요."

"그는 공직에 몸담은 지 10년이 되었고, 일을 잘했지. 성미가 급하고 격렬한 것으로 유명했지만, 직선적이고 정직한 사람이었다. 그를 나쁘게 말하는 사람은 없어. 사무실에서는 시드니 존슨의 뒤를 이을 사람이었지. 그는 날마다 직접 설계도를 보는 게 일이었어. 설계도를 취급하는 사람이 그 사람밖에 없었지."

"밤에 설계도를 금고에 넣은 사람은 누구였나요?"

"고참인 시드니 존슨 씨였지."

"그럼 그걸 빼돌린 사람이 누군지는 빤하군요. 실제로 설계도는 캐도건 웨스트의 몸에서 발견되었죠. 그게 결정적인 것 아닌가요?"

"겉보기에는 그렇지만, 그것으로는 설명할 수 없는 일이 너무 많아. 무엇보다도, 그는 왜 설계도를 빼돌린 것일까?"

"그만한 가치가 있었잖아요?"

"수천 정도는 거뜬히 받을 수 있었겠지."

"설계도를 팔아넘기는 것 말고, 런던으로 가져갈 만한 다른 동기가 있었을까요?"

"그건 나도 모르겠다."

"그렇다면 그것을 유효한 가설로 받아들일 수밖에 없겠군요. 웨스트는 설계도를 빼돌렸어요. 그게 가능하려면 복제한 열쇠를 하나 가지고 있어야죠."

"하나가 아니라 여러 개가 있어야 하지. 건물 열쇠와 사무실 열쇠까지."

"그래요, 그는 복제 열쇠 여러 개를 가지고 있었어요. 런던으로 가져간 것은 팔기 위해서였고. 분명 이튿날 누가 알아차리기 전에 설계도를 금고 안에 되돌려 놓을 생각이었겠죠. 런던에서 그런 국가 반역 행위를 하다가 종말을 맞은 거예요."

"어떻게?"

"그가 사망해서 기차 밖으로 내던져진 것은 울리치로 돌아가던 중이었을 겁니다."

"울리치로 가려면 런던교를 거쳐야 하는데, 앨드게이트는 런던교 행으로 갈아탈 역을 꽤 지난 곳에 있어."

"런던교 쪽을 지나친 상황이야 여러 가지를 상상해볼 수 있죠. 예를 들어 그는 객실에 같이 탄 사람과 면담에 열중하다 지나쳤을 수도 있어요. 면담이 주먹다짐으로 이어져서 사망했을 수도 있죠. 어쩌면 객실을 떠나려고 하다가 밖으로 떨어져 죽은 것일 수도 있고. 문은 다른 사람이 닫았겠죠. 안개가 짙어서 목격자는 없고요."

"현재 우리가 아는 범위 안에서는 그보다 더 나은 설명을 할 수가 없겠구나. 하지만 셜록, 네가 설명하지 못한 게 얼마나 많은지 생각해보렴. 아무튼 가정을 해보자. 캐도건 웨스트가 정말 설계도를 런던으로 가져갈 작정이었다고 치자. 그럼 당연히 외국 첩보원과 약속을 하고 저녁 시간을 비워놓았겠지. 그런데 그러지 않고 그는 극장표 두 개를 가지고 있었고, 약혼녀를 데리고 가다가 반쯤 왔을 때 갑자기 사라졌어."

"눈가림이죠." 대화에 귀를 기울이며 앉아 있던 레스트레이드가 좀이 쑤시는지 한마디 던졌다.

"아주 독특한 눈가림이군요. 그걸 첫 번째 문제점이라고 하면, 두 번째 문제점은 이겁니다. 그가 런던에 도착해서 외국 첩자를 만났다고 칩시다. 그는 아침 출근 시간 전에, 그러니까 발각당하기 전에 설계도를 되돌려 놓아야 했습니다. 그는 열 장 가져갔어요. 그런데 주머니에는 일곱 장뿐이었지요. 나머지 세 장은 어떻게 되었을까요? 그가 자의로 그걸 빼놓았을 리는 없습니다. 그렇다면 문제는 이겁니다. 반역의 대가는 어디에 있는가? 주머니에 거액의 돈이 들어 있어야 하지 않는가?"

"그건 내가 보기에 아주 명백합니다." 레스트레이드가 말했다. "무슨 일이 일어났는지는 의심의 여지가 없어요. 그는 설계도를 빼돌려서 팔려고 했습니다. 그래서 첩보원을 만났어요. 그런데 가격 홍정이 이루어지지 않았죠. 그는 다시 집으로 향했지만, 첩보원이 따라갔습니다. 기차에서 그를 살해하고, 가장 핵심적인 설계도만 빼돌린 후, 시체는 객실 밖으로 내던졌습니다. 이만하면 모든 게 설명되지 않습니까, 그렇죠?"

"그럼 기차표는 왜 없나요?"

"기차표를 보면 첩보원의 집에서 가장 가까운 역에서 탔다는 것을 알 수 있을 겁니다. 그래서 피살자의 주머니에서 빼돌린 거죠."

"좋아요, 레스트레이드, 좋아요." 홈즈가 말했다. "가설이 단단하군요. 하지만 그것이 사실이라면, 이 사건은 그걸로 끝입니다. 한편으로 반역자는 죽었고, 다른 한편으로 브루스파팅턴호 잠수함 설계도는 아마도 대륙으로 이미 넘어갔겠죠. 그렇다면 우리는 이제 어째야 합니까?"

"행동을 해야지, 셜록, 행동을 해!" 마이크로프트가 벌떡 일어서며 외쳤다. "내 직감에 따르면 결코 그게 아냐. 네 능력을 발휘해봐! 범죄 현장으로 달려가! 관련자를 만나봐! 모든 가능성을 파헤치도록 해! 이제까지 네가 한 일 가운데 이보다 더 크게 조국에 봉사할 기회는 없었어."

"음, 좋아요!" 홈즈가 어깨를 으쓱하며 말했다. "가자, 왓슨! 그리고 레스트레이드, 당신은 한두 시간 우리와 동행을 해주시죠. 우리는 앨드게이트 역부터 들를 생각입니다. 이따가 봐요, 형. 저녁 전에 보고를 하겠지만, 큰 기대는 하지 말라고 미리 말해두고 싶어요."

❖❖❖

한 시간 후 홈즈와 레스트레이드, 그리고 나는 터널에서 막 빠져나와 앨드게이트 지하철역에 이르기 직전의 지점에 서 있었다. 얼굴이 불그레한 예의바른 노신사가 철도 회사를 대표해서 나왔다.

"그 청년의 시신이 있던 자리가 이곳입니다." 그가 철로에서 1미터

가까이 떨어진 곳을 가리키며 말했다. "위에서 떨어질 수는 없습니다. 보시다시피, 다 벽으로 막혀 있으니까요. 따라서 기차에서 떨어진 것일 수밖에 없어요. 그런데 우리가 알아본 바로는 그 기차가 월요일 자정 무렵에 지나간 것이 틀림없습니다."

"그 기차에 폭력의 흔적이 있는지 살펴보았나요?"

"아무런 흔적도 없었습니다. 차표도 없었고요."

"객실 문이 열려 있었다는 기록도 없나요?"

"없습니다."

"오늘 아침 새로운 증거를 약간 얻었습니다." 레스트레이드가 말했다. "월요일 저녁 11시 40분경 평소의 시내 왕복선을 타고 앨드게이트를 지나간 어떤 승객이, 시체가 선로에 떨어지는 듯한 둔탁한 소리를 들었다고 증언했습니다. 기차가 역에 도착하기 전에 말입니다. 하지만 워낙 안개가 짙어서 아무것도 보이진 않았다고 합니다. 그래서 당시에는 아무런 신고도 하지 않은 거죠. 아니, 뭐가 잘못됐나요, 홈즈 씨?"

내 친구는 얼굴을 잔뜩 찡그린 채 터널에서 막 빠져나온 철길을 뚫어지게 응시했다. 앨드게이트는 환승역이라서 포인트(철도에서 차량을 다른 선로로 옮길 수 있도록 선로가 갈리는 곳에 설치한 장치—옮긴이)가 놓여 있었다. 의심 어린 열띤 눈길은 철길을 향하고, 예리하게 촉각을 곤두세운 표정으로 입을 굳게 다문 채 콧구멍을 벌름거리면서 무성한 눈썹을 모으고 있는, 눈에 익은 그의 모습을 나는 바라보았다.

"포인트라." 그가 중얼거렸다. "포인트란 말이지."

"그게 어째서요? 무슨 말씀을 하시는 거죠?"

"이런 노선에는 포인트가 많지 않죠?"

"예, 아주 드물죠."

"그리고 커브도. 포인트와 커브라. 맙소사! 그게 그렇다면."

"그게 뭔데요, 홈즈 씨? 단서를 잡으셨나요?"

"생각이 하나 떠올랐을 뿐입니다. 무슨 암시랄까. 하지만 분명 사건이 점점 재미있어지는군요. 특이해요, 정말 특이해. 그런데 왜지? 이 선로에는 핏자국이 안 보이는군요."

"핏자국이 거의 없었죠."

"하지만 꽤 큰 상처를 입은 것으로 알고 있습니다."

"뼈가 부서졌지만, 큰 외상은 없었어요."

"그래도 피를 꽤 흘렸음직하잖아요? 안개 속에서 뭔가 떨어지는 소리를 들었다는 승객이 탄 기차를 살펴볼 수 있을까요?"

"곤란하군요, 홈즈 씨. 그 기차는 방금 전에 객차가 분리되어 흩어졌거든요."

"모든 객실을 샅샅이 조사했다는 것은 내가 보장하겠습니다, 홈즈 씨." 레스트레이드가 말했다. "내가 직접 살펴봤어요."

자기보다 지능이 떨어지는 사람을 참지 못하는 것은 내 친구의 명백한 최대 약점 가운데 하나였다.

"어련하시려고." 그가 외면하며 말했다. "공교롭게도 정작 내가 살펴보려고 했던 것은 객실이 아니었습니다. 왓슨, 우리가 여기서 할 수 있는 일은 다 했어. 레스트레이드 씨, 수고하셨습니다. 왓슨과 나는 이제 울리치에 가서 조사를 해볼까 합니다."

런던교에서 홈즈는 형에게 보내는 전문을 쓴 후 내게 보여주었다. 내용은 이랬다.

약간의 빛이 보이지만 가물거림. 잉글랜드에 있는 것으로 알려진 모든 외국 스파이와 국제 첩보원 전체 명단과 주소를 베이커 스트리트로 인편으로 보내주기 바람.

— 셜록

"그게 도움이 될 거야, 왓슨." 울리치행 기차에서 자리를 잡으며 그가 말했다. "이건 정말 주목할 만한 사건이야. 이런 사건을 소개해준 형에게 고마워하지 않을 수 없겠어."

열띤 그의 얼굴에는 줄곧 강렬하고 고양된 열기가 고스란히 드러나 있었다. 그런 얼굴을 보니 의미심장한 새로운 환경이 그의 생각을 자극하고 촉발하는 듯했다. 폭스하운드가 개집 주위에서 꼬리를 내리고 귀를 축 늘어뜨리고 있을 때와, 눈을 번들거리고 근육을 팽팽히 긴장시킨 채 여우 냄새를 쫓아 달리고 있을 때를 비교해보라. 그날 아침 이후 홈즈는 그렇게 확 달라졌다. 불과 몇 시간 전만 해도 짙은 안개에 감싸인 집 안에서 쥐색 실내복을 입고 나른하게 빈둥거릴 때와는 전혀 다른 사람이었다.

"여기 정보가 있고, 적용 범위도 정해져 있어." 그가 말했다. "그런데 그 가능성을 이해하지 못했다니 나는 정말 바보야."

"나는 지금도 전혀 모르겠는걸."

"결말은 나도 몰라. 하지만 어디로 가야 할지는 알아냈어. 그 남자는 다른 데서 사망했고, 시체는 객실 '지붕'에 얹혀 있었어."

"지붕에?"

"놀랍지? 하지만 여러 사실을 생각해봐. 기차가 포인트에 들어서서 덜커덩거리며 흔들리는 바로 그 지점에서 시신이 발견되었다는 것이 우연의 일치일까? 그런 지점이라면 지붕 위에 있던 물체가 당연히 아래로 떨어지지 않겠어? 포인트 지점이 기차 내부의 물체에는 영향을 미치지 않겠지. 시신은 지붕에서 떨어졌거나, 우연의 일치로 그 자리에 놓였거나 둘 중 하나야. 그런데 피 문제를 생각해봐. 시신이 다른 곳에서 피를 흘렸다면 선로에는 당연히 핏자국이 없겠지. 이 사실들이 저마다 의미심장해. 사실들을 모두 종합하면 그 위력이 배가되지."

"그러고 보니 차표도!" 내가 외쳤다.

"그래. 전에는 차표가 없는 까닭을 설명할 수 없었어. 하지만 이제는 설명할 수 있지. 모든 것이 척척 들어맞아."

"하지만 그게 그렇다 쳐도, 그의 죽음의 수수께끼는 여전히 오리무중이야. 사실 더 간단해진 게 아니라 오히려 더 이상해졌어."

"어쩌면." 홈즈가 시러 깊게 말했다. "어쩌면." 그는 묵묵히 몽상에 잠겼다. 그의 몽상이 이어지는 사이에 느릿느릿한 기차가 마침내 울리치 역에 도착했다. 거기서 마차를 부른 그는 마이크로프트가 건네준 종이를 주머니에서 꺼냈다.

"오후에 제법 돌아볼 데가 많아." 그가 말했다. "제임스 월터 경이 가장 눈길을 끄는 것 같군."

유명한 그 공무원의 집은 템스 강까지 초록 잔디가 깔린 멋진 저택이었다. 우리가 다가가자 안개가 걷히면서 여리고 눅눅한 볕이 들었다. 초인종을 울리자 집사가 나왔다.

"제임스 경 말씀입니까?" 그가 엄숙한 얼굴로 말했다. "제임스 경께서는 오늘 아침 돌아가셨습니다."

"그럴 수가!" 홈즈가 놀라서 외쳤다. "어떻게 돌아가셨나요?"

"들어오셔서 경의 동생인 밸런타인 대령을 만나보시는 게 낫지 않을까요?"

"그래요, 그게 좋겠습니다."

우리는 조명이 흐릿한 거실로 안내를 받았다. 거기서 잠시 후 키가 늘씬하고 잘생긴 얼굴에 단정하게 턱수염을 기른 50대의 남자를 만났다. 죽은 과학자의 동생이었다. 사나운 눈빛, 더러워진 두 볼, 헝클어진 머리칼이 집안에 변고가 생겼다는 것을 웅변하고 있었다. 그는 말조차 더듬었다.

"그것은 정말 끔찍한 소문이었습니다." 그가 말했다. "우리 형, 제임스 경은 명예를 매우 소중히 여기는 사람이라, 그런 소문을 견딜 수 없었습니다. 형은 가슴이 미어졌어요. 형은 항상 자기 부서에서 일을 썩 잘하는 사람이라는 자부심이 있었는데, 이번 일로 자부심이 산산조각 났던 겁니다."

"우리는 그 사건을 해결하는 데 도움이 될 만한 얘기를 그분께 들을 수 있기를 바랐습니다."

"그건 여러분이나 우리 모두와 마찬가지로 형에게도 수수께끼였던 게 분명합니다. 형이 알고 있는 사실은 모두 경찰에 말해주었어요. 물론 형은 캐도건 웨스트가 범인이라는 것을 의심치 않았습니다. 하지만 그 밖의 일은 짐작도 할 수 없었어요."

"알고 계시는 것 가운데 사건 해결에 도움이 될 만한 것은 없나요?"

"신문에서 읽거나 들은 것밖에는 나도 아는 게 없습니다. 실례를 하고 싶지는 않지만, 우리는 현재 매우 상심한 상황이라는 것을 이해해주시기 바랍니다, 홈즈 씨. 면담은 그만 끝냈으면 합니다."

"이건 정말 뜻밖의 일이야." 마차를 다시 잡아타고 내 친구가 말했다. "그게 자연사일까? 아니면 자살일까? 후자라면 의무를 소홀했다는 자책 때문이겠지? 이 의문점은 나중으로 미뤄두고, 이제 캐도건 웨스트 씨네 집에 가보자."

런던 변두리에 위치한 잘 관리된 아담한 집에 고인의 어머니가 살고 있었다. 늙은 어머니는 슬픔을 가누지 못해서 우리에게 전혀 도움을 주지 못했지만, 그 곁에 흰 얼굴의 젊은 여성이 있었다. 그녀는 바이올렛 웨스트베리라고 자기소개를 했다. 고인의 약혼녀이자 사망일 밤에 그를 마지막으로 본 사람이었다.

"홈즈 씨, 정말 영문을 모르겠어요." 그녀가 말했다. "그 비극 이후 대체 어떻게 된 영문인지 밤낮없이 생각하고, 생각하고, 또 생각하느라 잠을 이루지 못했어요. 아서는 이 세상에서 가장 성실하고, 기사답고, 애국심이 넘치는 사람이었어요. 자기가 맡고 있는 국가 기물을 팔아넘기느니 차라리 손을 잘라버릴 분이라고요. 그이를 아는 사람이 보기에 그건 말도 안 되고 터무니없는, 결코 있을 수 없는 일이에요."

"하지만 드러난 사실이 있잖습니까, 웨스트베리 양."

"그래요, 알아요. 그건 어떻게 변명할 길이 없다는 걸 인정해요."

"혹시 그는 돈이 궁했나요?"

"아니요. 그이는 아주 검소했는데 고액의 연봉을 받았어요. 저축해놓은 돈도 수백 파운드나 돼서, 우리는 새해에 결혼할 예정이었어요."

"혹시 몹시 흥분한 조짐은 보이지 않던가요? 자, 웨스트베리 양, 부디 솔직히 말씀해주세요."

내 동행은 재빠른 눈썰미로 그녀의 태도가 살짝 바뀐 것을 알아차렸다. 그녀는 낯을 붉히며 머뭇거렸다.

"그래요." 그녀가 마침내 말했다. "뭔가 마음에 걸리는 게 있다는 느낌을 받았어요."

"오랫동안 말인가요?"

"지난 한 주일만 그랬어요. 생각이 많았고 뭔가 걱정을 하고 있었죠. 한번은 내가 다그쳤어요. 무슨 일이 있다고 시인하더군요. 공직과 관련된 일이랬어요. '아주 중요한 일이라서 당신에게도 말할 수가 없소'라고 그이가 말했어요. 더는 듣지 못했어요."

홈즈가 예사롭지 않은 표정을 지었다.

"말씀해주세요, 웨스트베리 양. 혹시 그분에게 불리해 보이는 얘기라도 솔직히 말씀해주세요. 그 결과가 어떨지는 알 수 없는 일이니까요."

"정말 더는 할 말이 없어요. 한두 번 그이가 내게 무슨 말을 하려는 것 같기는 했어요. 어느 날 저녁에는 그 비밀이 얼마나 중요한가를 얘기했죠. 외국 스파이가 분명 거액을 내고 그 비밀을 손에 넣으려고 한다는 얘기를 했던 기억이 나요."

내 친구는 더욱 예사롭지 않은 표정을 지었다.

"그리고요?"

"우리가 그 문제에 태만하다고 말했어요. 그래서 반역자가 설계도를 손에 넣는 것은 식은 죽 먹기라고 말이에요."

"그런 말을 들은 것이 최근이었나요?"

"예, 아주 최근이었어요."

"이제 마지막 날 저녁 얘기를 들려주세요."

"우리는 극장에 갈 계획이었어요. 그런데 마차를 이용할 수 없을 만큼 안개가 워낙 자욱해서 걸어갔어요. 가다 보니 그이의 사무실 가까이 이르렀죠. 그때 갑자기 그이가 안개 속으로 쏜살같이 달려갔어요."

"한 마디 말도 없이?"

"외마디 탄성을 질렀어요. 그게 전부였죠. 나는 한참 기다렸지만 그이는 돌아오지 않았어요. 그 후 나는 집으로 걸어갔죠. 이튿날 아침, 출근 시간이 지난 후 사무실 사람들이 와서 그이를 찾았어요. 참혹한 그 뉴스를 들은 것은 12시쯤이었죠. 아, 홈즈 씨, 제발 그이의 명예를 회복시켜주세요! 그이는 명예를 소중히 여기는 분이었어요."

홈즈가 슬프게 고개를 내둘렀다.

"가자, 왓슨." 그가 말했다. "또 가볼 데가 있어. 우리의 다음 정거장은 그 서류가 분실된 사무실이야. 전에도 그 청년의 혐의가 짙었는데, 조사를 해보니 더 짙어졌어." 마차가 무겁게 굴러가자 그가 말했다. "임박한 결혼이 범죄의 동기겠지. 당연히 그는 돈을 원한 거야. 그가 했다는 말을 들어보니 이미 그럴 생각이 있었더군. 그는 자기 계획을 말했다가 하마터면 약혼녀를 공범으로 만들 뻔했어. 아주 고약한 일이야."

"하지만 홈즈, 그럴 성격이 아닌 것 같은데? 만일 그렇다면, 하필 약혼녀를 거리에 버려두고 쏜살같이 달려가서 범죄를 저지른 이유가 뭐야?"

"그래! 바로 그런 난점들이 있어. 이 끔찍한 사건은 바로 그런 난점들을 풀어야 해."

고참 사무원인 시드니 존슨 씨가 사무실에서 우리를 맞이했다. 그는 내 동행의 명함을 본 사람이 누구나 그렇듯 아주 정중했다. 그는 여위고 험상궂은 용모에 안경을 쓴 중년의 남자였다. 얼굴은 핼쑥하고, 이번에 당한 일 때문에 초조해서 손을 떨었다.

"안됐습니다, 홈즈 씨, 정말 안됐어요! 우리 부장님이 돌아가셨다는 얘기 들으셨죠?"

"방금 그 집에 다녀오는 길입니다."

"사무실이 아수라장입니다. 부장님이 사망하고, 캐도건 웨스트도 죽고, 서류는 도난을 당했어요. 하지만 월요일 저녁에 사무실 문을 닫을 때만 해도 여기는 정부의 어느 부처 못지않게 잘 돌아가는 사무실이었습니다. 그런데 맙소사, 생각만 해도 끔찍해요! 다른 사람도 아니고 웨스트가 그런 짓을 했다니!"

"그렇다면 그의 소행이라고 확신하십니까?"

"달리 어떻게 생각하겠습니까. 하지만 나는 그를 철석같이 믿었습니다."

"월요일에 사무실 문을 닫은 시각이 몇 시죠?"

"5시입니다."

"당신이 닫았나요?"

"내가 항상 마지막에 나갑니다."

"설계도는 어디에 있었죠?"

"저 금고 안에요. 내가 직접 넣었습니다."

"이 건물에는 경비원이 없나요?"

"있습니다만, 그는 다른 부서들도 맡고 있어요. 늙은 퇴역군인인데 아주 믿을 만한 사람입니다. 그는 그날 저녁 아무것도 보지 못했어요. 물론 안개가 자욱하긴 했죠."

"캐도건 웨스트가 퇴근 후 다시 사무실에 들어오려고 했다고 합시다. 그럴 경우 서류를 손에 넣으려면 세 개의 열쇠가 필요하다면서요?"

"그렇습니다. 바깥문 열쇠, 사무실 열쇠, 금고 열쇠가 필요하죠."

"제임스 월터 경과 당신만 열쇠를 다 갖고 계시나요?"

"나한테는 다른 열쇠가 없고, 금고 열쇠만 있습니다."

"제임스 경은 출퇴근이나 생활 습관이 규칙적이었죠?"

"예, 그랬어요. 세 개의 열쇠에 대해 말하자면 그분은 세 개 모두 열쇠고리 하나에 끼워서 가지고 계셨습니다. 종종 본 적이 있어서 압니다."

"그가 런던에 갈 때 열쇠고리를 가지고 갔나요?"

"그런다고 했습니다."

"당신은 열쇠를 항상 가지고 다녔나요?"

"물론이죠."

"웨스트가 범인이라면, 열쇠를 복제한 게 분명하군요. 하지만 그의 시신에서는 열쇠가 발견되지 않았습니다. 이건 또 다른 문제인데, 이 사무실 직원이 설계도를 팔고자 했다면, 이번 경우처럼 원본을 빼돌리기보다는 베끼는 게 더 간단하지 않았을까요?"

"설계도를 제대로 베끼려면 상당한 전문지식이 필요합니다."

"하지만 제임스 경이나 당신, 아니면 웨스트한테도 그런 전문지식이 있지 않습니까?"

"물론 있습니다. 하지만 나를 그 문제에 끌어들이려고 하지 마세요, 홈즈 씨. 웨스트에게서 이미 설계도 원본이 발견된 마당에 그런 생각을 하는 게 무슨 소용이 있죠?"

"그것을 베껴서 안전하게 빼돌릴 수 있고, 그게 원본보다 못할 것이 없는데도 군이 위험을 무릅쓰고 원본을 빼돌렸다는 것은 분명 얄궂은 일입니다."

"그래요, 하지만 그는 그렇게 했어요."

"이번 사건은 조사를 할수록 매번 아리송한 점들이 드러나는군요. 아직 회수하지 못한 설계도는 세 장입니다. 그게 가장 중요한 설계도라고 들었습니다만."

"예, 그렇습니다."

"그 설계도 세 장만 있으면 다른 일곱 장이 없어도 브루스파팅턴호 잠수함을 만들 수 있다는 뜻인가요?"

"해군 본부에 내가 그렇게 보고했습니다. 하지만 오늘 다시 설계도를 곰곰 살펴보니 꼭 그렇지도 않더군요. 되찾은 설계도 가운데 하나에, 자동 조절구가 있는 이중 밸브가 설계되어 있습니다. 외국인이 스스로 그것을 발명하지 않는 한 잠수함을 만들 수는 없겠더군요. 물론 그런 난점은 곧 극복하겠지만요."

"아무튼 잃어버린 세 장이 가장 중요하다는 것은 맞죠?"

"맞습니다."

"허락을 해주신다면, 이제 건물 안팎을 좀 둘러보고 싶군요. 더 이상 묻고 싶은 것도 생각나지 않으니 말입니다."

홈즈는 금고 잠금장치와 사무실 문, 마지막으로 창문의 철제 덧문

His Last Bow

을 살펴보았다. 그가 솔깃한 관심을 기울인 것은 바깥 잔디밭에 있을 때뿐이었다. 창밖에는 계수나무 덤불이 있었는데, 여러 개의 가지가 표가 나게 꺾이거나 부러져 있었다. 그는 돋보기를 들고 그것을 꼼꼼히 살펴본 후, 그 아래 땅바닥에 난 희미한 발자국을 살펴보았다. 마지막으로 그는 고참 사무원에게 철제 덧문을 닫아달라고 부탁했다. 그는 양쪽 덧문이 밀착되지 않고 틈이 벌어져 있는 것을 가리켜 보였다. 실내에서 벌어지고 있는 일을 누구든 바깥에서 엿볼 수 있었던 것이다.

"그새 사흘이 지나서 흔적이 거의 지워졌어. 의미가 있을지 없을지는 모르지만 말이야. 음, 왓슨, 이제 울리치에선 더 얻을 게 없겠어. 우리는 겨우 이삭줍기를 한 셈이야. 런던에서는 좀 더 나을지 알아보자."

하지만 울리치 역을 떠나기 전에 한 다발 더 수확을 올렸다. 웨스트의 얼굴을 알고 있는 역무원이 캐도건 웨스트를 월요일에 두 눈으로 똑똑히 보았다고 말한 것이다. 웨스트는 8시 15분경 런던으로 떠났는데 목적지는 런던교였다. 그는 혼자였고, 삼등석 차표 한 장을 샀다. 역무원은 그때 웨스트가 몹시 흥분했고 안절부절못한다는 인상을 받았다. 어찌나 불안했는지 거스름돈을 집어들지도 못해서 역무원이 도와주어야 했다. 기차 시각표를 보니 8시 15분 기차는 7시 30분에 약혼녀 곁을 떠난 후 그가 탈 수 있는 첫 기차였다.

"다시 재구성을 해보자, 왓슨." 한 30분 말이 없던 홈즈가 말했다. "우리가 같이 조사한 사건들 가운데 이번보다 더 까다로웠던 사건은 없었던 것 같아. 새로운 사실을 알아내봐야 산 너머 산이라니 말이야.

하지만 우리가 상당한 진전을 이룬 것은 분명해.

　울리치에서 조사한 결과는 대부분 캐도건 웨스트에게 불리하게 나왔어. 하지만 창문에서 발견한 증거를 적용하면 그에게 좀 더 유리한 가설을 세울 수 있을 거야. 예를 들어 외국 첩보원이 그에게 접근을 했다고 치자. 그러면 그것을 발설하지 않겠다는 맹세를 했겠지. 하지만 첩보원 때문에 그는 약혼녀에게 말한 것과 같은 생각을 하게 됐을 거야. 좋아. 그러면 이제 그가 젊은 그 아가씨와 같이 극장에 갈 때 갑자기 안개 속에서 사무실 쪽으로 가는 그 첩보원을 힐끗 보았다고 치자. 그는 충동적이고 결단이 빠른 사람이었어. 무엇보다도 의무에 충실한 사람이었지. 그는 그 남자를 쫓아가서, 창가에 이르렀어. 서류를 빼돌리는 모습을 보고 도둑을 추적했지. 정말 그랬다면 우리는 설계도를 베낄 수 있는데도 원본을 빼돌릴 그런 사람은 없다는 문제점을 극복한 셈이야. 제3자라서 원본을 빼돌려야만 했던 거지. 여기까지는 잘 맞아떨어져."

　"다음에는 어떻게 된 거지?"

　"어디 난점들을 파헤쳐 볼까? 그런 상황에서 젊은 캐도건 웨스트가 가장 먼저 하려고 했음직한 일은 그 악당을 붙잡고 소리를 지르는 거야. 그런데 왜 그러지 않았을까? 혹시 서류를 훔친 게 직장 상사는 아니었을까? 그랬다면 웨스트가 한 행동을 설명할 수 있지. 아니면 그 도둑이 안개 속에서 웨스트를 따돌린 바람에 웨스트가 즉시 런던으로 뒤쫓아간 것이 아닐까? 범인이 어디 사는지 안다고 치고, 그 집에서 범인을 잡으려고 말이야. 그가 약혼녀를 안개 속에 세워두고, 말 한 마디도 없이 부리나케 달려간 것으로 볼 때, 상황이 아주 긴박

했던 게 틀림없어. 여기서부터는 냄새가 흐려져서 추적을 못 하겠군. 주머니에 일곱 장의 설계도를 가지고 기차 지붕 위에 웨스트가 시신으로 놓여 있었던 사실과 가설 사이에는 건널 수 없는 심연이 가로놓여 있으니까 말이야. 내 직감에 따르면 이제 반대쪽 끝에서 조사할 때가 됐어. 형이 국제 첩보원 주소를 보내왔다면, 용의자를 골라 다른 방향에서 추적해볼 수 있을 거야."

·§·

과연 명단과 주소가 베이커 스트리트에서 우리를 기다리고 있었다. 정부의 배달인이 지급으로 보낸 것이었다. 홈즈는 그것을 힐끗 쳐다보고 내게 던져주었다.

잔챙이들은 수없이 많지만, 이렇게 큰 건을 다룰 만한 인물은 몇 명 없다. 고려할 가치가 있는 인물은 세 명뿐이다. 아돌프 마이어(웨스트민스터, 그레이트조지 스트리트 13번지), 루이 라 로티에르(노팅힐, 캠던 맨션스), 휴고 오버스타인(켄징턴, 콜필드 가든스 13번지). 마지막 인물은 월요일에 런던에 있었는데, 지금은 떠난 것으로 보고되었다. 약간의 빛이 보인다는 말을 들으니 반갑다. 내각은 노심초사하며 너의 최종보고를 기다리고 있다. 가장 높은 곳에서도 독촉이 날아들고 있다. 필요하다면 국가가 전력을 다해 너를 도울 것이다.

— 마이크로프트

"여왕 폐하께서 모든 말과 마부를 다 보내도 이 문제에는 하등 도움이 안 될 거야." 홈즈가 씩 웃으며 말했다. 그는 커다란 런던 지도를 펼쳐놓고 골똘히 굽어보았다. "흠, 흠." 홈즈는 곧 만족의 탄성을 질렀다. "마침내 저울추가 우리 쪽으로 살짝 기울고 있어. 그래, 왓슨, 결국 우리가 해결하고야 말 거라고 나는 믿어." 그가 갑자기 흥겹게 내 어깨를 철썩 쳤다. "이제 나는 나가봐야겠어. 답사나 해보려고. 내가 신뢰하는 동지이자 전기작가를 대동하지 않고는 결코 심각한 일을 벌이지 않을 거야. 자네는 여기 남아 있어. 아마도 한두 시간 안에 다시 돌아올 거야. 기다리기가 따분하면 풀스캡 용지와 펜을 꺼내서 우리가 어떻게 나라를 구했는가에 대한 이야기를 슬슬 써봐."

그가 득의양양하자 나도 덩달아 우쭐해졌다. 그럴 만한 이유가 없다면 그가 평소의 엄격한 태도를 버리고 그렇게 기뻐할 리가 없다는 것을 잘 알고 있었기 때문이다. 긴 11월의 밤을 보내며 나는 그가 어서 돌아오기만을 애타게 기다렸다. 마침내 9시 직후에 배달부가 편지를 가져왔다.

> 켄징턴, 글로스터 로드의 골디니 레스토랑에서 식사 중. 즉시 오기 바람. 쇠지레, 나크랜턴, 끌, 리볼버 지참할 것.
>
> — S. H.

점잖은 시민이 흐리고 안개가 자욱한 거리에서 들고 다니기에는 참 묘한 장비였다. 나는 그 장비들을 외투 안에 잘 챙겨 넣은 후 마차를 잡아타고 그 주소로 직행했다. 내 친구는 화려한 이탈리아 식당의 입구 가까이에 있는 작은 원탁에 앉아 있었다.

"뭘 좀 먹었어? 그럼 나랑 같이 커피와 큐라소(17세기 말 카리브 해에 있는 큐라소 섬에서 생산되던 쌉쌀한 오렌지 껍질을 건조시켜 네덜란드로 가져와 만든 술—옮긴이)를 좀 들지. 이 집 시가도 한 대 태우고. 시가가 생각보다 덜 독해. 연장은 가져왔어?"

"여기 내 외투 속에 있어."

"좋아. 내가 한 일과 우리가 이제 무슨 일을 할 것인지 잠깐 말해 줄게. 그 청년의 시신이 정말 기차 지붕에 놓여 있었다는 것은 자네도 잘 알 거야, 왓슨. 추락한 게 객실에서가 아니라 지붕에서였다고 내가 결론을 내린 순간부터 그것은 명백해졌어."

"철로 위 구름다리에서 떨어뜨린 것은 아닐까?"

"그건 불가능해. 기차 지붕을 살펴보면 다소 둥그스름하다는 것을 알 수 있을 거야. 가장자리에 난간도 없지. 그러니 누가 캐도건 웨스트를 지붕에 올려놓았던 게 확실해."

"어떻게 올려놓을 수 있었지?"

"우리가 알아내야 할 문제가 바로 그거야. 가능한 방법이 딱 한 가지 있어. 지하철이 터널을 벗어나는 것은 웨스트엔드에서 몇 군데 안 된다는 것은 알 거야. 내가 지하철을 타고 다니다가 터널 밖에서 바로 위쪽에 건물 창문이 있는 것을 가끔 본 기억이 어렴풋이 나. 기차가 그런 창문 아래서 멈추었다고 해봐. 그럼 시신을 기차 지붕에 올려놓는 게 어려울까?"

"설마 그랬으려고."

"다른 모든 가능성이 부정되고 남은 게 하나 있다면, 아무리 사실 같지 않더라도, 그것은 틀림없이 사실이라는 오래된 격언을 되돌아봐야 해. 지금 다른 모든 가능성은 부정되었어. 손꼽히는 국제 첩보원 가운데 얼마 전 런던을 떠난 사람이 있어. 그런데 그가 바로 지하철 노선과 인접한 집에 살고 있다는 것을 알았을 때, 나는 갑자기 경박스러울 정도로 기뻐했지. 자네가 꽤 놀랄 정도로 말이야."

"아, 그게 그거였어?"

"그래. 바로 그것이었어. 콜필드 가든스 13번지의 휴고 오버스타인을 잡는 게 내 목표가 됐지. 글로스터 로드 역에서 작전을 개시했는데, 그곳에서 아주 친절한 역무원이 나와 같이 철길을 따라 걸었어. 콜필드 가든스의 뒤쪽 층계 창문이 철길 쪽으로 열려 있을 뿐만 아니라, 여러 노선이 교차하기 때문에 그 지점에서 종종 지하철이 몇 분 동안 멈추기도 한다는 사실을 알아낼 수 있었지."

"대단해, 홈즈! 그걸 알아내다니!"

"아직, 아직은 아니야, 왓슨. 진척은 있지만 갈 길이 멀어. 콜필드 가든스 건물 뒤쪽을 본 후, 정문으로 들어가 봤는데, 과연 새는 날아가고 없더군. 상당히 큰 집인데, 내가 아는 한 위층 집 안에는 가구가 없어. 오버스타인은 아마도 전적으로 믿을 수 있는 시종을 한 명 데리고 살았어. 오버스타인이 유럽 대륙으로 떠난 것은 도피하기 위해서가 아니라 전리품을 처분하기 위해서라는 것을 염두에 두어야 해. 그는 수색 영장을 두려워할 까닭이 없으니까, 설마 탐정이 집에 들이

닥칠 거라고는 생각지 않았을 거야. 하지만 우리가 지금 하려는 게 바로 그거야."

"영장을 받아서 합법적으로 들어갈 수는 없어?"

"그럴 만한 증거가 없어."

"들어가서 뭐 해?"

"무슨 편지라도 있을지 모르잖아."

"그건 달갑지 않은 일인걸?"

"이봐, 왓슨, 자네는 밖에서 망만 봐. 범죄 행위는 내가 할 테니까. 사소한 일에 집착할 때가 아니야. 형의 편지를 생각해봐. 애타게 소식을 기다리고 있는 고귀한 분이나 해군 본부와 내각을 생각해봐. 우리는 가야 해."

나는 탁자에서 일어나는 것으로 대답을 대신했다.

"자네 말이 맞아, 홈즈. 우리는 가야 해."

그는 벌떡 일어나서 내 손을 잡고 흔들었다.

"자네가 몸을 사리지 않을 줄 알았어." 그가 말했다. 내가 전에 본 어느 눈빛보다도 더 부드러운 빛이 그의 두 눈에 잠깐 어렸다. 그는 이내 다시 노련하고 사무적인 태도로 돌아왔다.

"한 800미터 거리지만, 서둘 건 없어. 슬슬 걸어가자." 그가 말했다. "연장을 떨어뜨리지 않게 조심해. 자네가 수상쩍은 인물로 체포라도 되면 아주 골치 아프니까 말이야."

콜필드 가든스는 전면이 평평하고 주랑현관을 갖춘 일련의 건물들 가운데 하나였는데, 이는 런던 웨스트엔드에 있는 빅토리아 중기의 유명한 건축물이었다. 옆집에서는 아이들이 잔치를 벌이고 있는 듯했다. 왁자지껄 즐겁게 떠드는 아이들 목소리와 피아노 소리가 밤공기를 울렸다. 아직도 안개가 끼어 있어서 우리의 모습을 편안히 숨겨 주었다. 홈즈가 랜턴에 불을 밝히고 육중한 문을 비추었다.

"문제가 심각한걸." 그가 말했다. "자물쇠를 채우고 빗장까지 지른 모양이야. 지하실 출입구로 가는 게 낫겠어. 저 아래쪽에 멋진 아치 출입구가 있어. 거기라면 너무 열성적인 경찰한테 붙들리는 일이 없을 거야. 나를 먼저 잡아줘, 왓슨. 다음에는 내가 잡아줄 테니까."

잠시 후 우리는 지하실 출입구에 내려섰다. 어두운 그늘 속에 내려서자마자 위쪽 안개 속에서 경찰의 발소리가 들려왔다. 나지막하고 규칙적인 발소리가 잦아들자, 홈즈가 아래쪽 문을 따기 시작했다. 그가 몸을 숙이고 힘을 쓰는 것을 지켜보고 있자니 어느 순간 날카로운 소리와 함께 문이 열렸다. 우리는 어두운 통로로 재빨리 들어선 후 문을 닫았다. 양탄자를 깔지 않은 굽은 계단을 따라 홈즈가 앞장서서 올라갔다. 그가 들고 있는 랜턴의 노란 부채꼴 빛에 아래쪽 창문이 보였다.

"다 왔어, 왓슨. 이곳이 틀림없어." 그가 창문을 열었다. 그사이에 나지막이 식식거리는 소리가 점점 커지더니 마침내 우렁찬 소리를 울리며 기차가 어둠을 가리고 우리를 지나쳐갔다. 홈즈가 랜턴으로 창턱을 쭉 비추어보았다. 창턱에는 지나간 기차가 뿜어낸 그을음이 두껍게 덮여 있었는데, 군데군데 그을음이 쓸려나간 자국이 있었다.

"시신을 올려놓은 자리를 알겠군. 어라, 왓슨! 이게 뭐지? 의심의 여지가 없이 이건 핏자국이야." 그는 목제 창틀에 희미하게 변색

된 부분을 가리키고 있었다. "이 돌계단에도 자국이 있어. 완벽한 증거야. 기차가 멈출 때까지 여기서 기다려 보자."

오래 기다릴 필요가 없었다. 바로 다음 기차가 전처럼 우렁차게 터널을 빠져나왔다. 그런데 이번에는 터널 밖에서 속도를 늦추더니, 브레이크 소리와 함께 바로 우리 아래쪽에서 정지했다. 창턱에서 기차 객실 지붕까지의 거리가 1.2미터도 되지 않았다. 홈즈는 가만히 창문을 닫았다.

"지금까지 우리 생각이 옳았어." 그가 말했다. "자네는 어떻게 생각해, 왓슨?"

"대단해. 자네가 이보다 더 잘해낸 적은 없었어."

"그 말에는 동의할 수 없는걸. 시신이 지붕에 놓여 있었다는 추리쯤이야 그리 어려운 것도 아니었는데, 그 추리 이후 나머지는 술술 풀렸어. 막중한 이해관계가 걸린 사건만 아니었다면, 지금까지의 일은 시시껄렁해 보였을 거야. 우리 앞에는 아직 난관이 놓여 있어. 하지만 도움이 될 만한 게 여기 어딘가 있을 거야."

우리는 부엌 계단을 거쳐 2층으로 올라갔다. 처음 들어선 곳은 식당이었는데, 가구도 거의 없고 눈길을 끄는 것도 전혀 없었다. 두 번째 방은 침실이었는데, 역시 썰렁하니 비어 있었다. 남은 방 하나에 뭔가 있어 보여서, 내 동행은 체계적인 조사에 들어갔다. 책과 서류가 흩어져 있는 것을 보니 서재로 사용된 게 분명했다. 홈즈는 체계적이고 신속하게 서랍을 죄다 열어보고, 장식장도 죄다 열어보았지만, 그의 엄숙한 얼굴에 성공의 서광이 비치지는 않았다. 한 시간이 지난 뒤에도 처음보다 나아진 게 없었다.

"그 교활한 녀석이 흔적을 다 지웠군." 그가 말했다. "꼬리가 밟힐 만한 것은 아무것도 남겨놓지 않았어. 위험한 서신은 다 없애버린 거야. 기대할 건 이거밖에 없군."

그것은 책상 위에 놓여 있던 작은 양철 금고였다. 홈즈가 끌을 지레 삼아 금고를 비틀어 열었다. 안에는 종이 뭉치가 들어 있었다. 무슨 내용인지를 나타내는 말은 없고 숫자와 계산식만 잔뜩 적혀 있었다. '수압'과 '제곱인치당 압력' 같은 말이 거듭 나오는 것을 보니 잠수함과 관련이 있을 가능성이 있었다. 홈즈는 성마르게 그것을 한쪽으로 툭 내던졌다. 남은 것은 신문 쪼가리들이 들어 있는 봉투 하나뿐이었다. 그는 탁자 위에 봉투를 탈탈 털었다. 순간 그의 열띤 얼굴에 희망이 지펴진 것을 볼 수 있었다.

"이게 뭐지, 왓슨? 어? 이건 뭐지? 계속 메시지를 보낸 신문광고

His Last Bow

야. 지질과 활자체를 보니《데일리 텔레그래프》지 광고란이군. 신문의
우측 맨 위 모서리 부분이야. 날짜는 없지만 메시지가 날짜순으로 되
어 있어. 이게 첫 번째인 게 분명해.

조속히 소식 바람. 조건에 동의함. 명함 주소 그대로 편지할 것.

— 피에로

다음은 이거야.

그리기에는 너무 복잡. 전체 보고서 필요. 물건이 배달되는 대로 현금
지급.

— 피에로

그다음은 이거군.

일이 시급함. 계약대로 이행되지 않으면 제안 철회하겠음. 편지로 약
속을 정하라. 광고로 확인할 것.

— 피에로

이건 마지막이야.

월요일 밤 9시 지나서. 두 번 노크. 우리끼리만. 너무 의심하지 말 것.

물건이 배달되면 현금 지불.

— 피에로

꽤 완전한 기록이야, 왓슨! 이제 상대만 알아내면 돼!" 그는 자리에 앉아 생각에 잠긴 채 탁자를 손가락으로 토닥거렸다. 이윽고 그가 벌떡 일어섰다.

"음, 어쩌면 그리 어려운 일이 아닐 거야. 이제 여기서 할 일은 없어, 왓슨.《데일리 텔레그래프》사무실로 달려가 보는 게 좋겠지. 그래서 하루 일을 잘 마무리해보자."

마이크로프트 홈즈와 레스트레이드가 이튿날 아침 식사 후 약속대로 찾아왔다. 홈즈는 전날 우리가 올린 성과를 자세히 이야기해주었다. 형사는 우리가 고백한 절도 행각에 대해 고개를 내둘렀다.

"우리 경찰은 그런 짓을 할 수가 없습니다, 홈즈 씨." 그가 말했다. "우리보다 나은 성과를 거두었다는 게 놀랄 일도 아니로군요. 하지만 그러다가 언젠가는 도가 지나쳐서, 홈즈 씨나 친구 분이 곤욕을 치르게 될 겁니다."

"잉글랜드와 가정과 미인을 위하여!(예로부터 영국 해군이 건배할 때 하는 말—옮긴이) 안 그래, 왓슨? 국가의 제단에 바치는 순교 행위랄까. 형 생각은 어떤가요?"

"잘했어, 셜록! 탄복할 만해! 그런데 그 사실을 어떻게 활용할 거냐?"

홈즈가 탁자에 놓인《데일리 텔레그래프》지를 집어들었다.

His Last Bow

"피에로의 오늘 광고를 보았나요?"

"뭐라고! 또 광고를 했어?"

"예, 이겁니다.

오늘 밤. 같은 시각. 같은 장소. 두 번 노크. 그지없이 중요함. 그쪽의
목숨이 걸린 문제임.

— 피에로

"아하!" 레스트레이드가 외쳤다. "놈이 응답만 하면 다 잡았어!"

"그러려고 이런 광고를 한 겁니다. 두 분 다 오늘 밤 8시에 콜필드
가든스로 같이 갈 수 있다면, 좀 더 손쉽게 해결할 수 있겠습니다."

셜록 홈즈의 특징 가운데 가장 주목할 만한 것 하나는 생각해봐야
뾰족한 수가 없다는 확신이 들 때면 언제나 두뇌 활동을 중단하고 더
가벼운 일 쪽으로 생각을 완전히 전환하는 능력이 있다는 것이었다.
기억할 만한 그날 종일 그가 라소(네덜란드의 작곡가—옮긴이)의 무
반주 다성 성가곡에 관한 논문 집필에 몰두한 것을 잊을 수 없다. 나로
말하면, 그렇게 초연할 수 있는 능력이 없어서, 그날 하루가 1년 같았
다. 국가의 존망이 걸린 일인데다, 높으신 분들이 애를 태웠고, 우리가
시험 중인 일의 불확실한 특성, 이 모든 것이 한데 엮여서 나는 조마조
마했다. 마침내 가벼운 저녁 식사를 마치고 원정을 떠나자 마음이 한
결 놓였다. 레스트레이드와 마이크로프트는 글로스터 로드 역 바깥의
약속 장소에서 우리와 만났다.

오버스타인의 집 지하실 문은 전날 밤 그대로 열려 있었다. 마이크 로프트 홈즈가 난간을 넘어가는 것을 완강히 거부하며 화를 내는 바람에 내가 먼저 안으로 들어가서 홀 문을 열어주어야 했다. 9시 무렵 우리는 다 같이 서재에 자리를 잡고 끈기 있게 범인을 기다렸다.

한 시간이 지나고, 또 한 시간이 지났다. 11시 종이 울리자, 거대한 교회의 그 종소리가 마치 희망의 만가처럼 들렸다. 레스트레이드와 마이크로프트는 자리에서 안절부절 엉덩이를 들썩거리며 1분에 두 번씩은 회중시계를 들여다보았다. 홈즈는 말없이 태연하게 앉아서 눈을 반쯤 감은 채, 촉각만 곤두세우고 있었다. 그가 갑자기 고개를 획 쳐들었다.

"오고 있어." 그가 말했다.

살그머니 문 앞을 지나가는 발소리가 났다. 그리고 다시 돌아오는 발소리가 났다. 밖에서 서성이는 소리가 나더니 노커로 날카롭게 두 번 노크하는 소리가 들렸다. 홈즈가 일어서더니 우리에게는 앉아 있으라는 손짓을 했다. 홀에는 가스등 불빛 한 점밖에 없었다. 홈즈가 현관문을 열었다. 어두운 인영이 그를 지나 들어오자, 홈즈는 문을 닫아걸었다. "이쪽으로!" 홈즈가 말하는 소리가 들리더니, 잠시 후 그 남자는 우리 앞에 섰다. 홈즈가 그의 뒤를 바짝 따라왔다. 그 남자가 놀라서 획 돌아서며 소리를 지르는 순간, 홈즈가 그의 멱살을 잡고 다시 방 안으로 밀어 넣었다. 포로가 몸을 가누기 전에 문을 닫은 홈즈가 문을 등지고 섰다. 그 남자는 주위를 쏘아보고는 휘청하더니 의식을 잃고 바닥에 쓰러졌다. 쿵 하는 소리와 함께 챙이 넓은 모자가 그의 머리에서 벗겨지고,

입에 두른 목도리가 흘러내리자, 길고 단정한 턱수염에 부드럽고 섬세한 이목구비의 남자 얼굴이 드러났다. 밸런타인 월터 대령이었다.

홈즈가 놀라서 휘파람을 불었다.

"왓슨, 이번에는 내가 멍텅구리였다고 써도 좋아." 그가 말했다. "내가 예상한 사람이 아니야."

"이 사람이 누구지?" 마이크로프트가 진지하게 물었다.

"잠수함 부서의 부장인 고 제임스 월터 경의 동생이죠. 그래그래, 이제 패가 보이는군. 이 사람은 곧 정신이 들 겁니다. 심문은 내게 맡겨주는 게 좋겠습니다."

우리는 실신한 몸뚱이를 곧바로 소파로 옮겨 두었다. 이제 일어나 앉은 우리의 포로는 겁에 질린 얼굴로 주위를 둘러보고, 자신의 오감을 믿을 수 없다는 듯이 손으로 이마 위 머리를 쓸어넘겼다.

"이게 무슨 일입니까?" 그가 물었다. "나는 오버스타인 씨를 만나러 여기 왔습니다."

"다 드러났습니다, 월터 대령." 홈즈가 말했다. "영국 신사가 어떻게 그런 짓을 할 수 있었는지 이해할 수가 없습니다. 하지만 당신과 오버스타인과의 관계와 주고받은 메시지를 우리는 다 알고 있습니다. 캐도건 웨스트의 사망과 관련된 상황도 마찬가지입니다. 죄를 뉘우치고 자백해서 조금이나마 명예를 회복하라고 조언하고 싶군요. 당신이 우리에게 알려줄 수 있는 사소한 사항 몇 가지가 있으니 말입니다."

그 남자는 신음소리를 내며 두 손에 얼굴을 묻었다. 한참 기다렸지만 그는 말이 없었다.

"장담컨대 핵심 사항은 이미 다 알고 있습니다." 홈즈가 말했다. "당신은 돈이 궁했다는 것을 알고 있고, 형이 가지고 다닌 열쇠를 복제했다는 것, 오버스타인과 메시지를 주고받았다는 것, 《데일리 텔레그래프》지 광고란을 통해 오버스타인이 답장을 보냈다는 것까지 알고 있습니다. 또한 당신이 월요일 밤 안개를 헤치고 사무실로 갔는데, 캐도건 웨스트의 눈에 띄어서 추적을 당했다는 것을 알고 있습니다. 웨스트는 아마도 사전에 당신을 의심할 만한 이유가 있었겠지요. 그는 당신이 훔치는 것을 보았지만, 소리를 지르지는 않았습니다. 런던에 있는 형에게 설계도를 가져가려는 것인지도 몰랐으니까요. 그는 선량한 시민답게 개인적인 일은 모두 덮어두고 안개 속에서 당신을 바짝 뒤쫓아갔습니다. 당신이 바로 이 집에 도착할 때까지 뒤를 밟았지요. 그 후 그가 나서자, 월터 대령은 반역 행위에 끔찍한 살인 범죄까지 더하게 된 것입니다."

"아닙니다! 난 그러지 않았어요! 신 앞에 맹세코 나는 그러지 않았습니다!" 우리의 비참한 포로가 외쳤다.

"그럼 말해보십시오. 당신이 그를 기차 객실 지붕에 올려놓기 전에 캐도건 웨스트가 어떻게 죽었는지 말입니다."

"말하겠습니다. 맹세코 다 털어놓겠어요. 나머지는 내가 그랬습니다. 그건 자백하겠어요. 그건 홈즈 씨 말씀대로입니다. 증권거래소에 지불해야 할 빚이 있었어요. 나는 돈이 몹시 필요했습니다. 오버스타인이 5,000파운드를 제시하더군요. 그건 파산을 면하기 위한 것이었어요. 하지만 살인에 대해 말하자면, 나는 여러분만큼이나 결백하니다."

"그럼 어떻게 된 일입니까?"

"그는 전부터 나를 의심해왔습니다. 그래서 홈즈 씨 말씀대로 내 뒤를 밟았지요. 나는 바로 이 집 현관 앞에 서 있을 때도 그 사실을 몰랐습니다. 안개가 어찌나 자욱한지 3미터 앞도 안 보였어요. 내가 두 번 노크를 하자 오버스타인이 문을 열었습니다. 그때 그 청년이 들이닥쳐서, 우리가 설계도를 어쩌려는 것인지 추궁했어요. 오버스타인은 짤막한 호신용 지팡이를 갖고 있었죠. 항상 그것을 가지고 다녔어요. 웨스트가 우리를 뒤따라 집 안으로 밀고 들어오려고 하자, 오버스타인이 그의 머리를 후려쳤습니다. 치명타였죠. 그는 5분도 안 돼서 죽었어요. 그가 저기 홀에 쓰러져 있을 때, 우리는 어째야 좋을지 몰랐습니다. 그 후 오버스타인이 좋은 생각을 떠올렸어요. 우리의 뒤쪽 창문 아래에서 기차가 멈춘다는 것이었죠. 하지만 먼저 그는 내가 가져간 서류부터 살펴봤습니다. 그중 세 장은 꼭 필요하니까, 그걸 가져야겠다고 하더군요.

'그걸 가질 수는 없습니다.' 내가 말했죠. '그걸 되돌려 놓지 않으면 울리치에서 난리가 날 겁니다.'

'꼭 가져야만 합니다.' 그가 말했어요. '왜냐하면 워낙 전문적이라서 시간 안에 베끼는 게 불가능하기 때문입니다.'

'하지만 오늘 밤에 모두 되돌려 놓아야 합니다.' 내가 말했죠.

그는 잠시 생각을 하더니 그것을 갖겠다고 외치는 것이었어요. '세 장은 내가 가질 겁니다.' 그가 말했어요. '나머지는 이 청년의 주머니에 넣

어두겠습니다. 그가 발견되면 보나마나 모든 책임을 그가 뒤집어쓰게 될 겁니다.'

달리 방법이 없어서 우리는 그가 제안한 대로 했습니다. 창가에서 30분을 기다렸더니 기차가 멈추었어요. 안개가 워낙 자욱해서 아무것도 보이지 않았습니다. 웨스트의 시신을 기차 지붕에 내려놓는 것은 일도 아니었죠. 내가 관련된 일은 이것이 전부입니다."

"그럼 형님은?"

"형은 아무 말도 하지 않았지만, 내가 형의 열쇠를 가지고 있는 것을 본 적이 있습니다. 그래서 나를 의심하는 줄 알았죠. 그건 눈빛만 봐도 알 수 있었어요. 아시다시피, 형님은 다시는 고개를 들지 못했습니다."

실내에 침묵이 감돌았다. 침묵을 깬 것은 마이크로프트 홈즈였다.

"잘못을 바로잡을 수는 없나요? 그러면 양심도 편안해지고, 아마 처벌도 경감될 겁니다."

"내가 뭘 바로잡을 수가 있죠?"

"설계도를 가진 오버스타인은 어디 있나요?"

"모릅니다."

"그가 주소를 가르쳐주지 않았나요?"

"파리의 루브르 호텔로 편지를 보내면 자기가 받을 거라는 말만 했습니다."

"그렇다면 당신의 힘으로 일을 바로잡을 길이 있습니다." 셜록 홈
즈가 말했다.

"내가 할 수 있는 일이 있다면 뭐든 하겠습니다. 그 녀석은 내게 무
슨 호의를 베푼 것도 아닙니다. 그는 파멸과 몰락만 불러왔습니다."

"여기 종이와 펜이 있습니다. 이 책상에 앉아서 내가 부르는 대로
쓰세요. 봉투 주소는 호텔로 하고요. 됐습니다. 이제 편지를 받아쓰
세요.

　　오버스타인 님께

　　우리의 거래에 관하여, 귀하는 지금쯤 핵심적인 부분 하나가 빠졌다
는 것을 분명 알게 되었을 것입니다. 그것을 보완할 복사물을 내가 가지
고 있습니다. 그러나 이것을 얻는 데 가외의 고생을 했기에, 500파운드
의 선금을 더 요구하지 않을 수 없습니다. 이것을 우편으로 부치지는 않
을 것입니다. 또 금이나 지폐 외에는 어떤 것도 받지 않을 겁니다. 내가
귀하에게 건너가야 하겠지만, 내가 당장 이 나라를 떠나면 남들의 눈길
을 끌게 될 것입니다. 그러니 토요일 정오에 채링크로스 호텔의 흡연실
에서 귀하를 만났으면 합니다. 반드시 영국 지폐나 금만 받을 거라는 점
을 명심하십시오.

이 정도면 잘 되겠지요. 이것을 보고도 그가 오지 않는다면 오히려
내가 놀랄 겁니다."

✤

그것이 통했다! 이것은 역사적인 사실이다. 종종 정사正史보다 훨씬 더 상세하고 흥미진진한 한 국가의 비사秘史 말이다. 일생일대의 성공을 잘 마무리하려고 한 오버스타인은 미끼를 덥석 물었다가 영국 감옥에서 15년은 무난히 썩게 되었다. 그의 트렁크 안에는 유럽의 모든 해군 본부에 경매로 내놓은 귀중한 브루스파팅턴호 설계도가 들어 있었다. 월터 대령은 형을 선고받은 지 2년째가 다 되어갈 무렵 감옥에서 숨을 거두었다.

홈즈에 대해 말하자면, 그는 라소의 무반주 다성 성가곡에 관한 논문을 쓰는 일로 다시 돌아갔다. 이 논문은 이후 한정본으로 발행해 지인들에게 돌렸는데, 전문가들은 그 분야의 결정판이라고 입을 모았다. 몇 주 후 나는 우연히 내 친구가 윈저 궁에서 하루를 보내고 왔다는 사실을 알게 되었다. 거기서 돌아온 그는 아주 멋진 에메랄드 넥타이 핀을 꽂고 있었다. 산 것이냐고 물어보자, 그는 운 좋게 작은 임무를 잘 마친 적이 있는데 그때 만난 우아한 의뢰인 여성이 준 선물이라고 대답했다. 그리고 입을 다물었지만, 나는 어쩐지 그 숙녀의 존귀한 이름을 알 것 같았다. 그 에메랄드 핀을 볼 때마다 언제든 내 친구는 브루스파팅턴호 설계도의 모험을 떠올릴 것이라는 사실을 나는 의심치 않았다.

The Adventure of the
Dying Detective

죽어가는 탐정

셜록 홈즈의 하숙집 주인인 허드슨 부인은 참 진득한 여성이었다. 하숙집 2층으로 시도 때도 없이 별난 사람들이, 게다가 대개는 반갑지도 않은 사람들이 불시에 들이닥쳤을 뿐만 아니라, 남다른 하숙인은 또 못 견디도록 그녀의 인내심을 시험했음에 틀림없는 괴팍한 행동과 돌출 행동을 하기 일쑤였다. 입이 딱 벌어지도록 집 안을 어질러 놓고, 뜬금없는 시간에 음악 연주에 빠지고, 집 안에서 종종 권총을 쏘아대고, 이상야릇하고 곧잘 악취를 풍기는 과학 실험을 일삼고, 늘 폭력과 위험의 분위기를 몰고 다니던 홈즈는 그야말로 런던 최악의 하숙인이었다. 반면에 하숙비는 왕후처럼 후하게 냈다. 내가 그와 함께 지낸 몇 년 동안 홈즈가 낸 하숙비만으로도 분명 그 집을 너끈히 사들일 수 있었을 것이다.

그가 아무리 터무니없어 보이는 행동을 해도, 하숙집 여주인은 그를 몹시 경외해서 감히 잔소리를 하지 못했다. 또한 그를 좋아하기까지 했다. 여성을 대할 때는 언제나 여간 신사답지 않고 예의가 발랐기 때문이다. 그는 여성을 싫어했고 신뢰하지도 않았지만, 항상 기사다운 대립자였다. 나는 그녀가 진심으로 그를 존중하고 있다는 것을 알고 있었기 때문에, 내가 결혼한 지 2년째 되던 날 그녀가 우리 집에 찾아와서 늘어놓는 이야기에 열렬히 귀를 기울였다. 내 친구가 비통한 상황에 처했다는 이야기였다.

"그분이 위독해요, 왓슨 박사님." 그녀가 말했다. "사흘 동안 점점 쇠약해지고 있어서 오늘 하루를 넘길지 모르겠어요. 그런데도 의사를 데려오지 못하게 하세요. 오늘 아침 초췌해진 얼굴에 도드라진 광대뼈랑 나를 바라보는 눈빛이 이글거리는 것을 보고는 더는 견딜 수가 없더군요. '홈즈 씨, 허락을 해주시든 말든, 지금 당장 의사를 데려오겠어요' 하고 내가 말했죠. '그럼 왓슨을 데려오세요' 하고 그분이 말했죠. 나라면 득달같이 달려가겠어요, 박사님. 안 그러면 그분의 마지막을 보지 못할지도 몰라요."

나는 화들짝 놀랐다. 그가 아프다는 소식을 들은 적이 없기 때문이다. 두말할 나위 없이 나는 부리나케 외투와 모자를 걸쳤다. 우리가 마차를 타고 가는 동안, 나는 좀 더 자세한 소식을 물어보았다.

"말씀드릴 게 별로 없어요, 박사님. 그분은 로더히드에서 일어난 어떤 사건을 조사해왔는데, 템스 강 근처의 어느 골목에서 병을 얻어서 돌아왔어요. 수요일 오후에 몸져누웠는데, 그 이후 꼼짝도 못 하세요. 지난 사흘 동안 전혀 먹지도 마시지도 않았답니다."

"맙소사! 의사는 왜 부르지 않았습니까?"

"한사코 말리지 뭐예요, 박사님. 그분이 얼마나 권위적인지 아시죠? 감히 말씀을 어길 수가 없었어요. 하지만 이제 사실 날이 얼마 안

남았어요. 그건 직접 보시면 바로 아실 거예요."

그의 모습은 정말 비참했다. 안개 낀 11월의 날이 흐린 탓에 병실은 어둑어둑했지만, 침대에서 나를 바라보는 홈즈의 수척하고 쇠약한 얼굴을 알아본 나는 가슴이 철렁 내려앉았다. 열이 오른 그의 눈은 이글거렸고, 소모열(消耗熱. 체온이 하루에 3-5℃씩 오르내리면서 체력이 약해지는 증상으로 결핵이나 패혈증 따위에서 볼 수 있다—옮긴이)에 걸린 듯 두 볼도 붉었다. 입술에는 딱지가 붙어 있었고, 여윈 두 손은 이불 위에서 줄곧 경련을 일으켰으며, 쉰 목소리는 잘게 떨렸다. 내가 방에 들어섰을 때 그는 맥없이 늘어져 있었지만, 그래도 나를 알아보고는 눈이 빛났다.

"아, 왓슨, 불행한 시절이 찾아온 모양이야." 그가 여린 음성으로 말했지만, 예전처럼 어딘가 천연덕스러운 데가 있었다.

"이 친구야!" 내가 다가서며 외쳤다.

"물러서! 어서 물러서!" 그가 날카롭게 말했다. 위기의 순간에만 들을 수 있었던 절박한 음성이었다. "왓슨, 내게 다가오면 바로 이 집에서 쫓아내고 말겠어."

"아니 왜?"

"내가 원하기 때문이지. 그거면 충분하잖아?"

그래, 허드슨 부인의 말이 맞았다. 그는 여느 때보다 더 권위적이었다. 그러나 탈진한 그의 모습은 여간 안쓰럽지 않았다.

"도와주고 싶을 뿐이야." 내가 해명했다.

"말 잘했어! 내가 하라는 대로 하는 게 도와주는 거야."

"그렇게."

그는 엄숙한 표정을 누그러뜨렸다.

"화나지 않았어?" 그가 밭은 숨을 몰아쉬며 물었다.

이런 세상에, 눈앞에 비참하게 누워 있는 친구를 보며 내가 어떻게 화를 낼 수 있단 말인가?

"그건 자네를 위해서야, 왓슨." 그가 쉰 목소리로 말했다.

"나를 위해서?"

"내 병은 내가 알아. 이건 수마트라(인도네시아에서 두 번째로 큰 섬으로 19세기 내내 영국과 네덜란드 사이의 쟁탈전이 치열했다—옮긴이)의 쿨리(coolie. 원주민을 뜻하는 힌두어, 아니면 임금을 뜻하는 타밀어 '쿨리kuli'에서 유래한 말로 아시아의 비숙련 노동자를 가리키며, 주로 중국인과 인도인을 말한다—옮긴이) 병이야. 우리보다는 네덜란드 사람들이 잘 아는 병이지만, 그들도 아직 잘 모르긴 마찬가지야. 한 가지만은 확실해. 확실히 치명적이라는 것 말이야. 그리고 전염성이 지독하게 높아."

그는 이제 열에 들뜬 음성으로 말하며, 기다란 손을 바들바들 떨면서 나더러 물러서라는 손짓을 했다.

"접촉으로 감염이 돼, 왓슨. 그래, 접촉으로. 떨어져 있기만 하면 괜찮아."

"이런 세상에! 홈즈, 내가 잠시라도 그따위 것을 두려워할 줄 알았어? 처음 보는 사람이라고 해도 피하지 않았을 거야. 하물며 옛 친구에게 내 의무를 다하지 않고 몸을 사릴 줄 알았단 말이야?"

His Last Bow

나는 다시 다가갔다. 그러나 그는 격분한 표정으로 나를 물리쳤다.

"자네가 거기 서 있겠다면 얘기를 하겠어. 그러지 않겠다면 당장 이 방에서 꺼져버려."

나는 홈즈의 특출한 자질을 워낙 존중했기 때문에 항상 그가 바라는 대로 해왔다. 그의 바람을 수긍할 수가 없을 때에도 그랬다. 하지만 이번에는 내 모든 직업적 본능이 반기를 들었다. 다른 때라면 그를 따르겠지만, 병실에서만큼은 그가 나를 따라야 했다.

"홈즈." 내가 말했다. "자네는 제정신이 아니야. 환자는 아이나 마찬가지야. 그러니 자네를 아이처럼 대하겠어. 자네가 좋아하든 말든, 자네의 증상을 살펴보고 치료를 하겠어."

그는 독사 같은 눈길로 나를 쳐다보았다.

"내가 싫든 좋든 의사를 불러야 한다면, 적어도 믿을 만한 사람을 부를 거야." 그가 말했다.

"그럼 나를 믿지 못한다는 거야?"

"우정이야 믿지. 하지만 사실은 사실이야, 왓슨. 결국 자네는 아주 제한된 경험과 이류의 실력을 가진 일반 개업의일 뿐이야. 이런 말을 한다는 게 마음 아프지만, 자네가 나를 몰아붙이니 어쩔 수 없이 하는 소리야."

나는 가슴이 미어졌다.

"그런 말을 하는 것은 자네답지 않아, 홈즈. 그것만 보아도 자네가 정상이 아니라는 것을 분명히 알 수 있어. 하지만 나를 믿지 못한다면 내가 군이 진료를 하진 않겠어. 재스퍼 미크 경이나 펜로즈 피셔, 아니

면 런던 최고의 의사라도 데려오지. 아무튼 자네는 반드시 치료를 받아야 해. 그걸로 결정됐어. 내가 직접 자네를 돕거나 다른 사람더러 돕도록 하지도 않고 여기 우두커니 서서 자네가 죽어가는 것을 바라볼 거라고 생각한다면, 그건 친구를 잘못 안 거야."

"자네 마음은 알겠어, 왓슨." 환자가 흐느낌인지 신음인지 모를 소리로 말했다. "자네가 무지한 것을 내가 꼭 증명해야겠어? 자네는 타파눌리 열병이 무엇인지 알고 있어? 블랙 포모사 부패증이라는 게 뭔지 알아?"(두 질병이 가상의 병이라고 생각하는 학자들이 많으나 이 병을 발진티푸스의 별종으로 보는 학자도 있다—옮긴이)

"둘 다 들어본 적도 없어."

"동양에는 수많은 질병이 있고, 수많은 기이한 병증이 있어, 왓슨." 그는 한 마디 할 때마다 기력이 빠져서 말을 멈추곤 했다. "나는 최근 의료 범죄 성격을 지닌 사건을 조사하며 많은 것을 알게 됐어. 내가 이런 병에 걸린 것도 그런 조사를 하다가 그랬지. 자네가 할 수 있는 일은 없어."

"아마 그러겠지. 하지만 공교롭게도 열대병에 관한 최고의 권위자인 에인스트리 박사가 지금 런던에 와 있다는 것을 알고 있어. 아무리 둘러대 봐야 소용없어, 홈즈. 당장 그를 데려올 거야." 나는 단호하게 문으로 향했다.

나는 전에 없이 화들짝 놀랐다! 일순간 호랑이가 도약을 하듯, 죽어가던 사람이 나를 가로막은 것이다. 열쇠를 돌려 찰각 문을 잠그는 소리가 들렸다. 다음 순간 그는 엄청난 에너지를 불태운 후 탈진해서 헐떡거리며, 다시 비틀비틀 침대로 돌아갔다.

"내게서 억지로 열쇠를 빼앗으려고 하진 마, 왓슨. 내가 이겼어, 친구. 기왕 왔으니, 내가 가라고 할 때까지는 여기 있도록 해. 하지만 내가 즐겁게 해주지." (그는 이 모든 말을 다소 헐떡이며 말했다. 사이사이에 힘겹게 숨을 몰아쉬며.) "자네가 진심으로 나를 생각해주고 있다는 것은 물론 나도 잘 알아. 곧 자네 뜻대로 하게 해줄게. 하지만 우선 내가 기운을 차릴 시간을 좀 줘. 지금은 아니야, 왓슨. 지금은 아니야. 지금 4시로군. 6시에는 가도 돼."

"이건 미친 짓이야, 홈즈."

"딱 두 시간이야, 왓슨. 6시에 보내준다고 약속할게. 괜찮겠지?"

"선택의 여지가 없는 것 같군."

"결코 없지. 고마워, 왓슨. 옷은 혼자 입을 수 있어. 부디 다가오지 마. 자, 왓슨, 내가 내걸고 싶은 다른 조건 하나가 있어. 나를 도와줄 사람을 찾겠다면, 자네가 말한 사람 말고, 내가 선택한 사람을 불러줘."

"그러지."

"자네가 이 방에 들어온 이후 처음으로 가장 지각 있는 말을 했군. 저쪽에 책이 몇 권 있어. 나는 기운이 없어서 말이야. 절연체로 전기를 쏟아낸 배터리의 기분이 혹시 이럴까? 6시에, 왓슨, 그때 다시 얘기하자."

그러나 그 시간이 되기 훨씬 전에 다시 대화를 하지 않을 수 없었다. 그가 문으로 도약을 하면서 나를 놀라게 했던 것에 버금가게 다시 나를 화들짝 놀라게 하면서 말이다. 나는 몇 분 동안 그가 침대에 조용

His Last Bow

히 누워 있는 모습을 바라보며 우두커니 서 있었다. 그의 얼굴은 시트에 거의 다 덮여 있었는데, 잠이 든 것 같았다. 그 후 나는 다소곳이 책을 읽고 앉아 있을 수가 없어서, 천천히 실내를 거닐며 사방 벽에 붙은 유명한 범죄자들의 사진을 살펴보았다. 이윽고 나는 아무 뜻 없이 실내를 서성이다 벽난로에 이르렀다. 파이프 몇 개와 담배쌈지, 주사기, 주머니칼, 권총 탄창, 기타 잡동사니가 벽난로 위에 어지럽게 널려 있었다. 그 한가운데 미닫이 뚜껑이 달린 희고 검은 작은 상아 상자가 하나 있었다. 아주 깜찍하게 생겨서 좀 더 자세히 살펴보려고 손을 뻗었을 때였다.

그가 벼락같이 소리를 질렀다. 아마 바깥 거리에서도 그 소리가 들렸을 것이다. 나는 소름이 오싹 돋았고 머리칼이 곤두섰다. 휙 돌아서자, 홈즈가 얼굴을 씰룩거리며 눈에서 광기를 내뿜고 있었다. 나는 작은 상자를 들고 선 채로 몸이 굳어버렸다.

"내려놔! 당장 내려놔, 왓슨! 당장!" 내가 벽난로 위에 상자를 내려놓자 그가 다시 머리를 베개에 파묻으며 안도의 한숨을 내쉬었다. "누가 내 물건에 손을 대는 건 질색이야, 왓슨. 그건 자네도 알 거야. 자네는 나를 정말 불안하게 하는군. 명색이 의사인 자네가 환자를 정신병자로 만들고 있어. 어이, 자리에 좀 앉아. 나 좀 쉬게 해줘!"

이런 꼴을 당하고 보니 나는 이루 말할 수 없이 불쾌했다. 느닷없이 막무가내로 흥분해서, 평소의 부드러운 언동과는 동떨어진 잔인한 말을 내뱉다니. 그런 모습은 그의 정신이 얼마나 쇠약해졌는가를 여실히 보여주었다. 그 무엇보다도 고귀한 정신이 피폐해지는 것이야말로 통탄할 일이 아닐 수 없다. 나는 정해진 시간이 다 갈 때까지 실의에 잠겨 말없이 앉아 있었다. 홈즈 역시 나처럼 시계를 지켜보고 있는 듯했다. 6시가 다 되자 전처럼 열에 들뜬 음성으로 말을 걸어왔기 때문이다.

"아, 왓슨, 주머니에 잔돈 가지고 있어?" 그가 말했다.

"응."

"은화는 얼마나?"

"많아."

"하프크라운은?"

"다섯 개야."

"아, 그것으론 부족해! 너무 부족해! 정말 안타깝군! 하지만 그거라도 회중시계 주머니에 넣어두도록 해. 그리고 나머지는 바지 왼쪽 주머니에 집어넣어. 고마워. 그러면 자네의 몸이 훨씬 더 균형이 잡힐 거야."

이건 정말 미친 짓이었다. 그는 어깨를 으쓱하더니, 다시 기침과 흐느낌이 뒤섞인 소리를 냈다.

"이제 가스등을 켜줘, 왓슨. 하지만 아주 조심하도록 해. 잠깐이라도 불꽃이 반 이상 올라오지 않도록 말이야. 간곡히 말하는데 정말 조심해. 고마워, 아주 잘했어. 아니야, 커튼을 칠 필요 없어. 이제 저 편지와 신문들을 내가 집을 수 있게 탁자 위에 좀 놓아줘. 고마워. 벽난로 위의 잡동사니도 이리 주고. 잘했어, 왓슨! 저기 설탕 집게가 있는데, 그걸로 저 작은 상아 상자를 집어. 그걸 여기 신문 위에 올려놔.

좋아! 이제 자네는 가서 컬버턴 스미스 씨를 데려와줘. 로어버크 스트리트 13번지야."

사실을 말하자면, 나는 의사를 부르러 가고 싶은 마음이 없었다. 홈즈의 정신이 오락가락하는 상태여서 그를 두고 떠나는 것은 위험해 보였기 때문이다. 하지만 이제 그는 고집스럽게 거부했던 진료를 그 사람에게 꼭 받고 싶어했다.

"그런 이름은 들어본 적이 없는걸." 내가 말했다.

"아마 그럴 거야, 왓슨. 세상에서 이 질병에 가장 정통한 사람이 의사가 아니라 농장주라는 걸 알면 놀랄 거야. 컬버턴 스미스 씨는 유명한 수마트라 거주민이야. 런던에는 잠깐 다니러 왔지. 의사의 도움을 받을 수 있는 곳과는 멀리 떨어진 농장에서 이 병이 발병해 그가 몸소 연구를 하게 됐는데, 꽤 큰 성과를 거두었지. 그는 아주 규칙적인 사람이어서, 자네가 6시 넘어서 찾아가기를 바랐어. 일찍 찾아가봐야 그는 서재에서 나올 생각을 하지 않을 게 빤하거든. 자네가 그를 설득해서 이리 데려올 수 있다면, 그래서 그가 가장 좋아한 취미였던 이 질병에 대한 연구와 특유의 경험으로 우리를 도와주게 된다면, 그러면 그는 분명 나를 살릴 수 있을 거야."

홈즈가 한 말을 이렇게 쭉 이어서 기록했지만, 그는 계속되는 고통에 두 손을 부르쥔 채 숨을 헐떡이느라고 얼마나 더듬더듬 말했는지는 굳이 묘사하지 않겠다. 몇 시간 동안 같이 있는 사이에 그의 안색은 더욱 나빠졌다. 소모열 반점은 더욱 뚜렷해졌고, 더 움푹해진 두 눈은 더욱 이글거렸고, 이마에는 식은땀이 번들거렸다. 그러나 그는 여전히 쾌활하고 정중한 말투를 유지했다. 그는 숨을 거두는 순간까지도 거장처럼 굴 것이다.

"자네가 떠나기 전의 내 상황을 그에게 정확히 전해줘." 그가 말했다. "마음에 떠오른 인상을 그대로 전하면 돼. 죽어가는 사람, 그러니까 죽어가면서 정신착란 상태에 놓인 사람이라고 말이야. 정말이지 바다 밑바닥에 딱딱한 굴이 왜 수북이 깔려 있지 않은지 모르겠어. 그렇게 번식력이 높은 모양인데 말이야. 아, 나는 방황하고 있어! 뇌가 어떻게 뇌를 조종하는지 참 이상도 해! 왓슨, 아까 내가 무슨 말을 하고 있었지?"

"컬버턴 스미스 씨를 데려오라고 했어."

"아, 그래, 기억난다. 내 목숨은 그것에 달렸어. 그에게 간청을 해줘, 왓슨. 우리는 사이가 좋지 않아. 그의 조카 때문이야, 왓슨. 나는 그의 조카가 못된 짓을 저질렀다고 생각해서 그에게 알려주었어. 결국 조카가 끔찍하게 죽었지. 그래서 나한테 앙심을 품고 있어. 그의 마음을 좀 달래줘, 왓슨. 그에게 간청하면서 싹싹 빌어. 무슨 수를 써서든 이리 좀 데려와. 그는 내 목숨을 구해줄 수 있어. 오직 그만이!"

"그래야 한다면 강제로라도 꼭 마차로 데려오지."

"그래서는 안 돼. 와달라고 설득을 해. 그런 다음 그보다 먼저 돌아오도록 해. 무슨 이유를 대서라도 같이 오지 마. 이건 꼭 잊지 마, 왓슨. 내 말을 꼭 지켜야 해. 자네는 나를 실망시킨 적이 없지. 굴의 번식을 막는 천적이 있는 게 분명해. 왓슨, 자네와 나, 우리는 할 도리를 다했어. 그런데 이제 세상이 굴로 뒤덮일까? 안 돼, 안 돼, 그건 끔찍해! 여기서 자네가 느낀 그대로 그에게 전해."

나는 이 대단한 지식인이 바보 아이처럼 나불거리는 인상을 간직한 채 그의 곁을 떠났다. 그는 내게 열쇠를 건네주었다. 나는 다행이라는 생각으로 열쇠를 받았다. 그가 안에서 문을 걸어 잠그지는 않을 테니까 말이다. 허드슨 부인이 통로에서 몸을 떨고 울면서 기다리고 있었다. 2층을 뒤에 두고 떠나며 나는 정신착란 상태의 홈즈가 높고 여린 소리로 노래하듯 중얼거리는 소리를 들었다. 밖에 서서 마차를 부르고 있을 때, 안개를 헤치고 한 남자가 다가왔다.

"홈즈 씨는 안녕하신가요, 박사님?" 그가 물었다.

옛 지인인 런던 경찰국의 모턴 경위였다. 그는 경찰복이 아닌 트위드 정장을 걸치고 있었다.

"위중합니다." 내가 대답했다.

그는 아주 이상한 눈빛으로 나를 바라보았다. 그 표정이 섬뜩하지만 않았다면, 채광창의 불빛에 비친 그의 얼굴이 환희에 젖어 있다고 나는 생각했을 것이다.

"그런 소문이 들리더군요." 그가 말했다.

마차가 다가와서 나는 그의 곁을 떠났다.

로어버크 스트리트에 가보니 노팅힐과 켄징턴 사이의 어중간한 경계지점에 멋진 집들이 줄지어 있었다. 마부가 마차를 세운 그 주소에는 고풍의 철제 난간과 육중한 두 짝 대문, 반짝이 황동 문짝이 떡하니 위풍당당한 분위기를 자아내고 있었다. 등 뒤에 비치는 연한 색의 전등 때문에 분홍빛 광채를 띠고 나타난 엄숙한 집사는 그런 분위기에 잘 어울렸다.

"예, 컬버턴 스미스 씨는 안에 계십니다. 왓슨 박사님이시군요! 좋습니다, 박사님, 명함을 전하겠습니다."

대수롭지 않은 내 이름과 직함이 컬버턴 스미스 씨에게는 신통치가 않았던 모양이다. 반쯤 열린 문을 통해 성마른 고성이 대기를 후비듯 들려왔다.

"이 사람이 누구야? 원하는 게 뭔데? 맙소사, 스테이플스, 내가 몇 번이나 말해야 알겠어? 내가 서재에 있을 때에는 방해하지 말라고 했잖아."

집사가 부드럽게 해명하는 점잖은 음성이 들려왔다.

"암튼 그를 만나지 않겠어, 스테이플스. 이렇게 내 연구를 중단할 수는 없어. 나는 집에 없어. 그렇게 말해. 나를 꼭 만나고 싶다면 아침에 오라고 해."

다시 점잖은 말소리가 나직이 들렸다.

"아, 그러니까 그에게 그렇게 전해. 아침에 오든지 말든지 하라고 해. 내 연구를 방해받을 수는 없어."

나는 홈즈를 생각했다. 그는 침대에서 시름시름 앓으며 내가 도와줄 사람을 데려오기만 목 빠지게 기다리고 있을 것이다. 지금은 예의를 따질 때가 아니었다. 그의 목숨은 신속한 내 행동 여부에 달려 있었다. 죄송스러워하는 집사가 말문을 떼기 전에 나는 그를 밀치고 집 안으로 들어섰다.

벽난로 가의 안락의자에 앉아 있던 남자가 날카롭게 분노를 터트리

His Last Bow

며 벌떡 일어났다. 노랗고 커다란 얼굴에 우악스럽고 개기름이 번지르르한 이중 턱의 남자가 무성하고 꺼칠꺼칠한 눈썹 아래서 빛나는 언짢고 위협적인 잿빛 눈으로 나를 노려보았다. 훌렁 벗겨진 대머리의 분홍빛 곡면 한쪽에 작은 벨벳 흡연 모자(담배를 피우는 동안 머리에 냄새가 배지 않도록 쓰는 모자—옮긴이)가 간드러지게 얹혀 있었다. 두개골 용량은 막대했다. 하지만 머리를 굽어보고 있자니 놀랍게도 그 남자의 체구는 왜소하고 약한 데다, 어린 시절 구루병에라도 걸린 것처럼 등과 어깨가 굽어 있었다.

"이게 무슨 짓이오?" 그가 카랑카랑한 목소리로 외쳤다. "이렇게 쳐들어와서 뭐 하자는 수작이오? 내일 아침에 만나겠다는 내 말 못 들었소?"

"죄송합니다만," 하고 내가 말했다. "지체할 시간이 없습니다. 셜록 홈즈 씨가……."

내 친구의 이름을 입에 담자 작은 체구의 그 남자가 별안간 달라졌다. 일순 그의 얼굴에 분노의 표정이 스쳐 지나갔다. 그의 이목구비는 바짝 긴장하며 신경의 날을 세웠다.

"홈즈한테서 왔소?" 그가 물었다.

"그의 집에서 오는 길입니다."

"홈즈는 어떻소? 안녕한가?"

"그는 위중합니다. 그래서 내가 여기 온 겁니다."

그 남자는 내게 의자를 가리켜 보이고, 다시 안락의자에 앉았다. 그러는 동안 나는 벽난로 위의 거울에 비친 그의 얼굴을 힐끗 쳐다보았다. 맹세컨대 그는 악의적이고 혐오스럽기 짝이 없는 미소를 머금고 있었다. 하지만 그것은 내 말에 놀라서 신경 수축을 일으킨 게 분명하다고 나 자신을 설득했다. 다음 순간 이내 순수한 관심의 표정으로 바뀌었기 때문이다.

"그런 말을 들으니 유감이군." 그가 말했다. "홈즈 씨와는 몇 차례 거래를 통해 알게 된 사이일 뿐이지만, 그의 재능과 인품은 대단히 존경하고 있소이다. 그는 범죄 연구자이지. 내가 질병 연구자이듯이. 그에게 악당이 있다면 내게는 세균이 있고. 이게 내 포로들이오." 그가 보조탁자에 줄지어 세워놓은 병과 단지를 가리키며 말했다. "이 젤라틴 배지倍地에는 지금 세상에서 가장 악랄한 세균 몇 놈이 형기를 치르고 있지."

"홈즈 씨가 당신을 만나고자 하는 것은 그런 특별한 지식 때문입니다. 그는 당신을 아주 높이 평가합니다. 런던에서 자기를 살려낼 수 있는 유일한 사람이라고 생각해요."

작은 체구의 남자가 벌떡 일어서자 간드러진 흡연 모자가 미끄러져 바닥으로 떨어졌다.

"아니 왜?" 그가 물었다. "왜 내가 그를 고통 속에서 구해줄 거라

His Last Bow

고 생각한단 말이오?"

"당신이 동양의 질병에 대해 잘 아니까요."

"하지만 그는 왜 동양의 병에 걸렸다고 생각하는 거요?"

"그는 모종의 전문적인 조사를 하느라고 부두에서 중국인 선원들과 같이 작업을 해왔거든요."

컬버턴 스미스 씨는 유쾌하게 웃으며 흡연 모자를 집어들었다.

"아, 그랬군?" 그가 말했다. "그 문제는 댁의 생각만큼 심각하지 않을 거요. 그가 아픈 지 얼마나 됐소?"

"사흘쯤 됐습니다."

"정신착란 상태인가요?"

"종종."

"쯧쯧! 그거 심각한 모양이군. 그가 부르는데 외면하면 인간이 아니지. 왓슨 박사, 내 연구가 방해를 받는 것은 아주 괘씸한 일이지만, 분명 이런 경우라면 예외요. 즉시 당신과 같이 가보겠소."

나는 홈즈의 지시를 떠올렸다.

"나는 다른 약속이 있습니다." 내가 말했다.

"좋아요. 그럼 혼자 가겠소. 홈즈 씨의 주소는 적어두었지. 늦어도 30분 안짝에 틀림없이 거기 도착할 거요."

홈즈의 침실에 다시 들어가며 나는 가슴을 졸였다. 어쩌면 내가 없는 사이에 최악의 일이 일어났을지도 모르기 때문이다. 그런데 천만다행히도, 그는 그사이 엄청 회복되어 있었다. 홈즈는 전처럼 헬쑥하긴했지만, 정신착란의 흔적은 일체 사라지고 없었다. 사실 목소리는 아직 연약했지만 평소보다 더욱 힘차고 맑았다.

"그래, 그 사람 만났어, 왓슨?"

"응, 곧 올 거야."

"정말 잘했어, 왓슨! 잘했어! 자네는 최고의 심부름꾼이야."

"그는 나와 같이 오려고 했어."

"그래선 곤란해, 왓슨. 절대 그래서는 안 될 일이야. 그는 내가 무슨 병에 걸렸는지 물었겠지?"

"이스트엔드의 중국인 얘기를 해줬어."

"제대로 했어! 아, 왓슨, 자네는 좋은 친구가 할 수 있는 모든 일을 다 한 거야. 이제 자네는 여기서 사라지는 게 좋겠어."

"나는 기다렸다가 그의 소견을 들어봐야 해, 홈즈."

"물론 그래야지. 하지만 그는 나와 단둘이 있는 줄 알 때 비로소 더욱 솔직하고 값진 소견을 제시할 거야. 내 침대 머리 뒤쪽에 공간이 있어, 왓슨."

"이런 세상에!"

"다른 선택의 여지는 없어, 왓슨. 이 공간이 누가 숨어 있다고 의심을 살 만큼 숨어 있기에 적합하질 않아. 하지만 거기엔 충분히 숨어 있을 수 있을 거야, 왓슨." 그가 갑자기 초췌한 얼굴에 긴장한 기색을 띠며 상체를 벌떡 일으켰다. "마차 바퀴소리가 들렸어, 왓슨. 나를 생각한다면, 어서! 무슨 일이 있어도 꼼짝도 하지 마. 무슨 일이 있어도, 알겠지? 말도 하지 마! 움직이지도 마! 그저 귀를 기울여 듣기만 해."

그 후 그는 갑자기 맥이 탁 빠지더니, 힘차고 과단성 있는 어투가 반은 정신착란에 걸린 사람의 낮고 희미한 중얼거림으로 잦아들었다.

나는 재빨리 몸을 숨겼다. 계단을 울리는 발소리에 이어 침실 문을 여닫는 소리가 들려왔다. 그 후 놀랍게도 긴 침묵이 이어졌다. 다만 환자가 숨을 헐떡이는 소리만 침묵을 깨뜨렸다. 우리의 손님은 침대 옆에 서서 환자를 굽어보고 있는 듯했다. 이윽고 이상한 침묵이 깨졌다.

"홈즈!" 그가 외쳤다. "홈즈!" 잠든 사람을 깨우는 완강한 어투였다. "내 말 들리나, 홈즈?" 환자의 어깨를 거칠게 흔드는 듯한 부스럭거리는 소리가 났다.

"스미스 씨인가요?" 홈즈가 중얼거렸다. "설마 이렇게 와줄 줄 몰랐습니다."

상대가 웃음을 터트렸다.

"나도 이럴 줄 몰랐지." 그가 말했다. "하지만, 보다시피 이렇게 왔다네. 이건 숯불(사도 바울이 악을 선으로 갚으라면서 로마인을 훈계한 성경 구절에 빗댄 은유. '적이 주리거든 먹이고, 목마르게 하거든 마시게 하라. 그리함으로써 너는 적의 머리에 숯불을 쌓는 셈이리니.'—옮긴이)이야, 홈즈, 숯불이라고!"

"선량도 하시군요. 정말 고상하십니다. 당신이 특별한 지식을 지녔다는 것을 잘 알고 있습니다."

손님이 킬킬거렸다.

"그러겠지. 다행히도 런던에서 그걸 아는 유일한 사람이 바로 자네야. 자네에게 무슨 병이 생겼는지 알고 있나?"

"같은 병이죠." 홈즈가 말했다.

"아! 증상을 알고 있군?"

"너무나 잘 알고 있죠."

"흠, 그거야 놀랄 것 없지, 홈즈. 그게 같은 병이라도 놀랄 것 없어. 사실이라면 자네에게 썩 안 좋은 일이지만. 빅터는 나흘 만에 숨을 거두었지. 힘세고, 튼튼하고, 젊은 녀석이었는데 말이야. 자네가 말했듯이, 런던 심장부에서 아시아의 진기한 병, 그것도 내가 특별히 연구해온 그 질병에 걸렸다는 것은 확실히 아주 놀라운 일이야. 이상한 우연의 일치잖아? 그런 걸 알아차리다니 자네도 참 영리해. 하지만 그게 인과관계가 있다는 듯한 말을 퍼뜨린 것은 몹쓸 짓이었어."

"나는 당신이 그랬다는 것을 알고 있었습니다."

"어, 알고 있었어, 자네가? 흠, 아무튼 증명은 할 수 없었지. 그런데 자네가 뭐기에 그런 말을 퍼뜨린 거지? 그러고서 병에 걸리니까 도와달라고 내게 굽실거리다니, 이게 무슨 짓이냔 말이야, 엉?"

환자의 숨이 거칠고 힘겨워지는 소리가 들렸다. "물 좀 주시오!" 그가 숨을 헐떡거렸다.

"어이 친구, 이제 볼 장 다 봤군그래. 하지만 아직 내가 할 말이 있으니 지금 가면 안 되지. 그래서 물을 주는 거야. 조심해, 쏟아지잖아! 그래, 내 말이 무슨 말인지 알겠나?"

홈즈가 신음소리를 냈다.

"나를 위해 치료해주십시오. 과거는 잊어버립시다." 홈즈가 나직이 말했다. "내 머릿속에서 깨끗이 지워버리겠소. 맹세합니다. 치료만 해주시오, 그럼 잊어버릴 테니."

"뭘 잊는다고?"

"아, 빅터 새비지의 죽음에 대해서 말입니다. 아까 당신이 그랬다고 인정한 것이나 마찬가집니다만, 그걸 잊겠습니다."

"잊거나 말거나, 좋을 대로 하게. 자네가 증인석에 설 일은 없을 테니까. 이봐, 홈즈, 내 장담컨대 자네는 증인석과 다른 모양의 박스에 들어갈 거야. 내 조카가 어떻게 죽었는지 자네가 안다 한들 내게는 문제될 게 없지. 우리 얘기의 주제는 그놈이 아니야. 자네지."

"그렇습니다. 그래요."

"나를 부르러 온 그 친구, 이름이 뭐더라, 그가 말하길 자네는 이스트엔드에서 뱃놈들과 같이 있다가 병에 걸렸다더군."

"그렇게밖에는 설명할 수 없습니다."

"홈즈, 자네는 머리가 좋은 줄 알지, 안 그래? 자기가 똑똑한 줄 알잖아? 자네는 지금 자네보다 더 영리한 사람을 만난 거야. 지난 일을 다시 생각해봐, 홈즈. 병에 걸린 것을 그렇게밖에 생각할 수 없어?"

"그래요. 머리가 돌아가질 않아요. 제발 도와주세요!"

"그래, 도와주지. 어디서 어떻게 병에 걸렸는지 이해하도록 도와주고말고. 죽기 전에 꼭 알려주고 싶어."

"통증을 줄이는 약 좀 주시오."

"꽤나 아프지? 쿨리들은 죽어가면서 비명깨나 질렀다네. 아마 경련이 일걸?"

"그래요, 경련이 입니다."

"흠, 그래도 내 말을 들을 수는 있지. 이제 잘 듣게! 병증이 시작되었을 무렵 뭔가 이상한 일이 일어나진 않았나?"

"아니요. 아무것도."

"잘 생각해보게."

"너무 아파서 생각할 수가 없습니다."

"흠, 그렇다면 내가 도와주지. 뭔가 우편으로 오지 않았나?"

"우편으로?"

"상자 같은 것 말이야."

"기절할 것 같아요. 죽겠어요!"

"잘 듣게, 홈즈!" 죽어가는 남자를 뒤흔드는 듯한 소리였다. 내가 할 수 있는 일이라고는 그저 숨어 있는 곳에서 조용히 있는 것뿐이었다. "자네는 내 말을 들어야 해. 내 말이 물론 들리겠지. 상자 기억하나? 상아 상자 말이야. 수요일에 도착했지. 자네는 열어봤어. 기억하지?"

"그래요, 그래. 열어봤습니다. 안에 날카로운 용수철이 들어 있었습니다. 무슨 장난……."

"그건 장난이 아니었어. 쓰라린 대가를 치르고 이제 알았겠지만 말이야. 바보 같은 녀석. 자네라면 알 거야. 알고말고. 나를 방해하라고 누가 요청이라도 했어? 자네가 나를 방해하지만 않았어도 이렇게 해치지는 않았을 거야."

"기억납니다." 홈즈가 헐떡였다. "그 용수철! 그것 때문에 피를 흘렸어요. 그 상자, 그건 탁자 위에 있습니다."

"그래, 바로 그거야! 그건 내 주머니에 담아 가는 게 좋겠지. 자, 이걸로 자네의 마지막 증거물이 사라지는군. 하지만 자네는 이제 진실을 알고 있어, 홈즈. 내가 자네를 죽였다는 사실은 알고 죽는 거야. 자네가 빅터 새비지의 운명에 대해 너무 많이 알아버린 바람에, 내가 자네한테도 같은 운명을 선물한 거지. 거의 마지막에 이르렀군, 홈즈. 그럼 여기 앉아서 자네가 죽어가는 것을 지켜나 볼까?"

홈즈의 목소리는 거의 들리지 않을 만큼 낮게 가라앉았다.

"뭐라고?" 스미스가 말했다. "가스등을 켜달라고? 아, 어둠이 내리기 시작했군. 좋아, 켜주지. 자네를 더 잘 볼 수 있도록 말이야." 그는 방을 가로질러 갔고, 불현듯 등불이 켜졌다. "어이, 친구, 내가 해줄 만한 일이 또 있나?"

"성냥과 담배."

나는 놀라움과 기쁨으로 하마터면 소리를 지를 뻔했다. 홈즈가 평소 음성으로 자연스럽게 말하고 있었던 것이다. 다소 약하기는 했지만, 그건 내가 잘 아는 바로 그 목소리였다. 한동안 조용한 것으로 보아, 컬버턴 스미스가 놀라서 내 친구를 말없이 굽어보고 있는 모양이었다.

"이게 무슨 영문이지?" 마침내 건조하고 칼칼한 스미스의 말소리가 들렸다.

"성공적인 연기를 하는 최선의 방법은 그 자체가 되는 거죠." 홈즈가 말했다. "말하자면, 나는 사흘 동안 먹지도 마시지도 않았습니다. 당신이 내게 저 물을 따라줄 정도가 될 때까지 말입니다. 가장 참기 힘들었던 것은 담배더군요. 아, 마침 여기 궐련이 있군." 성냥불을 켜는 소리가 들렸다. "이제야 좀 살겠군. 어라! 어라! 이게 웬 친구 발소리지?"

밖에서 발소리가 나더니 문이 열리고 모턴 경위가 등장했다.

"모든 일이 잘됐습니다. 여기 경위가 체포할 사람이 있습니다." 홈즈가 말했다.

경위는 평소대로 피의자에게 고지를 했다.

"빅터 새비지 살해 혐의로 당신을 체포합니다." 경위는 이렇게 말을 마쳤다.

"셜록 홈즈 살인 미수 혐의를 추가해도 될 겁니다." 내 친구가 나직이 웃으며 말했다. "경위, 환자의 수고를 덜어주기 위해 컬버턴 스미스 씨가 선량하게도 가스등을 켜주어 신호를 대신해주었습니다. 그리고 피의자의 외투 오른쪽 주머니에 작은 상자가 들어 있으니 그걸 압수하는 게 좋을 겁니다. 고맙습니다. 나라면 그것을 아주 신중히 다룰 겁니다. 여기 내려놓으세요. 이거라면 재판 때 제 몫을 할 겁니다."

후다닥 뛰는 소리와 난투하는 소리에 이어 쇳소리와 외마디 비명이 들렸다.

"그래봐야 당신만 다칠 겁니다." 경위가 말했다. "가만히 서 있으십시오." 수갑을 채우는 소리가 났다.

"멋진 함정이군!" 고음으로 부르짖는 소리가 났다. "피고석에 앉을 사람은 내가 아니라 바로 자네야, 홈즈. 나는 네 친구가 치료를 해달라고 해서 왔을 뿐이다. 나는 홈즈에게 유감이 있는데도 여길 왔어. 말도 안 되는 의심을 하더니 이제 보나마나 내게서 자백을 들었다고 꾸며대겠지. 홈즈, 멋대로 거짓말을 할 테면 해봐. 내 말을 믿을 사람도 많을 거다."

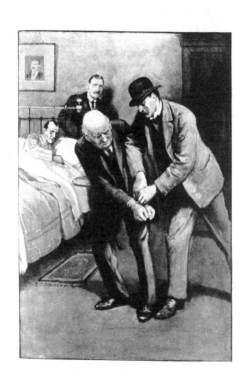

"이런 세상에!" 홈즈가 외쳤다. "까맣게 그를 잊고 있었군그래. 이봐, 왓슨, 이거 정말 미안하게 됐어. 자네를 깜빡 잊고 있었다니! 컬 버턴 스미스 씨에게 자네를 소개할 필요는 없겠지. 오늘 저녁 조금 전에 직접 만났을 테니 말이야. 아래 마차를 대기시켜 놓았나요? 옷을 입고 바로 뒤따라가겠습니다. 경찰서에서 내가 도와줄 일이 있을 듯 하니까요."

"배고파서 혼났어." 옷을 차려입는 사이에 약간의 비스킷과 클라레(보르도의 영어 이름—옮긴이) 포도주로 허기를 달래며 홈즈가 말했다. "하지만 자네도 알다시피 내 식습관이 워낙 불규칙해서, 다른 사람에 비하면 이 정도의 일은 대수로울 것도 없지. 허드슨 부인에게는 반드시 내가 병들었다는 인상을 줄 필요가 있었어. 그것을 그녀가 자네에게 전해야 하고, 자네는 또 그에게 전해야 하니까 말이야. 화내지 않을 거지, 왓슨? 자네는 재주가 많지만 속마음을 숨기는 재주는 없다는 것을 알 거야. 내 비밀을 알고 있으면 스미스에게 다급히 이리와야 한다는 인상을 주지 못했겠지. 전체 계획 가운데 그게 가장 중요했어. 그가 내게 앙심을 품고 있다는 것을 알고 있었으니, 자기 솜씨를 감상하러 올 거라고 확신하긴 했지."

"그런데 홈즈, 자네 모습, 이 헬쑥한 모습은 뭐지?"

"사흘 동안 완전 단식을 하고서야 좋아 보일 수가 없지. 그 밖에 스펀지로 토닥거려서 고칠 수 없는 건 없어. 이마에 바셀린, 눈에는 벨라돈나(가지과의 유독식물로, 아트로핀이라는 뿌리 추출액은 16세기 이탈리아 여성들이 눈동자를 확대해서 더 빛나 보이도록 하는 데 쓰기도

His Last Bow

했다—옮긴이), 광대뼈에 연지를 바르고, 입술에 밀랍 부스러기를 붙이면 아주 만족스러운 효과를 자아낼 수 있지. 꾀병은 이따금 논문으로 쓰고 싶은 주제야. 거기다 이따금 하프크라운이나 굴 등 뚱딴지같은 소리를 늘어놓으면 흡족한 정신착란 효과를 거두게 되지."

"그런데 왜 내가 자네 가까이 가지 못하게 한 거야? 실제로 감염된 것도 아니면서 말이야."

"꼭 물어봐야 알겠어, 왓슨? 내가 자네의 의술을 존중하지 않는다고 생각하는 거야? 아무리 허약하더라도, 맥박이나 체온에 이상이 없는 사람을 죽어가는 사람이라고 볼 만큼 자네의 판단력이 무디다고 내가 생각할 수 있겠어? 4미터는 떨어져 있어야 자네를 속일 수 있었지. 자칫 들통이 났다가는 누가 스미스를 내 손아귀까지 데려오겠어? 안 돼, 왓슨, 나라면 그 상자를 건드리지 않겠어. 대충 보기만 해도 뚜껑을 열면 거기서 날카로운 용수철이 독니처럼 튀어나올 거라는 사실을 바로 알 수 있을 거야. 그 괴물은 상속권을 가로채는 데 방해가 되는 새비지를 바로 그런 장치로 살해한 게 틀림없어. 하지만 자네도 알다시피 나는 워낙 다양한 우편물을 받기 때문에, 내게 오는 소포물에 대해서는 다소 경계를 하지. 하지만 그가 계획이 성공한 줄 착각하면 기습적으로 자백을 받아낼 수 있을 거라고 나는 확신했어. 나는 진짜 예술가처럼 철저하게 그런 연기를 해냈지. 고마워, 왓슨. 외투 좀 입게 계속 도와줘야겠어. 우리가 경찰서에서 일을 마칠 때까지 영양가 높은 심슨 클럽 요리가 동나지는 않을 거야."

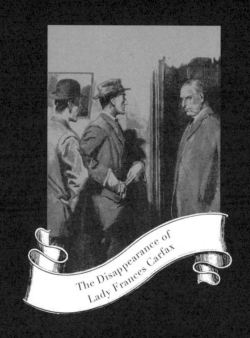

The Disappearance of
Lady Frances Carfax

프랜시스 카팩스 여사의 실종

"근데 왜 터키식이야?"

셜록 홈즈 씨가 내 부츠를 쏘아보며 물었다. 그때 나는 등나무 등받이 의자에 기대앉아 있어서, 쭉 뻗은 내 발이 언제나 예리한 그의 주의를 끌었던 것이다.

"이건 영국제야." 내가 좀 놀라서 대답했다. "옥스퍼드 스트리트의 래티머 가게에서 샀어."

홈즈가 피곤하게 인내한다는 표정으로 히죽 웃었다.

"목욕 말이야! 목욕!" 그가 말했다. "기운을 북돋아주는 영국식 말고 왜 하필 나른하고 값비싼 터키식 목욕을 한 거지?"

"요 며칠 류머티즘에다 어쩨 부쩍 늙은 것 같아서. 터키탕은 우리 의사들이 체질 개선법이라고 부르는 거야. 심기일전하게 해주는 전신 세척이랄까."

내가 덧붙여 말했다.

"그런데 홈즈. 내 부츠와 터키탕이 자네처럼 논리적인 사람에게는 그 관계가 아주 자명한 모양이지만, 그래도 그게 무슨 상관이 있는지

가르쳐주면 고맙겠어."

"일련의 추리 과정은 어려운 게 아니야, 왓슨." 홈즈가 짓궂게 눈을 반짝이며 말했다. "그건 아주 초보 수준의 연역이야. 오늘 아침 집에 올 때 누구랑 같이 마차를 타고 왔지? 그런 걸 내가 어떻게 알아냈는 가를 설명하는 것만큼이나 초보적이란 말씀이야."

"그렇다고 설명이 되었다고 인정할 순 없어." 내가 퉁명스럽게 말했다.

"좋았어, 왓슨! 아주 당당하고 논리적인 항변이군그래. 어디 보자, 요점이 뭐였지? 방금 말한 마차 얘기부터 해보지. 흙이 튀어서 자네 외투의 왼쪽 소매와 어깨에 묻었어. 핸섬 마차의 중앙에 앉았다면 아마 흙이 묻지 않았을 거야. 혹시 묻었더라도 좌우에 고르게 묻었겠지. 따라서 그건 자네가 한쪽 옆에 앉았다는 뜻이야. 그것은 또한 동행이 있었다는 뜻이지."

"그거야 아주 빤한 추리군."

"터무니없이 평범하지, 안 그래?"

"하지만 부츠와 터키탕은?"

"알고 보면 마찬가지로 유치해. 자네는 부츠 끈을 언제나 똑같이 매지. 그런데 이번에는 정성스레 이중 나비매듭을 지었어. 그건 평소의 자네 방식이 아니야. 따라서 다른 사람한테 시킨 거야. 누가 끈을 매주었을까? 신기료장수 아니면 목욕탕 아이겠지. 신기료장수는 아닐 거야. 거의 새 부츠니까 말이야. 그럼 남은 게 뭐지? 목욕탕이야. 정말 빤하잖아? 하지만 아무튼 터키탕 목욕으로 목적을 달성했군그래."

"목적이라니?"

"심기일전하려고 목욕을 했다면서? 내 제안 하나 들어보겠어? 어이 왓슨, 스위스 로잔에 가보지 않겠어? 일등석 기차표와 함께 최고급으로 모든 비용을 대주지."

"환상적이야! 그런데 왜?"

홈즈는 안락의자에 등을 기대며 주머니에서 수첩을 꺼냈다.

"세상에서 가장 위험한 계층 가운데 하나는 친구도 없이 떠돌아다니는 여성이야." 그가 말했다. "그런 여자는 누구에게도 폐를 끼치지 않고, 남들에게 큰 도움을 주지. 하지만 불가피하게 타인의 범죄를 자극하는 존재이기도 해. 도와주는 사람도 없이 세상을 떠돌지. 재산은 풍족해서 이 나라 저 나라, 이 호텔 저 호텔로 떠돌 수는 있어. 그러다 때로 외딴 펜션이나 하숙집의 미로에서 실종되고 말지. 여우들의 세상에서 길을 잃은 한 마리 병아리랄까. 여우한테 먹히면 찾을 길이 없지. 프랜시스 카팩스 여사에게도 뭔가 흉한 일이 일어난 것 같아."

일반적인 여성 이야기가 특정 여성 이야기로 갑자기 넘어가자 나는 가슴을 쓸어내렸다. 홈즈가 수첩을 뒤적이며 말을 이었다.

"프랜시스 여사는 작고한 러프턴 백작의 직계 가운데 유일한 생존자야. 자네도 기억하겠지만, 부동산은 남자 후손이 물려받았지. 그녀는 일부 재산만 물려받았는데, 그중 아주 주목할 만한 고대 스페인의 은제품과 묘하게 세공한 다이아몬드가 포함돼 있어. 그녀가 지나칠 만큼 좋아해서, 은행 금고에 보관하지 않고 항상 지니고 다닐 정도야. 좀 가련한 여자야, 프랜시스 여사는. 아름다운 용모에 이제 갓 중년의 나이지만, 어쩌다 보니 20년 전의 멋진 함대에서 낙오한 최후의 유령선 같은 신세가 되고 말았지."

"그녀에게 무슨 일이 일어난 거야?"

"아, 프랜시스 여사에게 무슨 일이 일어났냐고? 과연 살아 있기나 할까? 그게 우리의 숙제야. 그녀는 생활 습관이 아주 규칙적인 여자야. 지난 4년 동안 한 번도 빠짐없이 2주마다 미스 도브니에게 편지를 보냈어. 미스 도브니는 그녀의 옛 가정교사인데, 오래전에 은퇴해서 캠버웰에 살고 있지. 내게 자문을 구한 사람이 바로 미스 도브니야. 소식 한 장 받지 못한 지 거의 5주나 됐다더군. 마지막 편지를 보낸 곳은 로잔의 내셔널 호텔이지. 프랜시스 여사는 그곳을 떠나면서 주소를 남기지 않은 모양이야. 가족들이 걱정을 하고 있어. 그들은 워낙 부자라서, 우리가 사건을 해결할 수만 한다면 돈을 아끼지 않을 거야."

"정보를 얻을 곳은 미스 도브니뿐이야? 분명 다른 사람들과도 편지를 주고받았을 텐데."

"확실한 정보원이 하나 있어, 왓슨. 그건 은행이야. 독신 여성들도 생활을 하기 마련이니까, 은행 통장은 간결한 일기장과도 같지. 그녀는 실베스터 은행과 거래를 했어. 그녀의 거래내역을 대충 본 적이 있지. 맨 마지막 바로 전에 수표를 끊은 곳이 로잔인데, 그게 거액인 것으로 볼 때 아마 현금을 갖게 되었을 거야. 그 후 딱 한 번 더 수표를 끊었지."

"누구에게, 어디서?"

"마리 드뱅 양에게. 어디서 수표를 끊었는지는 알 수 없어. 몽펠리에의 크레디 리오네라는 은행에서 현금으로 찾아간 게 3주가 아직 안

His Last Bow

됐어. 금액은 50파운드였고."

"마리 드뱅 양은 누구야?"

"그것도 내가 알아낼 수 있었지. 마리 드뱅 양은 프랜시스 카팩스 여사의 하녀였어. 그 수표를 왜 끊어주었는지는 아직 알아내지 못했어. 하지만 자네가 조사에 나서면 바로 사건을 해결하게 될 거라고 믿어."

"아니 내가!"

"로잔까지 건강에 좋은 원정을 좀 다녀오도록 해. 에이브러햄스 노인이 살해 테러 위협을 받고 있는 마당에 내가 런던을 떠날 수 없다는 거 잘 알 거야. 게다가 웬만하면 나는 이 나라를 떠나지 않는 게 좋아. 내가 없으면 런던 경찰국에서 쓸쓸해하거든. 범죄자들은 활개를 칠 테고 말이야. 그럼 가봐, 왓슨. 혹시라도 변변찮은 내 조언 한 낱말에 무려 2펜스를 낼 만한 값어치가 나간다면, 대륙 간 전보로 밤낮 없이 소식을 전하도록 할게."

❧

이틀 후 나는 로잔의 내셔널 호텔에 도착했다. 그곳의 유명한 지배인 M. 모저가 나를 극진히 맞이했다. 그의 말에 따르면, 프랜시스 여사는 여러 주일 동안 그 호텔에서 묵었다. 그녀를 만난 사람은 누구나 그녀를 몹시 좋아했다. 그녀의 나이는 마흔이 넘지 않았다. 여전히 아리따웠는데, 한창때 여간 사랑스럽지 않은 여성이었다는 흔적을 고스란히 간직하고 있었다. M. 모저는 값진 보석에 대해 아는 게 없었지만, 그녀의 침실에 있는 무거운 트렁크가 항상 단단히 잠겨 있었다고 하인들이 말해주었다. 하녀인 마리 드뱅도 주인만큼이나 인기가 있었다. 알고 보니 그녀는 그 호텔의 수석 웨이터 가운데 한 명과 결혼을 약속한 상태여서, 그녀의 주소를 알아내는 것은 어렵지 않았다. 몽펠리에, 트라장 거리 11번지였다. 나는 이 모든 것을 재빨리 적어두었다. 홈즈라도 이보다 정보를 더 잘 수집할 수는 없을 것 같았다.

하지만 딱 한 가지만큼은 여전히 아리송했다. 그녀가 느닷없이 떠난 이유를 결코 밝혀낼 수 없었던 것이다. 그녀는 로잔에서 아주 행복했다. 호수가 내다보이는 화려한 객실에서 그녀가 한 철을 묵을 작정이었다고 믿을 만한 근거가 충분히 있었다. 그런데도 하루 전에 통보를 하고 홀연히 떠나버렸다. 선불한 일주일치 객실 요금을 포기하면서까지 말이다. 하녀의 애인인 쥘 비바르만이 그 이유를 어렴풋이 짐작했다. 그녀가 갑자기 떠난 것은 하루 이틀 전에 키가 크고 피부가 거뭇하고 수염을 기른 남자가 호텔로 찾아온 사실과 관계가 있는 듯하다는 것이었다. "윙 소바주―윙 베리타블 소바주Un sauvage―un véritable sauvage(야만인, 정말 야만인이었어요)!" 쥘 비바르가 외쳤다. 그 남자는 시내 어딘가에서 묵었다. 호숫가 산책로에서 그가 카팍스 여사에게 열렬히 말을 거는 모습을 본 사람이 있었다. 그 후 그가 여사를 찾아왔지만 그녀는 만나기를 거절했다. 그는 영국인이었는데, 이름은 알 수 없었다. 여사는 그 후 바로 로잔을 떠났다. 쥘 비바르, 그리고 더욱 중요한 인물인 하녀 마리는 그 남자가 방문하고 여사가 떠난 데에는 인과관계가 있다고 생각했다. 쥘도 한 가지만은 말하려고 하지 않았다. 그것은 마리가 주인을 떠난 이유이다. 그 점에 대해 그는 말할 수가 없거나, 말하려고 하지 않았다. 꼭 알고 싶다면 몽펠리에에 가서 마리에게 직접 물어보라는 것이었다.

내 조사의 첫 장은 이렇게 끝났다. 다음 조사는 프랜시스 카팩스 여사가 로잔을 떠나 어디로 향했는가를 알아내는 것이었다. 행선지가 꽤나 비밀스러웠다는 것은 곧 그녀가 누군가를 따돌릴 생각으로 떠났다는 뜻이다. 그게 아니라면 자기 짐 꾸러미에 바덴이라는 행선지 표시를 떳떳하게 붙이지 않을 이유가 없었다. 그녀와 짐은 몇 군데를 돌아서 독일 라인 강 유역의 온천지에 도착했다. 이런 많은 사실들을 나는 쿡 여행사의 지점 매니저를 통해 알아냈다. 그래서 나는 그간의 경과를 홈즈에게 알리고, 반쯤 장난기 어린 칭찬이 적힌 전보를 받은 후 바덴으로 향했다.

바덴에서 발자취를 쫓기는 어렵지 않았다. 프랜시스 여사는 엥글리셔 호프에서 2주일을 묵었다. 그동안 그녀는 남아메리카 출신의 선교사인 슐레징거 박사 내외와 사귀었다. 혼자 사는 여성이 대부분 그렇듯, 프랜시스 여사는 종교에서 마음의 평안과 소일거리를 찾았다. 슐레징거 박사의 놀라운 인격, 그의 독실한 신앙, 그가 사도로서의 의무를 수행할 때 병에 걸렸다가 회복되었다는 사실 등은 그녀에게 큰 감동을 주었다. 그녀는 슐레징거 부인을 도와 회복기의 성자를 간호했다. 엥글리셔 호프 지배인이 설명해주었듯이, 그가 베란다 안락의자에 앉아 시간을 보낼 때면 양쪽에서 두 여자가 시중을 들었다. 그는 미디안(구약에서 이스마엘 족으로 언급되기도 하는 유목민들. 창세기에 아브라함의 두 번째 아내 그두라의 아들인 미디안의 후예인 것으로 기록되어 있다. '미디안 족의 왕국'은 존재하지 않았다―옮긴이) 족의 왕국에 관한 논문을 쓰고 있었는데, 그것과 관련된 팔레스타인 성지의 지도를 그릴 생각이었다. 마침내한결 기력을 되찾은 그들 내외는 런던으로 돌아갔고, 프랜시스 여사도 그들과 동행을 했다. 이것이 불과 3주 전의 일이었는데, 지배인은 그 후더 이상 소식을 듣지 못했다. 하녀 마리에 대해 말하자면, 그녀는 하염없이 눈물을 흘리며 며칠 앞서 떠났다. 다른 하녀들에게 더 이상 하녀 일은영영 하지 않겠다고 알린 후였다. 슐레징거 박사는 떠나기 전에 프랜시스 여사를 포함한 일행의 모든 비용을 지불했다.

"그런데," 하고 집주인이 말을 마무리하며 말했다. "프랜시스 카팩스 여사를 찾아서 조사하고 다니는 사람이 선생 말고 또 있었습니다. 바로 일주일 전에 어떤 남자가 선생과 똑같은 볼일로 여길 들렀죠."

"성함이 뭔지 들으셨나요?" 내가 물었다.

"아니요. 하지만 영국인이었습니다. 평범한 유형은 아니었지만요."

"야만인 같던가요?" 유명한 내 친구의 방식대로 내가 아는 정보와연결해서 물었다.

"맞습니다. 그 말이 딱 맞아요. 털보에 덩치가 컸고, 까맣게 그을려서 딱 그렇게 보였습니다. 고급 호텔보다는 농부들의 객점에 더 잘 어울렸죠. 억세고 사나워서, 함부로 대할 수가 없는 남자였습니다."

안개가 걷히고 사람들 모습이 속속 드러나면서 벌써 수수께끼가 슬슬 풀리기 시작했다. 불길하고 무자비한 어떤 인간에게 쫓겨 이리 저리 떠도는 선량하고 독실한 여성이 여기 있었다. 그녀는 그를 두려 워했다. 그게 아니라면 로잔에서 달아날 리가 없었을 것이다. 그는 계 속 뒤를 쫓았다. 그녀를 따라잡는 것은 시간문제였을 것이다. 정말 이 미 잡혔을까? 그래서 그녀는 소식이 끊기고 만 것일까? 그녀와 동행 을 한 선량한 사람들은 그의 폭력이나 갈취로부터 그녀를 보호해주지 못한 것일까? 기나긴 이 추적 뒤에는 무슨 끔찍한 목적, 무슨 깊은 음 모가 자리 잡고 있는 것일까? 그것은 이제 내가 풀어야 할 문제였다.

나는 홈즈에게 보낸 편지에서 내가 얼마나 재빨리, 그리고 얼마나 확실히 사건의 핵심에 이르렀는가를 설명했다. 답신으로 홈즈는 슐레 징거 박사의 왼쪽 귀가 어떻게 생겼는지 묘사해달라는 전보를 보냈다. 홈즈의 익살맞은 생각들은 아주 이상하고 때로 나를 화나게 해서, 나 는 그의 때 아닌 농담을 무시해버렸다. 그의 전보를 받기 전에 이미 하 녀 마리를 찾아 몽펠리에 도착한 터라 달리 어쩔 수도 없었다.

예전의 하녀를 찾는 것은 어렵지 않았다. 나는 그녀가 들려줄 수 있 는 모든 자초지종을 알아냈다. 그녀는 헌신적인 하녀였다. 일을 그만 둔 것은 다만 주인 여사가 좋은 사람들의 보호를 받고 있다고 확신할 수 있었기 때문이다. 게다가 결혼할 날이 다가오고 있어서 떠날 수밖 에 없는 처지였다. 그녀가 마음 아프게 고백했듯이, 주인은 바덴에서 같이 머물 때 그녀에게 더러 짜증을 내곤 했다. 심지어 한번은 그녀의 정직성을 의심하는 질문을 하기도 해서, 어차피 떠나야 할 발길이 한 결 더 가벼워졌다. 프랜시스 여사는 결혼 선물로 50파운드를 주었다.

나와 마찬가지로 마리도 로잔에서부터 그녀의 주인을 뒤쫓아온 낯선 남자를 매우 혐오했다. 그녀는 호숫가 산책길에서 그 남자가 아주 우악스럽게 주인의 손을 잡는 모습을 직접 본 적이 있었다. 그는 사납고 잔인한 인간이었다. 그녀는 프랜시스 여사가 런던까지 슐레징거 내외의 동행을 받아들인 것도 그를 두려워했기 때문이라고 믿었다. 여사가 그런 말을 한 적은 없지만, 마리가 보기에 그녀는 계속 불안해하는 빛이 역력했다. 이야기가 여기에 이르렀을 때였다. 그녀가 느닷없이 의자에서 벌떡 일어나더니, 놀라움과 두려움으로 얼굴에 경련이 일었다. "보세요!" 그녀가 외쳤다. "사악한 저 인간이 아직도! 내가 말한 바로 그 남자가 저기 있어요."

열린 거실 창문을 통해 나는 거구에 피부가 가무잡잡하고 꺼칠한 검은 수염을 기른 남자가 길 한복판으로 천천히 걸어가는 모습을 보았다. 그는 주위 집들의 번지수를 유심히 바라보고 있었다. 내가 그랬듯이 하녀를 찾고 있는 게 분명했다. 나는 순간적인 충동에 사로잡혀 거리로 뛰쳐나가서 그를 불렀다.

"당신은 영국인이군요." 내가 말했다.

"그렇다면?" 그가 상스럽게 오만상을 찌푸리고 물었다.

"이름을 여쭈어봐도 될까요?"

"아니, 그만두쇼." 그가 딱 잘라 말했다.

상황이 어색했지만, 가장 직설적인 것이 가장 나을 때가 많다.

"프랜시스 카팩스 여사는 어디 있습니까?" 내가 물었다.

그가 놀라서 나를 빤히 바라보았다.

"여사에게 무슨 짓을 한 겁니까? 왜 그녀를 뒤쫓았죠? 어서 대답하시오!" 내가 말했다.

그 인간은 버럭 소리를 지르더니 호랑이처럼 나를 덮쳤다. 몸싸움이라면 나도 호락호락하지 않지만, 그는 손아귀가 무쇠 같고 야수처럼 격렬했다. 그가 목을 졸라서 내가 거의 의식을 잃을 찰나에, 푸른 작업복을 걸치고 수염이 텁수룩한 프랑스인 일꾼이 맞은편 카바레에서 곤봉을 들고 뛰쳐나왔다. 그는 나를 공격한 사람의 팔뚝을 날카롭게 내리쳐서, 나를 그의 손아귀에서 풀어주었다. 그는 잠시 성이 나서 씩씩거리며 다시 공격을 할 것인지 망설였다. 그러더니 분노로 으르렁거리며 내게서 등을 돌리고, 내가 방금 나온 작은 집으로 들어갔다. 나는 나를 구해준 사람에게 고마움을 표시하기 위해 고개를 돌렸다. 그는 내 곁에 서 있었다.

"어이, 왓슨." 그가 말했다. "자네는 일을 아주 엉망으로 망쳐놓고 말았어! 차라리 나랑 같이 런던으로 돌아가는 게 낫겠어. 야간 급행열차를 타고 말이야."

한 시간 후, 평소 모습으로 돌아온 셜록 홈즈는 내가 묵는 호텔 객실에 앉아 있었다. 그가 갑자기 적시에 나타난 것에 대한 설명은 아주 간단했다. 잠시 런던을 떠나도 된다는 것을 알게 된 그는 내가 다음에 나타날 게 분명한 장소에 미리 가서 내 길을 가로막기로 결심했다. 노동자로 변장한 그는 내가 나타나기만 기다리며 카바레에 앉아 있었다.

"자네는 전에 없이 착실하게 조사를 했어, 왓슨." 그가 말했다. "자네가 실수로 무엇을 빠뜨렸는지 지금 당장은 구체적으로 생각이 나지 않아. 전체적으로 자네는 조사를 하는 동안 도처에서 범인의 경각심을 불러일으켰어. 그러면서도 알아낸 것은 없지."

"아마 자네가 조사했어도 더 잘할 수는 없었을 거야." 내가 쏘아붙였다.

"'아마'라는 말은 필요 없어. 나는 이미 자네보다 더 잘해냈거든. 필립 그린 경이라는 사람이 있어. 자네와 같이 바로 이 호텔에 묵고 있지. 더욱 성공적인 조사를 하기 위해 그를 출발점으로 삼을 수 있을 거야."

명함이 쟁반에 담겨 왔다. 곧이어 거리에서 나를 공격한 털보 악당이 들어왔다. 나를 바라본 그는 화들짝 놀랐다.

"홈즈 씨, 이게 어떻게 된 일이오?" 그가 물었다. "당신의 편지를 받고 이렇게 찾아왔는데, 이 사람은 무슨 관계가 있는 겁니까?"

"이 사람은 내 친구이자 동료인 왓슨 박사입니다. 이번 사건에서 우리를 돕고 있죠."

이방인은 몇 마디 사과의 말과 함께 햇볕에 탄 우람한 손을 내밀었다.

"다치지 않으셨기를 바랍니다. 내가 그녀를 괴롭혔다고 선생이 비난하자 그만 이성을 잃고 말았소. 정말이지 요즘엔 그렇다고 나를 탓할 수는 없어요. 신경이 감전된 것만 같습니다. 하지만 나로선 이 상황을 어떻게 돌파할 수가 없소. 홈즈 씨, 내가 무엇보다도 알고 싶은 것은, 도대체 어떻게 당신이 나를 알게 되었나 하는 겁니다."

"프랜시스 여사의 가정교사였던 미스 도브니를 만났습니다."

"몹캡(18세기와 19세기 초에 여성이 실내에서 쓴 주름 장식이 달린 모자—옮긴이)을 쓰는 수전 도브니! 잘 알고 있습니다."

"그분도 당신을 잘 알고 있더군요. 그건 오래전 일이죠? 당신이 남아프리카로 가는 게 낫다고 생각하기 전 말입니다."

"아, 나에 대해 모르는 게 없는 모양이군. 당신에게 무엇을 감출 필요가 있겠소. 홈즈 씨, 내가 프랜시스를 사랑하는 것보다 더 진심으로 한 여자를 사랑하는 남자는 이 세상에 맹세코 없을 거요. 내가 한창때 좀 거칠었다는 것은 나도 알아요. 나와 같은 계층 사람들은 다 그랬습니다. 그런데 그녀의 마음은 정말 백설 같았소. 상스러운 것은 질색을 했지. 그래서 내가 무슨 짓을 하며 살았는지 안 뒤로는 두 번 다시 내게 말도 하지 않으려고 했소. 하지만 그녀는 나를 사랑했습니다. 정말 놀랍지 않습니까? 오로지 나를 위해 평생 고결하게 독신으로 지낼 만큼 나를 사랑했단 말이오. 세월이 흘러 바버턴(남아프리카 마코나 산맥 근방에 위치한 이곳은 1884년 비옥한 금광이 발견된 이후 골드러시로 도시가 되었다—옮긴이)에서 돈을 번 나는 이제 그녀를 찾아내서 마음을 달래줄 수 있을 거라고 생각했습니다. 그녀가 여태 결혼하지 않았다는 것은 들어서 알고 있었소. 로잔에 있는 그녀를 찾아내서 내가 아는 모든 방법을 시도했습니다. 그녀가 약해진 줄 알았는데, 의지가 어찌나 강한지, 내가 다음에 찾아가자 로잔을 떠나버렸소. 수소문을 해서 바덴까지 따라갔다가, 얼마 후 그녀의 하녀가 여기 있다는 얘기를 들었습니다. 나는 거칠게 살아와서 성미가 거칠고 팔팔한 놈이오. 그래서 왓슨 박사가 내게 하는 소리를 듣고 그만 잠시 이성을 잃어버렸소. 그런데 도대체 프랜시스 여사가 어떻게 되었는지 말 좀 해주시오."

"우리도 찾고 있는 중입니다." 셜록 홈즈가 아주 침중한 표정으로 말했다. "댁은 런던 어디에 묵고 있나요, 그린 씨?"

"랭엄 호텔에 있을 겁니다."

"그럼 그리 돌아가서, 내가 원할 경우 바로 만날 수 있도록 대기해 주시겠습니까? 헛된 희망을 품게 할 생각은 없지만, 프랜시스 여사의 안전을 위해 최선을 다할 테니 안심하고 쉬고 계십시오. 지금으로서는 그 말밖에 못 하겠군요. 이 명함을 드릴 테니 필요하면 우리에게 연락 하도록 하세요. 자, 왓슨, 자네가 짐을 꾸리는 사이에 나는 허드슨 부인에게 전보를 칠게. 내일 7시 30분에 찾아갈 허기진 여행자 두 명을 위해 최선을 다해 달라고 말이야."

※

우리가 베이커 스트리트의 방에 도착하자 전보가 와 있었다. 홈즈가 감탄사를 발하며 읽더니 내게 던져주었다. '깔쭉깔쭉 혹은 찢어진' 이라고 쓰여 있었고, 발신지는 바덴이었다.

"이게 뭐지?" 내가 물었다.

"그게 전부야." 홈즈가 대답했다. "그 선교사의 왼쪽 귀에 대해 내 가 엉뚱해 보이는 질문을 한 걸 잊지 않았을 거야. 자네는 대답하지 않 았지."

"이미 바덴을 떠난 뒤라서 물어볼 수 없었어."

"그래. 그래서 엥글리셔 호프의 지배인에게 전보로 같은 질문을 했 지. 이게 답신이야."

"그래서 어떻다는 거지?"

"이봐 왓슨, 이건 지금 우리가 아주 교활하고 위험한 인간을 상대하고 있다는 뜻이야. 남아메리카 출신의 선교사 슐레징거 박사라는 사람은 바로 홀리 피터스야. 일찍이 오스트레일리아에서 배출한 가장 악랄한 악당 가운데 한 명이지. 신생국치고는 꽤나 세련된 악당을 배출한 셈이야. 그의 전공은 특이하게도 종교적인 감정을 이용해서 홀로 사는 여성을 등치는 거야. 명색이 아내인 영국 여자 프레이저는 안성맞춤의 동업자야. 그가 사용한 방법을 보고 그가 누군지 짐작할 수 있었지. 이런 신체 특성도 내 생각이 옳다는 것을 확인해주었어. 그는 1889년 애들레이드의 술집에서 대판 싸우다가 귀를 심하게 물어뜯겼지. 딱하게도 프랜시스 여사는 어떤 짓도 서슴지 않는 가장 악마 같은 커플의 수중에 있어, 왓슨. 그녀는 이미 죽었을 거라고 보는 게 아마 타당할 거야. 살아 있다면, 보나마나 어떤 식으로든 갇혀 있겠지. 미스 도브나 다른 친구들에게 편지도 쓸 수 없게끔 말이야. 그녀는 런던에 오지 않았거나, 런던에 왔다가 떠났을 가능성도 없지는 않은데, 아마 전자는 아닐 거야. 등록제도 때문에 외국인이 유럽 대륙의 경찰을 속이는 것은 쉽지 않거든. 후자 역시 가능성이 희박해. 그 악당들이 사람을 가두어놓을 만한 곳으로는 런던만 한 곳이 없으니까 말이야. 내모든 직감으로 볼 때 그녀는 런던에 있어. 하지만 정작 어디 있는지 당장은 알 수가 없으니, 일단은 필요한 조치를 취한 후, 저녁 식사를 하고 느긋이 기다릴 수밖에 없어. 이따가 저녁때 슬슬 나가서 런던 경찰국의 레스트레이드나 만나볼 거야."

그러나 그 형사도, 홈즈의 작지만 효율적인 조직도 수수께끼를 푸는 데는 역부족이었다. 북적거리는 수백만 명의 런던 사람 가운데 세 사람은 전에 존재한 적이 없는 사람처럼 전혀 흔적도 없었다. 광고를 내봤지만 소용이 없었다. 이런저런 단서를 추적해봐도 소득은 없었다. 슐레징거가 나다닐 만한 모든 범죄 소굴을 덮쳤지만 역시 헛일이었다. 그가 아는 사람들도 감시했으나 그들은 만나지 않았다. 걱정만 하며 무력하게 일주일을 보낸 뒤, 느닷없이 한 줄기 서광이 비쳤다. 웨스트민스터 로드에 있는 베빙턴 전당포에서 옛 스페인의 장신구인 브릴리언트(많은 면을 절단해서 최대한 광채가 나도록 가공한 다이아몬드를 일컫는 말—옮긴이) 은목걸이를 저당 잡은 것이다. 그 물건을 맡긴 사람은 목사 같은 풍모의 거구에 깔끔하게 면도를 한 남자였다. 그의 이름과 주소는 명백히 가짜였다. 귀 생김새는 눈에 띄지 않았지만, 인상착의가 슐레징거와 일치했다.

우리의 털보 친구는 소식을 듣기 위해 랭엄 호텔에서 세 번이나 찾아왔다. 세 번째는 새로운 소식이 들어온 지 한 시간도 안 되어서였다. 그사이 그의 옷이 헐렁해져 있었다. 걱정이 되어 여위어가고 있는 모양이었다.

"뭐든 내가 할 수 있는 일만 있다면!" 하고 그는 끊임없이 절규했다. 마침내 홈즈는 그의 소원을 이루어줄 수 있었다.

"그가 보석을 전당포에 내놓기 시작했습니다. 지금 그를 잡아야해요."

"하지만 그건 프랜시스 여사에게 흉한 일이 생겼다는 뜻이 아닌가요?"

홈즈가 아주 심각하게 고개를 내둘렀다.

"그들이 지금까지 그녀를 잡아두고 있었다면, 그녀를 풀어주는 순간 그들이 파멸하게 된다는 것은 명백합니다. 우리는 최악의 상황도 각오해야 합니다."

"내가 할 수 있는 일은 뭡니까?"

"그들이 당신 얼굴을 모르나요?"

"모릅니다."

"그가 장차 다른 전당포에 나타날지도 모릅니다. 그럴 경우 우리는 원점에서 다시 시작해야 합니다. 하지만 베빙턴 전당포에서 값을 높게 쳐주었고 아무런 질문도 하지 않았기 때문에, 아마도 현금이 궁해지면 다시 그 전당포로 찾아올 겁니다. 내가 써주는 편지를 전당포에 가져가면, 거기서 기다릴 수 있게 해줄 겁니다. 그자가 나타나면 집까지 뒤쫓아가세요. 하지만 섣부른 행동을 하면 안 됩니다. 무엇보다도 폭력을 써선 안 돼요. 나한테 알린 후 동의를 받지 않고는 어떤 조치도 취하지 않겠다고 명예를 걸고 맹세하십시오."

필립 그린 경(그가 크림 전쟁에서 아조프 해 함대를 지휘한 유명한 제독의 아들이었다는 것은 밝힐 수 있다)은 이틀 동안 감감무소식이었다. 사흘째 되는 날 저녁, 그가 창백한 얼굴로 몸을 떨며 우리 거실로 뛰어 들어왔다. 우람한 체구의 모든 근육이 흥분으로 부들부들 떨었다.

"놈을 찾았소! 찾았어!" 그가 외쳤다.

그는 흥분을 해서 말을 더듬었다. 홈즈가 그를 진정시켜서 안락의자에 앉혔다.

"자, 이제 어떻게 된 일인지 차분히 말해주세요." 홈즈가 말했다.

"바로 한 시간 전에 그 여자가 왔소. 이번에는 그 여편네가 왔어요. 그녀가 가져온 목걸이는 지난번 것과 한 쌍이었습니다. 그녀는 키가 크고, 창백한 얼굴에 눈이 족제비 같은 여자였소."

"그 여자가 맞습니다." 홈즈가 말했다.

"그녀가 전당포를 떠나자 뒤를 밟았습니다. 케닝턴 로드로 올라가기에 계속 따라갔죠. 곧 어느 가게로 들어갔습니다. 홈즈 씨, 그곳은 장의사였습니다."

내 친구가 깜짝 놀랐다. "그래서요?" 차가운 회색 얼굴 뒤에는 활활 타오르는 영혼이 도사리고 있다는 것을 보여주는 떨리는 목소리로 그가 물었다.

"그녀는 카운터 뒤의 여자와 얘기를 하고 있었소. 나도 안으로 들어갔지요. '늦는군요.' 그녀가 그런 비슷한 소리를 했습니다. 카운터 뒤의 여자는 이런 변명을 하더군요. '그건 진작에 갖다드려야 했는데, 여느 물건과 달라서 시간이 오래 걸렸어요.' 그들이 말을 멈추고 나를 쳐다보았습니다. 나는 뭐를 좀 물어보고 가게를 나왔습니다."

"아주 잘했습니다. 다음에는 어떻게 됐죠?"

"그녀가 다시 나왔소. 하지만 나는 문간에 숨어 있었습니다. 그녀가 주위를 두리번거리는 것을 보니 뭔가 의심이 들었나 봅니다. 그 후 그녀는 마차를 잡아탔소. 나는 운 좋게 다른 마차를 타고 뒤를 쫓을 수 있었습니다. 그녀가 마침내 내린 곳은 브릭스턴의 폴트니 광장 36번 지였소. 나는 마차를 타고 스쳐 지나가다가 광장 모퉁이에서 내린 후 그 집을 지켜보았습니다."

"집 안에 누가 있던가요?"

"불이 켜진 창문은 아래층 하나뿐이었소. 커튼을 쳐놓아서 집 안은 안 보였습니다. 다음에 어째야 할지 몰라서 가만히 서 있을 때, 두 남자가 탄 포장마차가 도착했소. 그들은 마차에서 뭔가를 내려서, 그 집 현관 계단 위로 날랐습니다. 홈즈 씨, 그건 관이었소."

"아!"

"순간 나는 울컥해서 그 집 안으로 뛰어들려고 했습니다. 남자들과 관을 들이기 위해 이미 문이 열려 있었소. 문을 열어준 것은 그 여자였습니다. 그녀가 나를 알아본 모양입니다. 그녀가 깜짝 놀라더니 서둘러 문을 닫았거든요. 나는 당신과 한 약속이 생각나서 이렇게 돌아왔습니다."

His Last Bow

"정말 잘하셨습니다." 홈즈가 말하며 종이 반 장에 몇 마디 글을 휘갈겨 썼다. "영장 없이는 아무것도 할 수 없습니다. 경찰국에 이 편지를 가져가서 영장을 받아 오는 게 좋겠습니다. 조금은 까다로울지 모르지만, 보석을 판 것만 가지고도 충분할 겁니다. 레스트레이드가 알아서 처리해주겠죠."

"하지만 그사이에 그들이 그녀를 살해할지도 모릅니다. 관을 들인 게 무슨 뜻이겠습니까? 그녀가 아니면 그걸 누구한테 쓰겠냔 말이오."

"우리는 가능한 모든 조치를 취할 겁니다, 그린 씨. 잠시도 지체하지 맙시다. 그 일은 우리에게 맡겨요. 자, 왓슨." 그는 우리의 의뢰인을 서둘러 내보내며 덧붙여 말했다. "정규군은 그가 데려갈 거야. 늘 그렇듯 우리는 이레귤러스(뜨내기들 또는 비정규군을 뜻하는 말—옮긴이)야. 우리는 우리 방식대로 행동해야 해. 지금 상황은 극단적인 조치를 취해도 될 만큼 절망적이라는 생각이 들어. 폴트니 광장까지 득달같이 달려가야 해. 상황을 한번 재구성해보자."

마차를 타고 쏜살같이 국회의사당을 지나 웨스트민스터 다리를 건너며 그가 말했다. "그 악당들은 불행한 여사를 속여서 런던으로 데려왔어. 충직한 하녀에게서 먼저 떼어놓은 다음에 말이야. 그사이에 그녀가 편지를 썼다면 그들이 가로챘겠지. 가구가 마련된 셋집은 공범을 통해 구했지. 일단 집 안에 들어가자 그녀를 가두고, 처음부터 노려온 보석을 손에 넣었지. 그들은 이미 보석 일부를 팔기 시작했어. 그게 위험해 보이지 않았던 거지. 그 여사의 운명에 누가 관심을 둘 거라고 생각할 까닭이 없었으니까 말이야. 그녀가 풀려나면 물론 그녀가 그들을 고소하겠지. 따라서 그녀를 풀어줄 수는 없어. 하지만 하염없이 가두어둘 수도 없지. 그러니 유일한 해결책은 살해하는 거야."

"정말 그렇겠어."

"이제 다른 방향에서 추리를 해보자. 다른 쪽에서 생각을 해보면, 별개의 고리가 서로 마주치는 점을 찾게 될 거야. 진실에 가까운 교차점 말이야. 이제 여사 쪽이 아니라, 관 쪽에서 출발해서 거슬러 가보자. 집 안에 관을 들였다는 것은 분명 그 여사가 죽었다는 사실을 증명해주고 있어. 또 그것은 의사의 사망진단서와 관공서의 허가를 받아서 정식으로 매장한다는 뜻이야. 진작에 여사를 살해했다면 뒤뜰에 몰래 파묻었을 거야. 그런데 지금 모든 것을 공개하면서 정식 절차를 밟고 있어. 그건 무슨 뜻일까? 어떤 식으로든 그녀를 죽인 후 의사를 속이고 자연사를 가장한 게 분명해. 아마 독을 썼겠지. 하지만 공범이 아닌 의사를 불러서 그녀를 보여주었다는 것은 참 이상한 노릇이야. 그랬다는 건 믿을 수가 없어."

"사망진단서를 위조한 게 아닐까?"

"위험해, 왓슨, 그건 아주 위험해. 그래, 위조를 했다고는 보기 힘들어. 마부, 마차를 세워 주시오! 여기가 그 장의사인 게 분명해. 전당포를 방금 지나쳤으니까 말이야. 왓슨, 자네가 들어가 보겠어? 자네 모습은 신뢰감을 주거든. 폴트니 광장 장례식이 내일 몇 시에 열리는지 물어봐."

가게의 여자는 장례식이 아침 8시에 열린다고 바로 대답해주었다.

"그래, 왓슨, 이상할 것 없어. 모든 것이 명명백백해! 어떤 식으로든 그들은 법적 절차를 거친 것이 분명해. 그래서 두려워할 게 없다고 생각하는 거야. 흠, 이제 직접적인 정면 공격 외에는 다른 길이 없어. 무기 있어?"

"지팡이 있어!"

"그래, 우리는 충분히 강해. '정의로운 싸움의 명분을 가진 자가 세 배는 강하도다.' (셰익스피어의 『헨리 6세』 제3장 2막에 나오는 말—옮긴이) 우리는 경찰을 기다릴 여유가 없어. 그러니까 법이라는 사각의 링에 올라설 겨를이 없는 거야. 마부, 출발합시다. 자, 왓슨, 우리 함께 운을 시험해보자. 지난날, 때로 그랬듯이 말이야."

그는 폴트니 광장 중앙의 큼직하고 어둑한 집 대문의 초인종을 우렁차게 울렸다. 바로 문이 열리더니, 키가 큰 여인의 모습이 홀의 희미한 불빛에 비쳐 윤곽을 드러냈다.

"그래, 용무가 뭐죠?" 그녀가 어둠을 뚫고 우리를 노려보며 카랑카랑하게 물었다.

"슐레징거 박사에게 할 말이 있습니다." 홈즈가 말했다.

"여기 그런 사람 없어요." 그녀가 대답하고 문을 닫으려고 했지만, 홈즈가 발로 문을 밀어붙였다.

"흠, 이름이야 어찌 됐든 나는 여기 사는 남자를 만나고 싶습니다." 홈즈가 단호하게 말했다.

그녀는 우물쭈물하더니 문을 활짝 열어주었다. "그럼, 들어오세요!" 그녀가 말했다. "우리 남편은 세상 어떤 남자를 만나는 것도 두려워하지 않아요."

우리가 들어서자 그녀가 문을 닫고, 홀 바로 오른쪽에 있는 거실로 안내했다. 그녀는 우리를 남겨두고 떠나며 가스등을 켰다. "피터스 씨가 즉시 올 거예요." 그녀가 말했다.

그녀의 말은 사실이었다. 먼지가 끼고 좀먹은 실내를 미처 둘러볼 짬도 없이 거실 문이 열리더니 거구에 말끔하게 면도를 한 대머리의 남자가 성큼 들어섰다. 큼직하고 붉은 얼굴에 두 볼이 축 늘어지고, 짐짓 자애로워 보였지만 잔인하고 사악해 보이는 입매가 그런 인상을 망쳐 놓고 있었다.

"신사분들, 분명 무슨 착각을 하신 모양이군요." 그가 아주 사근사근하고 싹싹하게 말했다. "집을 잘못 찾으신 듯한데, 아마 길을 좀 더 내려가시면……."

"됐소이다. 우리는 노닥거릴 시간이 없습니다." 내 친구가 단호하게 말했다. "당신은 애들레이드의 헨리 피터스입니다. 바덴과 남아메리카의 선교사인 슐레징거 박사이기도 했죠. 그건 내 이름이 셜록 홈즈라는 것만큼 확실합니다."

이제 나도 피터스라고 불러야 할 이 사람은 깜짝 놀라더니 대단한 추적자를 사납게 노려보았다. "홈즈 씨, 그런 이름을 듣는다고 내가 무서워할 줄 아시오?" 그가 차갑게 말했다. "사람이 양심에 꺼릴 게 없으면 아무도 그를 흔들 수 없지. 내 집에 찾아온 용무가 뭡니까?"

"프랜시스 카팩스 여사를 어떻게 했는지 알고 싶습니다. 당신이 바덴에서 데려온 분 말입니다."

"나도 그녀가 어디 있는지 알고 싶소." 피터스가 차갑게 응수했다. "그녀한테 받아야 할 돈이 한 100파운드는 됩니다. 그런데 상인들이 거들떠보지도 않을 겉만 번드르르한 목걸이 한 쌍 말고는 내놓은 게 없소. 바덴에서 피터스 부인과 나한테 착 달라붙어서(그때는 내가 다른 이름을 쓴 게 사실이오만), 그녀는 런던에 올 때까지 우리한테 진드기처럼 달라붙어 있었소. 내가 그녀의 경비를 대고 차표도 사주었지. 일단 런던에 오니까 슬그머니 뺑소니를 쳐버렸소. 그러니까 그 구닥다리 보석만 남겨두고 말이오. 그녀를 찾아주시오, 홈즈 씨. 그러면 신세를 갚으리다."

"그렇지 않아도 그녀를 찾을 겁니다." 셜록 홈즈가 말했다. "그녀를 찾을 때까지 이 집을 수색할 겁니다."

"영장은 어딨소?"

홈즈가 주머니에서 권총을 반쯤 꺼냈다. "더 나은 것을 가져올 때까지 이게 대신할 겁니다."

"아니, 당신 강도요?"

"그렇게 생각해도 좋습니다." 홈즈가 싱글벙글하며 말했다. "내 동료도 꽤나 위험한 악당이올시다. 지금 우리 둘이 당신네 집을 뒤질 겁니다."

우리의 적이 문을 열어젖혔다.

"경찰을 불러, 애니!" 그가 말했다. 복도에서 여자 치마가 펄럭이는 소리가 나더니 현관문이 열렸다 닫혔다.

"우리는 시간이 별로 없어, 왓슨." 홈즈가 말했다. "피터스, 당신이 우리를 가로막으려고 한다면, 틀림없이 피를 볼 겁니다. 집 안으로 들여온 그 관은 어디에 있습니까?"

"그 관으로 뭘 어쩌려는 거요? 그건 사용 중이오. 안에 시체가 들었단 말이오."

"시체를 봐야겠습니다."

"허락할 수 없소."

"그럼 허락 없이 보겠습니다." 홈즈가 민첩하게 그를 한쪽으로 밀어붙이고 홀로 들어갔다. 바로 우리 앞에 반쯤 문이 열린 방이 있었다. 우리는 들어섰다. 그곳은 식당이었다. 반쯤 켜진 샹들리에 아래 식탁에 관이 얹혀 있었다. 홈즈가 가스등을 켜고 뚜껑을 열었다. 깊숙한 관 안쪽에 초췌한 인물이 누워 있었다. 위쪽에 내리비치는 불빛에 늙고 쇠약해진 얼굴이 보였다. 잔혹함이나 굶주림, 혹은 질병에 시달렸다고 해도 이렇게 늙은 시신이 그토록 아름답던 프랜시스 여사일 리는 없었다. 홈즈의 얼굴에 놀라움과 아울러 안도감이 비쳤다.

"천만다행이야!" 그가 중얼거렸다. "이건 딴 사람이야."

"아, 셜록 홈즈 씨, 이번에는 큰 실수를 하셨군그래." 우리를 뒤따라 부엌으로 들어온 피터스가 말했다.

"죽은 이 여자는 누굽니까?"

"아, 정말 알고 싶다면야. 내 아내의 유모였던 로즈 스펜더라는 여자요. 브릭스턴 구빈원 병원에서 우리가 발견해서 이리 모셔 왔소. 호솜 박사를 불러서, 아, 홈즈 씨, 주소를 받아 적겠소? 퍼뱅크 빌라스 13번지의 그 의사를 불러서, 그리스도교인답게 정성껏 돌보게 했지. 그녀는 사흘 만에 죽었소. 사망진단서에 따르면 노환으로 사망했지. 하지만 그건 의사의 소견일 뿐이고, 물론 당신은 더 잘 알겠지. 케닝턴 로드의 스팀슨 장의사에 장례식을 의뢰했으니, 내일 아침 8시에 매장을 하게 될 겁니다. 홈즈 씨, 어디 트집 잡을 데라도 있소? 당신은 어리석은 실수를 했는데, 이제 그만 인정하는 것이 좋을 것이오. 프랜시스 카팩스 여사를 보게 될 줄 알고 관 뚜껑을 열었다가 아흔 살 먹은 노파의 시신을 발견했을 때 눈이 휘둥그레져서 입을 딱 벌린 당신의 얼굴을 사진으로 찍어두었으면 참 가관이었을 거요."

적이 비아냥거리는데도 홈즈의 표정은 여느 때처럼 냉정했지만, 부르쥔 두 손은 통렬한 분노를 드러내고 있었다.

"당신의 집을 수색하겠습니다." 그가 말했다.

"수색한다고? 하지만!" 복도에서 여자의 목소리와 무거운 발소리가 들리자 피터스가 외쳤다. "어째야 할지는 곧 알게 되겠지. 이쪽입니다, 경찰 여러분, 이리 오세요. 이 사람들이 우리 집에 침입했는데 나는 내보낼 힘이 없소. 부디 쫓아내주시오."

경사와 순경이 문간에 서 있었다. 홈즈가 명함집에서 명함을 꺼냈다.

"여기 내 이름과 주소가 있습니다. 이 사람은 내 친구 왓슨 박사입니다."

"아이고 이런. 선생님을 아주 잘 압니다." 경사가 말했다. "하지만 영장 없이 여기 계시면 안 됩니다."

"물론 안 되죠. 나도 잘 알고 있습니다."

"그를 체포하시오!" 피터스가 외쳤다.

"우리는 이 신사가 수배될 경우 어디서 체포하면 되는지 알고 있습니다." 경사가 엄숙하게 말했다. "그렇지만 홈즈 씨, 어서 가보시죠."

"그래, 왓슨, 우리는 그만 돌아가야겠어."

잠시 후 우리는 다시 거리에 나왔다. 홈즈는 전처럼 냉정했지만, 나는 분노와 굴욕감으로 열이 났다. 경사가 우리를 따라 나왔다.

"죄송합니다, 홈즈 씨. 하지만 그런 게 법이라서요."

"그래요, 경사. 어쩔 수 없는 일이죠."

"선생이 거기 계신 데에는 그럴 만한 이유가 있었을 겁니다. 제가 할 수 있는 일이 있다면……."

"한 여성이 실종되었습니다. 우리는 그녀가 저 집 안에 있다고 생각합니다. 영장이 곧 도착할 겁니다."

"그럼 저 사람들을 내가 감시하겠습니다, 홈즈 씨. 무슨 일이 생기면 어김없이 알려드리겠습니다."

시간이 9시밖에 되지 않아서, 우리는 즉시 전력을 다해 단서를 추적했다. 먼저 브릭스턴 구빈원 병원으로 마차를 타고 갔다. 거기서 우리는 인정 많은 부부가 며칠 전 방문한 것이 사실이라는 것을 알게 되었다. 그들은 어느 백치 노파가 옛 하녀라면서, 데려가겠다는 허락을 받았다. 그 후 노파가 죽었다는 소식에 아무도 놀라지 않았다.

우리의 다음 목표는 의사였다. 그는 왕진 요청을 받고 가보니, 그 노파가 완전히 노쇠해서 죽어가고 있는 것을 알게 되었다. 그는 실제로 그녀가 숨을 거두는 것을 보았고, 사망진단서에 정식으로 서명을 했다. "모든 것이 전적으로 정상이었고, 그 일로는 무슨 못된 짓을 할 여지가 없었다고 장담합니다." 그가 말했다. 집 안의 어떤 것도 의사의 의심을 사지 않았다. 그런 계층의 사람에게 하인이 없다는 것만 빼고 말이다. 정확히 여기까지가 의사의 얘기였다.

마침내 우리는 런던 경찰국으로 발길을 돌렸다. 영장 문제는 절차상의 어려움이 있어서, 시간이 늦어질 수밖에 없었다. 치안판사의 서명은 이튿날 아침에나 받을 수 있었다. 홈즈가 9시쯤 경찰국에 들르면 레스트레이드와 함께 현장에 가서 영장이 집행되는 것을 볼 수 있을 거라는 얘기였다. 그날 하루는 그렇게 저물었다. 다만 거의 자정 무렵 우리의 친구 경사가 들러서, 아주 캄캄한 그 집의 창문 여기저기서 불빛이 깜박이는 것을 보았다고 말해주었다. 그러나 그 집을 나간 사람도, 들어간 사람도 없었다. 우리는 다만 인내심을 발휘하며 아침까지 기다리는 수밖에 없었다.

셜록 홈즈는 너무 애가 타서 대화를 할 수도 없었고, 너무 불안해서 잠을 이루지도 못했다. 내가 그의 곁을 떠날 때, 그는 수수께끼에 가능한 모든 해답을 궁리하면서 검고 짙은 눈썹을 잔뜩 찌푸리고 줄담배를 피워대며, 좀이 쑤시는 긴 손가락으로 안락의자의 팔걸이를 연신 토닥거렸다. 그날 밤 나는 그가 집 안을 서성이는 소리를 여러 번 들었다.

마침내 이튿날 아침 나를 소리쳐 부른 홈즈가 내 침실로 뛰어 들어왔다. 그는 실내복 차림이었지만, 안색이 창백하고 눈이 퀭하니 꺼진 것으로 보아 밤을 꼬박 새운 것이 분명했다.

"장례식이 몇 시랬지? 8시였지?" 그가 다급히 물었다. "아니, 지금 7시 20분이잖아. 맙소사, 왓슨, 신이 내게 부여한 두뇌가 어떻게 된 것 아냐? 빨리, 이봐, 빨리! 여기에 생사가 달렸어. 우리가 늦었다가는 결코 나 자신을 용서하지 못할 거야!"

5분도 지나지 않아서 우리는 핸섬 마차를 타고 쏜살같이 베이커 스트리트를 떠났다. 우리가 국회의사당 시계탑을 지나간 것은 7시 35분이었고, 브릭스턴 로드를 질주할 때 8시 종이 쳤다. 그러나 다른 사람들도 우리처럼 늦었다. 8시 10분 후에도 영구차는 그 집 문 앞에 서 있었다. 우리의 말이 거품을 물고 도착했을 때, 세 명의 남자가 든 관이 막 문지방 위에 나타났다. 홈즈가 앞으로 돌진해서 길을 막았다.

"다시 들어가시오!" 그가 맨 앞에 선 남자의 가슴에 손을 얹고 외쳤다. "즉시 다시 들어가시오!"

"이게 대체 무슨 짓이지? 다시 묻겠는데, 영장은 어딨소?" 격분한 피터스가 버럭 소리를 질렀다. 그가 관 너머에서 크고 붉은 얼굴을 내밀고 눈을 희번덕거렸다.

"영장이 오는 중이오. 이 관은 영장이 올 때까지 집 안에 그대로 두시오."

홈즈의 음성에 실린 권위는 운구자들에게 효력이 있었다. 피터스가 돌연 집 안으로 사라지자 운구자들이 새로운 지시에 따랐다. "빨리,

His Last Bow

왓슨, 빨리! 드라이버 여기 있어!" 관이 탁자 위에 놓이자 그가 외쳤다. "이봐요, 당신은 이것을 쓰시오! 1분 안에 뚜껑을 따면 1소버린 주겠소! 아무것도 묻지 말고 어서요! 잘했습니다! 하나 더! 또 하나 더! 자, 같이 당깁시다! 열리고 있어요! 열리고 있어! 아, 마침내 됐어!"

우리는 힘을 모아 관 뚜껑을 떼어냈다. 그러는 동안 관 안에서 얼얼하고 독한 클로로포름 냄새가 풍겼다. 안에 시신이 있었는데, 그 마취제를 흠뻑 적신 탈지면을 얼굴에 뒤집어쓰고 있었다. 홈즈가 그것을 떼어내자 조각상 같은 얼굴이 드러났다. 품격 있는 미모의 중년 여자였다. 홈즈는 즉시 한 팔로 여자를 감싸고 상체를 일으켰다.

"왓슨, 이 여자 죽었나? 숨이 붙어 있는 거야? 틀림없이 우린 늦지 않았어!"

한 30분 동안은 이미 늦은 것처럼 보였다. 사실상의 질식 때문에, 아니면 클로로포름이라는 독가스 때문에, 프랜시스 여사는 이미 회생의 마지막 기회를 놓친 것만 같았다. 그러다 마침내 인공호흡을 하고, 에테르를 주사하고, 과학이 제공하는 모든 방법을 이용하자, 살짝 생기가 돌고, 살짝 눈꺼풀이 떨리고, 거울을 코에 대니 살짝 김이 서리는 걸로 보아 서서히 살아나고 있다는 것을 알 수 있었다. 마차 한 대가 달려와 멈추자, 커튼을 젖히고 홈즈가 밖을 내다보았다.

"레스트레이드가 영장을 가져왔어." 그가 말했다. "그래 봐야 새들은 이미 날아가버렸는데 말이야. 아, 그런데," 하고 홈즈는 무거운 발소리가 복도에 다급히 울릴 때 덧붙여 말했다. "우리보다 이 여자를 더 잘 간호할 수 있는 권리를 가진 사람도 왔군. 안녕하세요, 그린 씨.

프랜시스 여사를 병원으로 빨리 옮기는 게 좋겠습니다. 그리고 장례식은 계속 진행해도 좋습니다. 아직 저 관 속에 들어 있는 불쌍한 노파는 혼자 마지막 안식처로 가야겠지요."

❦

"이봐, 왓슨, 자네의 기록에 이 사건을 추가하고 싶다면," 하고 홈즈가 그날 저녁 말문을 열었다. "이 사건은 균형이 가장 잘 잡힌 정신을 가진 사람이라도 일시적으로 정신이 깜빡할 수 있다는 좋은 사례가 될 수 있을 거야. 어떤 인간도 그런 실수를 비켜 갈 순 없지. 다만 실수를 인정하고 바로잡을 수 있는 사람이 훌륭한 사람인 거야. 그 점에서 나도 조촐한 영예는 누릴 수 있지 않을까 싶군. 단서 하나, 묘한 말 한 마디, 묘한 장면 하나를 어디선가 분명 보았을 텐데도 대수롭지 않게 넘겨버렸을 거라는 생각을 밤새 떨쳐버릴 수가 없었어. 그러다 어둑한 아침녘에 문득 몇 마디 말이 떠올랐지. 장의사의 아내가 말했다고, 필립 그린이 들려준 말인데, 그녀가 이렇게 말했어. '그건 진작에 갖다 드려야 했는데, 여느 물건과 달라서 시간이 오래 걸렸어요.' 그것은 관이었어. 관이 여느 관과는 달랐던 거야. 그건 특별한 치수의 관을 만들었다는 뜻일 수밖에 없었지. 하지만 왜? 왜 그랬을까? 그러다 문득 관이 깊었다는 게 기억났어. 자그마한 시신이 바닥에 놓여 있었지. 그렇게 작은 시신을 담는 관이 왜 그렇게 클까? 그건 다른 시신을 또 담기 위해서지. 사망진단서 한 장으로 시신 두 구를 묻으려고 한 거야. 내 눈이 흐려지지만 않았다면 그건 단박에 알 수 있는 사실이었어. 8시에 프랜시스 여사를 묻으려고 한 거야. 우리에게 남은 기회는 관이 집을 떠나기 전에 관을 멈추게 하는 것뿐이었어.

그녀가 살아 있을 때 발견할 가능성은 희박했어. 그래도 가능성이 전혀 없는 것은 아니었지. 결과가 보여주었듯이 말이야. 내가 알기로 는 그들이 과거에 살인을 한 적이 없었어. 실제로 살인까지 하는 것은 마지막 순간에 주저했을 거야. 그들은 어떻게 죽었는지 흔적도 남기지 않고 그녀를 매장해버릴 수 있었어. 나중에 그녀를 발굴한다 해도 그 들에게는 빠져나갈 구멍이 있었어. 나는 그들이 그런 생각을 했기를 바랐지. 자네라면 사건 현장을 잘 재구성할 수 있을 거야. 끔찍한 소굴 같은 2층을 보았지? 프랜시스 여사는 그곳에 오랫동안 갇혀 있었어. 그들이 들이닥쳐서 그녀를 클로로포름으로 기절시킨 후, 아래층으로 옮겨서, 다시 깨어나지 않도록 관 속에 클로로포름을 더 쏟아 넣고, 뚜 껑에 나사를 박았지. 현명한 방법이었어, 왓슨. 범죄 역사상 내가 처음 보는 수법이었지. 선교사 출신의 우리 친구들이 레스트레이드의 손아 귀에서 벗어난다면, 장차 그들이 꽤나 눈부신 범죄 행각을 벌인 이야 기를 들을 수 있을 거야."

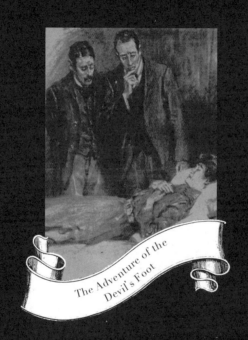

The Adventure of the
Devil's Foot

악마의 발

셜록 홈즈 씨와 오래도록 가까운 친구로 지내면서 겪어온 이상한 경험과 흥미로운 추억의 일부를 때때로 기록하면서, 나는 그가 이름이 알려지는 것을 꺼린 탓에 줄곧 어려움에 맞닥뜨렸다. 어둡고 냉소적인 그의 기질에 대중의 박수갈채는 오로지 혐오스럽기만 했다. 그는 사건을 성공적으로 해결한 뒤 실제 발표는 몇몇 경찰관에게 넘겨 버리고, 대중의 갈채가 엉뚱한 사람에게 돌아가는 것을 씩 웃으며 바라보는 것을 더할 나위 없는 낙으로 삼았을 뿐이다. 정말이지 최근 몇 년 동안 대중에게 내 기록을 별로 발표하지 못한 것은, 흥미진진한 소재가 달랑거리기 때문이 아니라 내 친구의 바로 그런 태도 때문이었다. 내가 그와 함께 더러 모험에 동참한 것은 특권이었지만, 거기에는 항상 신중하고 과묵해야 할 의무가 뒤따랐다.

그런데 지난 화요일 홈즈의 다음과 같은 전보를 받고 자못 놀라지 않을 수 없었다(그는 전보가 가는 지역에는 편지를 보내지 않는 것으로 알려져 있다).

콘월의 공포 이야기를 발표하지그래? 내가 다룬 사건 가운데 가장 기묘한 그거.

그가 무슨 추억을 곱씹다가 그 사건을 떠올렸는지, 아니면 무슨 변덕으로 내가 그 이야기보따리를 풀었으면 하고 바라게 된 것인지 그 사연은 알 수가 없다. 그러나 곧바로 취소 전보가 날아올지도 몰라서, 나는 서둘러 사건의 정확한 내막이 적힌 공책을 뒤졌다. 독자들께 그 이야기를 들려드리기 위해서 말이다.

때는 1897년 봄이었다. 홈즈는 끊임없이 가혹한 일에 혹사당하면서 강철 같은 체력도 쇠약해지는 징후를 보였다. 아마도 그의 무분별 탓에 건강이 더욱 악화되었을 것이다. 그해 3월, 할리 스트리트의 무어 애거 박사가 단호하게 권고를 했다(홈즈가 박사와 극적으로 만난 이야기는 훗날 말씀드릴 기회가 있을 것이다). 그 유명한 사설탐정이 완전한 정신쇠약으로 쓰러지지 않으려면 모든 사건을 접어두고 전적으로 휴식을 취해야 한다는 권고였다. 그는 자신의 건강 상태에 눈곱 쪼가리만큼도 관심을 기울이지 않았다. 정신적으로 워낙 초연했기 때문이다. 하지만 영영 일을 하지 못하게 될지도 모른다는 으름장에 넘어가서 마침내 공기 좋은 곳으로 완전히 거처를 바꾸게 되었다. 그래서 우리가 콘월 반도의 끝에 있는 폴두 베이 근처의 작은 별장에 도착한 것은 그해 이른 봄날이었다.

그곳은 독특한 고장이었는데, 내 환자의 쌀쌀맞은 기질과 특히 잘 어울렸다. 하얀 회칠을 한 작은 별장이 풀이 우거진 갑岬 위에 우뚝 서 있었는데, 창문으로 내다보면 반원을 그리고 있는 불길한 마운츠 만을 고스란히 굽어볼 수 있었다. 이곳은 예전에 항해하던 선박들에게 죽음의 덫이었다. 검은 절벽 언저리와 파도가 몰아치는 암초에 배가 부딪혀 수많은 뱃사람이 목숨을 잃었다. 북쪽에서 된바람이 불어올 때면 이곳은 평온한 은신처가 되어, 폭풍에 밀려 갈팡질팡하던 선박이 휴식과 안전을 찾아 이곳으로 들어온다. 그러다 바람이 갑자기 소용돌이치듯 맴을 돌고 서남쪽에서 세찬 질풍이 불면, 닻이 질질 끌리며 배가 해안 쪽으로 밀리면서, 포말을 일으키는 암초 속에서 최후의 일전이 벌어진다. 이때 현명한 선원이라면 이 불길한 장소에서 멀찍이 떨어진 곳에 정박한다.

우리 둘레의 뭍은 바다만큼이나 음산했다. 그곳은 쓸쓸한 암갈색의 황무지가 너울처럼 굽이치는 시골이었는데, 고풍의 마을이 있다는 것을 가리키는 교회 첨탑이 드문드문 솟아 있었다. 이 황무지 곳곳에는 완전히 사라져버린 종족의 흔적이 남아 있었다. 유일한 기록으로 남긴 이상한 석조 기념물, 시신을 화장한 유골이 들어 있는 크고 작은 흙무덤, 선사시대의 싸움을 암시하는 기묘한 토루 등이 그것이다. 잊혀진 나라들의 불길한 분위기가 물씬 풍기는 이곳의 매력과 수수께끼는 내 친구의 상상력을 사로잡아서, 그는 황무지에서 오래 산책을 하며 홀로 명상에 잠겼다. 고대 콘월어 또한 그의 관심을 끌었다. 내 기억에 따르면, 그것이 칼데아어와 유사한데, 주로 페니키아 주석 상인들의 언어에서 파생한 말이라고 그는 생각했다.

홈즈가 언어학에 관한 책을 배달받아 그 주제를 본격적으로 연구하

려고 할 때, 느닷없이 바로 우리가 묵은 동네에서 사건이 터졌다. 나로서는 안타까웠지만, 홈즈는 대놓고 좋아라 했다. 이 사건은 런던에서 우리를 혹사시킨 그 어떤 사건보다 더 격렬하고 흥미진진하고 그지없이 아리송했다. 그간의 단순했던 생활과 평화롭고 건전한 일과는 갑자기 중단되었다. 우리는 어느 순간 콘월에서만이 아니라 서부 잉글랜드 전체를 떠들썩하게 한 사건의

한복판에 뛰어들게 되었다. 당시 '콘월의 공포'라고 불린 그 사건을 아직도 기억하고 계시는 독자도 많을 것이다. 하지만 런던 언론에는 터무니없이 어수룩한 기사만 실렸다. 이제 13년이 지난 지금 나는 믿기지 않는 이 사건의 진상을 여러분께 고스란히 알려드리고자 한다.

콘월의 이 지역에는 마을이 있음을 나타내는 교회 첨탑이 드문드문 솟아 있다고 앞서 말한 적이 있다. 그중 가장 가까이 있는 마을은 트리대닉 월러스라는 작은 마을이었다. 이 마을에는 한 200명의 주민이 사는 시골집이 고대의 이끼 낀 교회를 중심으로 모여 있었다. 교구 목사인 라운드헤이 씨는 고고학에 조예가 깊어서, 덕분에 홈즈도 그와 안면을 텄다. 그는 중년의 나이에 풍채가 좋고 붙임성이 있는 사람이었는데, 이 고장의 전설에 대해 무척이나 아는 게 많았다. 그의 초대를 받은 우리는 목사관에서 차를 마셨다. 그때 우리는 모티머 트리제니스

씨도 알게 되었다. 유복한 신사인 트리제니스 씨는 휑뎅그렁한 라운드 헤이 씨네 집의 방을 몇 개 차지함으로써 목사의 가벼운 주머니를 채워주었다. 독신인 목사는 하숙인을 들인 것이 반가웠지만, 하숙인과는 아무런 공통점이 없었다. 하숙인은 여위고 거뭇한 피부에 안경을 쓴 남자였는데, 실제로 기형이 아닌가 하는 인상을 줄 만큼 몸이 구부정했다. 잠깐 방문한 동안 목사가 참 수다스럽다는 것을 알게 되었는데, 슬픈 얼굴에 내성적인 남자인 하숙인은 이상할 정도로 과묵하게 앉아 있었던 기억이 난다. 그는 우리의 눈길을 피한 채 자기 문제를 생각하느라 여념이 없었던 게 분명했다.

3월 16일 화요일, 우리의 작은 거실로 두 명의 남자가 갑자기 들이닥쳤다. 우리가 막 아침 식사를 마치고 여느 날처럼 황무지로 소풍 갈 준비를 하며 같이 담배를 피우고 있을 때였다.

"홈즈 씨." 목사가 흥분한 음성으로 말했다. "간밤에 아주 이상하고 비극적인 사건이 터졌습니다. 생전 처음 들어보는 사건이에요. 바로 이때 홈즈 씨가 우연찮게 여기 계시다니, 이건 특별한 신의 섭리라고 생각할 수밖에 없습니다. 온 잉글랜드에서 지금 우리가 필요로 하는 유일한 사람이 바로 홈즈 씨니까요."

나는 불쑥 찾아온 목사를 전혀 달갑지 않은 눈길로 쏘아보았다. 그러나 홈즈는 입에서 파이프를 떼고, '여우 나왔다!' 하는 소리를 들은 늙은 사냥개처럼 의자에서 몸을 곧추세웠다. 그가 소파를 가리키자, 숨을 헐떡이던 손님이 흥분한 동행과 나란히 소파에 앉았다. 모티머 트리제니스 씨는 목사에 비해 말이 없었지만, 여윈 손을 떨며 검은 눈

이 반짝이는 것으로 보아 목사와 같은 기분이라는 것을 알 수 있었다.

"제가 말할까요? 아니면 당신이?" 그가 목사에게 물었다.

"음, 무슨 일인지는 모르겠지만, 트리제니스 씨가 먼저 발견을 하고, 목사님은 나중에 전해 들은 듯하니, 트리제니스 씨가 말하는 게 낫겠습니다." 홈즈가 말했다.

나는 서둘러 옷을 차려입은 흔적이 역력한 목사를 슬쩍 쳐다보았다. 그의 옆에 앉은 하숙인은 제대로 옷을 차려입고 있었다. 홈즈의 간단한 추리에 놀란 그들의 표정이 볼 만했다.

"그러기 전에 내가 먼저 몇 마디 하는 게 좋겠습니다." 목사가 말했다. "그런 다음 트리제니스 씨에게 자세한 이야기를 들을 것인지, 그 수수께끼의 사건 현장으로 당장 달려가야 할 것인지 판단하실 수 있을 겁니다. 그러니까 제가 드릴 말씀은, 이 친구가 간밤에 형제인 오언과 조지, 누이인 브렌다와 같이 시간을 보냈다는 겁니다. 황무지의 돌 십자가 유물 근처에 있는 그들의 트리대닉 워서 저택에서였죠. 그가 식당의 식탁에서 카드놀이를 하고 집에서 나온 것은 10시 직후였습니다. 다들 아주 건강하고 기분도 좋았지요. 오늘 아침 일찍 일어난 그가 아침 식사를 하기 전에 그 집 쪽으로 걷고 있을 때 뒤에서 리처드 박사의 마차가 다가왔습니다. 박사는 트리대닉 워서 저택에서 급히 왕진 요청을 받았다는 것이었어요. 모티머 트리제니스 씨는 당연히 그와 함께 갔지요. 저택에 도착해 보니 아주 이상한 일이 벌어져 있었습니다. 그가 떠났을 때와 똑같이 그의 두 형제와 누이가 탁자에 둘러앉아 있었고, 카드가 여전히 앞에 펼쳐져 있었습니다. 초는 꽂이 끝까지 다 탄 상태였습니다. 누이는 의자에 앉은 채 절명했고, 두 형제는 그 양쪽에 앉아서 웃고 소리 지르며 노래를 하고 있었습니다. 정신이 나간 게 분명했지요. 죽은 누이와 미쳐 버린 두 형제 모두 극도의 공포에 질린 흔적이 얼굴에 남아 있었습니다. 차마 바라볼 수도 없을 만큼 공포에 질려 있었죠. 가정부 겸 요리사인 포터 부인 말고는 다른 사람이 집에 있었다는 흔적은 없었습니다. 포터 부인은 밤에 곤히 자느라 아무 소리도 듣지 못했다고 증언했어요. 훔쳐가거나 어질러진 물건도 없었고, 여자를 사망케 하고 억센 두 남자를 미치게 한 공포가 무엇인지 설명해줄 만한 단서가 아무것도 없었습니다. 간단히 말해서 상황이 이렇습니다. 홈즈 씨. 우리를 도와서 이 문제를 해결해주시면 정말 대단한 일이 아닐 수 없을 겁니다."

나는 어떻게든 친구를 설득해서 우리의 여행 목적대로 조용히 지낼 수 있기만을 바랐다. 그러나 몰입한 얼굴과 찡그린 눈썹을 척 보니 그러기는 이미 글렀다는 것을 알 수 있었다. 그는 우리의 평화를 깨뜨린 이상한 드라마를 깊이 생각하며 잠시 묵묵히 앉아 있었다.

"사건을 조사해보겠습니다." 마침내 그가 말했다. "분명 아주 보기 드문 사건인 듯합니다. 라운드헤이 씨는 현장을 보셨나요?"

"아니요, 홈즈 씨. 트리제니스 씨가 목사관에 와서 이야기를 들려주었고, 우리는 곧장 홈즈 씨에게 자문을 구하러 달려온 겁니다."

"독특한 이 비극이 일어난 집까지는 거리가 얼마나 되나요?"

"해안에서 1.6킬로미터쯤 떨어져 있습니다."

"그럼 같이 걸어갑시다. 그런데 모티머 트리제니스 씨, 출발하기

His Last Bow

전에 몇 가지 묻고 싶은 게 있습니다."

그는 여태 입을 다물고 있었는데, 호들갑을 떤 목사보다 훨씬 더 흥분했으면서도 애써 억누르고 있다는 것을 알 수 있었다. 그는 창백하고 찡그린 얼굴로 앉아 홈즈를 초조하게 바라보며, 마주 쥔 여윈 두 손을 떨었다. 자기 가족에게 닥친 끔찍한 이야기를 들으며 그는 창백한 입술을 파르르 떨었다. 검은 두 눈에는 현장의 공포가 고스란히 배어 있는 듯했다.

"뭐든 물어보십시오, 홈즈 씨." 그가 열렬히 말했다. "차마 입에 담기도 어렵지만, 사실대로 답하겠습니다."

"간밤의 이야기를 들려주세요."

"아, 홈즈 씨, 목사님이 말씀하신 대로, 나는 거기서 저녁 식사를 했고, 식후에 조지 형이 휘스트(보통 네 명이 둘씩 편을 짜고 하는 카드 놀이―옮긴이) 게임을 하자고 했습니다. 우리는 9시에 게임을 시작했습니다. 내가 돌아가려고 일어선 것은 10시 15분이었습니다. 내가 떠날 때 모두가 더없이 즐겁게 탁자에 둘러앉아 있었습니다."

"누가 배웅을 해주었나요?"

"포터 부인은 잠자리에 들었기 때문에 나는 혼자 집을 나갔습니다. 가면서 현관문을 닫았죠. 그들이 앉아 있는 식당 창문은 잠겨 있었지만, 커튼은 치지 않았어요. 오늘 아침 문이나 창문에 이상은 없었습니다. 낯선 사람이 다녀갔다고 볼 만한 근거는 없었어요. 그런데 그들은 그 자리에 앉은 채 완전히 공포로 미쳐 있었습니다. 브렌다는 겁에 질려 죽어 있었고요. 안락의자에 앉은 채 머리를 팔걸이 너머로 떨어뜨리고 있었습니다. 평생 그 모습을 잊지 못할 겁니다."

"말씀하신 대로 정말 놀라운 사건이군요." 홈즈가 말했다. "어떻게 된 영문인지 짐작도 가지 않는다는 말씀이죠?"

"악마의 짓입니다, 홈즈 씨. 악마의 소행이에요!" 모티머 트리제니스가 외쳤다. "그건 인간의 짓이 아닙니다. 악마가 집 안으로 들어와서 그들의 이성의 빛을 꺼뜨린 겁니다. 그게 어떻게 인간의 짓일 수가 있겠습니까?"

"만일 그것이 인간의 능력으로 할 수 없는 일이라면, 내 능력으로는 해결할 수 없을 겁니다." 홈즈가 말했다. "하지만 그런 초자연적인 가설에 기대기 전에 먼저 다른 모든 가능성을 살펴봐야 합니다. 그런데 트리제니스 씨는 그들과 같이 살다가 따로 방을 얻고서 형제자매와 떨어져 살게 된 데에는 무슨 사연이 있는 모양이죠?"

"그렇습니다, 홈즈 씨. 다 지난 일이긴 하지만요. 우리 가족은 레드러스에 주석 광산을 갖고 있었습니다만, 한 회사에 넘기고 은퇴를 하게 되었습니다. 먹고살 만한 충분한 돈을 받았죠. 그 돈을 분배할 때 문제가 좀 있어서 한동안 사이가 좋지 않았다는 것을 부정하지 않겠습니다. 하지만 그건 다 용서하고 잊혀진 일이죠. 우리 형제자매는 더없이 화목했습니다."

"함께 보낸 그날 저녁을 한번 돌이켜보세요. 조금이라도 단서가 될 만한 일이 혹시 생각나지 않습니까? 잘 생각해보세요, 트리제니스 씨. 어떤 단서라도 도움이 될 테니까요."

"전혀 없습니다, 홈즈 씨."

His Last Bow

"분위기는 평소와 같았나요?"

"더할 나위 없이 좋았습니다."

"그들이 불안해하지 않았나요? 다가올 위험을 걱정하는 모습을 보였다던가?"

"그런 일은 전혀 없었습니다."

"그럼 덧붙일 말씀이 없으신가요? 내가 도움이 될 만한 이야기 말입니다."

모티머 트리제니스는 잠깐 골똘히 생각에 잠겼다.

"생각나는 게 한 가지 있습니다." 마침내 그가 말했다. "우리가 탁자에 앉았을 때, 나는 창문을 등지고 앉았습니다. 나랑 한편을 먹은 조지 형은 창을 마주 보고 있었죠. 한번은 형이 내 뒤쪽을 한참 바라보았어요. 그래서 나도 고개를 돌리고 등 뒤를 바라보았습니다. 커튼을 걸고 창문을 닫아둔 상태였는데, 잔디밭의 덤불이 보였습니다. 그 덤불 사이에서 뭔가 잠깐 움직인 듯했어요. 사람인지 짐승인지는 알 수 없었지만, 아무튼 거기 뭔가 있다고 생각했죠. 형에게 뭘 보고 있냐고 물었더니, 형도 나랑 같은 생각이라고 하더군요. 내가 드릴 수 있는 말씀은 이게 전부입니다."

"조사해보지 않았습니까?"

"예. 그게 중요하다고 생각지 않았습니다."

"그럼 그들 곁을 떠날 때 나쁜 징조는 없었군요?"

"전혀요."

"오늘 아침 그 일을 어떻게 그렇게 빨리 알게 되었는지 다시 말씀해주시죠."

"나는 아침 일찍 일어나는 사람입니다. 대개 아침 식사를 하기 전에 산책을 하죠. 오늘 아침 집을 나서자마자 의사가 탄 마차가 뒤에서 달려왔습니다. 포터 부인이 급히 와달라고 소년을 보냈다고 하더군요. 나는 그의 옆자리에 올라타서 같이 갔습니다. 그 집에 도착해서 참혹한 실내로 들어갔죠. 양초와 벽난로 불은 몇 시간 전에 다 타버린 게 분명했습니다. 그들은 날이 새도록 어둠 속에 그대로 앉아 있었던 거예요. 의사는 브렌다가 죽은 지 적어도 여섯 시간은 지났다고 말했습니다. 폭력의 흔적은 없었습니다. 브렌다는 끔찍한 표정을 하고 의자 팔걸이에 늘어져 있었어요. 조지 형과 오언은 토막 노래를 불러대며 커다란 원숭이 두 마리처럼 꽥꽥거리고 있었습니다. 아, 그건 차마 눈 뜨고 볼 수가 없었어요! 나는 참을 수가 없었습니다. 의사는 안색이 백지장처럼 하얘졌죠. 사실 그는 거의 넋을 잃고 의자에 쓰러졌습니다. 우리는 의사까지 돌봐야 할 지경이었죠."

"놀랄 만한 일이군요. 정말 놀랄 만한 일이에요." 홈즈가 일어나서 모자를 들며 말했다. "더 지체하지 말고 트리대닉 워서로 가보는 게 좋겠습니다. 솔직히 처음부터 이렇게 독특해 보이는 사건은 처음입니다."

⁂

첫날 아침의 조사는 거의 아무런 성과가 없었다. 그런데 처음부터 내게 가장 불길한 인상을 남긴 사건이 발생했다. 비극이 일어난 현장까지는 좁고 구불구불한 시골길을 거쳐야 했다. 시골길을 따라 나아갈 때 우리 쪽으로 다가오는 마차 소리가 들렸다. 우리는 마차가 지나가도록 길을 비켜주었다. 마차가 지나갈 때 닫힌 창문으로 끔찍하게 일그러진 얼굴의 남자가 사납게 이를 드러낸 채 우리를 쏘아보는 것이 힐끗 보였다. 이글거리는 두 눈과 이를 드러낸 모습이 무서운 환영처럼 우리 곁을 스쳐 지나갔다.

"우리 형제들이오!" 입술이 하얘진 모티머 트리제니스가 외쳤다. "헬스턴으로 데려가고 있군요."

우리는 덜커덕거리며 멀어져가는 검은 마차를 바라보며 섬뜩한 기분이 들었다. 그 후 우리는 그들이 이상한 운명과 맞닥뜨린 불길한 저택을 향해 발길을 돌렸다.

그곳은 시골집이 아니라 커다랗고 멋진 저택이었다. 널따란 정원에는 콘월의 화창한 공기 속에서 벌써 봄꽃이 화사하게 피어 있었다. 거실 창문은 이 정원을 향해 있었다. 모티머의 말에 따르면, 순전히 공포로 그들의 정신을 단숨에 망가뜨린 악마가 바로 이 정원으로 다가온 게 분명했다. 우리가 현관에 들어서기 전에 홈즈는 생각에 잠긴 채 길을 따라 천천히 작은 꽃밭들 사이를 거닐었다. 워낙 깊이 생각에 잠겨 있던 그가 물뿌리개에 발이 걸려 내용물을 엎지른 바람에 우리의 발과 정원 길이 흠뻑 젖고 말았던 기억이 난다.

집 안에서 우리는 나이가 지긋한 콘월 토박이 가정부, 포터 부인을 만났다. 젊은 아가씨의 도움을 받아 가족들을 보살핀 그녀는 홈즈의 모든 질문에 기꺼이 대답했다. 그녀는 밤중에 아무 소리도 듣지 못했다. 집주인들은 늦게까지 즐겁게 지냈는데, 전에 그보다 더 흥겨워하는 모습을 본 적이 없었다. 아침에 실내로 들어가서, 탁자에 둘러앉은 참혹한 모습을 보고 겁에 질린 그녀는 기절을 하고 말았다. 정신을 차린 뒤 먼저 창문을 열고 환기를 시킨 후, 오솔길을 내려가서 시골 아이에게 의사를 불러오게 했다. 보고 싶다면 고인은 위층 자기 침대에 있다고 그녀는 말했다. 두 형제를 병원 마차에 싣는 데는 건장한 남자 네 명이 달라붙어야 했다. 그녀는 더 이상 집에 머물고 싶지 않다며, 바로 그날 오후 집을 떠나 세인트이브즈의 가족에게 돌아갈 작정이었다.

우리는 2층으로 올라가서 시신을 살펴보았다. 미스 브렌다 트리제니스는 곧 중년에 접어들 나이였지만 여전히 아름다운 여성이었다. 거뭇한 피부에 갸름한 얼굴은 죽어서도 아리따웠지만, 인간으로서 지닌 마지막 감정이었던 공포에 질린 표정이 아직도 얼굴에 남아 있었다. 우리는 그녀의 침실에 있다가 그 기묘한 비극이 실제로 일어난 현장으로 내려갔다. 벽난로 안에는 간밤에 탄 재가 남아 있었다. 탁자 위에는 다 타버린 초 네 개가 촛농만 남겨놓고 있었고,

His Last Bow

카드가 흩어져 있었다. 의자는 뒤로 물려 벽에 붙어 있었지만, 다른 것은 간밤에 있던 모습 그대로였다. 홈즈는 가볍고 빠른 걸음으로 실내를 이리저리 걸어다니며, 각각의 의자에 앉은 다음 앞으로 당겨서 원래의 자리에 다시 돌려놓았다. 그는 정원이 얼마나 내다보이는지 시험해보았다. 마루와 천장, 벽난로도 살펴보았지만, 그가 문득 눈을 빛내며 입술을 앙다무는 모습을 한 번도 보지 못했다. 캄캄한 어둠 속에서 그가 한 줄기 빛을 발견했다는 것을 내게 알려주는 그 표정 말이다.

"불은 왜 피웠지?" 한번은 그가 물었다. "이런 작은 실내에서 봄날 저녁인데도 벽난로에 불을 피웠나요?"

모티머 트리제니스는 그날 밤 날씨가 춥고 눅눅했다고 설명했다. 그가 도착한 후 바로 그런 이유 때문에 불을 지폈다는 것이다. "이제 어떡하실 건가요, 홈즈 씨?" 그가 물었다.

내 친구는 빙그레 웃으며 내 팔에 손을 얹었다. "왓슨, 자네가 걸핏하면 크게 비난했던 담배 중독에 다시 빠져야겠는걸?" 그가 말했다. "신사 여러분, 괜찮으시다면 우리는 이제 집으로 돌아가겠습니다. 여기서 새로운 단서가 나타날 것 같지는 않으니까요. 트리제니스 씨, 사건을 곰곰 생각해보고, 뭔가 떠오르면 당신과 목사님께 꼭 연락을 드리겠습니다. 그때까지 그럼 안녕히 계십시오."

홈즈가 생각에 골몰해서 완전히 침묵에 잠겼다가 다시 말문을 연 것은 폴두의 작은 별장에 돌아온 지 그리 오래 되지 않아서였다. 안락의자에 웅크리고 앉은 그의 수척하고 금욕적인 얼굴은 푸르스름하게 소용돌이치는 담배 연기에 가려 거의 보이질 않았다. 그는 검은 눈썹을 잔뜩 찡그리고, 이마에 주름을 잡은 채 멍하니 먼 곳을 응시했다. 그러다 마침내 파이프를 내려놓고 벌떡 일어섰다.

"이래선 안 되겠어, 왓슨!" 그가 웃으며 말했다. "같이 해안 벼랑에 가서 돌살촉을 찾아보자. 이 사건의 단서보다는 돌살촉을 찾는 게 더 쉽겠어. 충분한 자료가 없이 두뇌를 굴리는 것은 엔진을 헛돌리는 것과 같아. 그랬다가는 터져버리지. 바닷바람, 햇볕, 인내심, 이것만 있으면 다른 것은 저절로 따라올 거야, 왓슨."

"이제 상황을 차분히 정리해보자, 왓슨." 벼랑 가장자리를 함께 걸으며 그가 이어 말했다. "아는 게 많지 않지만 아무튼 그것부터 확실히 파악해두자. 새로운 사실이 드러나면 그걸 제자리에 잘 끼워 맞출 수 있도록 말이야. 첫 번째로, 우리는 인간의 문제에 악마가 끼어들었다는 것을 인정할 수 없다고 봐. 그러니 그런 가설은 완전히 배제하고 시작하자. 아주 좋아. 여기 무슨 악마에 씌었는지 아닌지 모를 인간 대리인에게 참혹하게 당한 세 사람이 있어. 그건 확실한 사실이야. 자, 그럼 사건이 일어난 시간은? 그의 이야기가 사실이라면, 그건 모티머 트리제니스 씨가 떠난 직후인 게 분명해. 그건 아주 중요한 점이야. 아마 몇 분 안짝이겠지. 카드가 여전히 탁자에 놓여 있었고, 이미 평소의 취침 시간이 지났어. 하지만 그들은 자리를 바꾸지도 않았고, 의자를 뒤로 빼지도 않았어. 그러니까 다시 말해서, 사건 시간은 그가 떠난 직후인 거야. 그건 지난밤 11시경이지.

다음 단계는 빨해. 모티머 트리제니스가 그 집을 나선 직후의 행적을 확인하는 거지. 그거야 어려울 게 없어. 알고 보니 그의 행적은 혐의의 여지가 없는 것 같아. 자네도 내 방법을 잘 알고 있으니, 물론 그 꼴사나운 물뿌리개가 그의 발자국을 더욱 또렷하게 살펴보는 데는 안성맞춤이었다는 것을 알아차렸을 거야. 촉촉한 모랫길에는 발자국이 제대로 찍히지. 간밤에도 길이 젖어 있었다는 것을 자네도 기억할 거야. 그의 발자국 표본을 얻었으니, 이제 여러 발자국 속에서 그의 발자국과 같은 것을 찾아서 그가 어디로 움직였는지 알아보는 것은 식은 죽 먹기였어. 그런데 그는 목사관 쪽으로 바로 돌아왔더군.

모티머 트리제니스가 그렇게 현장을 떠났다면, 다른 외부인이 카드놀이를 하던 사람에게 손을 썼다는 얘기야. 그렇다면 그가 누군지 어떻게 알아내야 할까? 어떻게 그토록 공포에 질리게 한 것일까? 포터 부인은 제외시켜도 될 거야. 그녀는 분명 범인이 아니야. 정원 창문으로 누군가 기어가서, 어떻게든 엄청난 공포를 자아내서 그것을 본 사람들의 넋을 빼놓았다는 어떤 증거가 있을까? 그런 증거라고는 모티머 트리제니스가 막연히 한 말밖에 없어. 그의 말에 따르면, 그의 형이 정원에서 뭔가 움직이는 것을 보았어. 그건 분명 주목할 만한 이야기야. 그날 밤은 비가 왔고 구름이 많이 끼었고 어두웠지. 사람을 놀라게 할 의도가 있는 사람이라면 유리에 바짝 얼굴을 대야만 해. 그래야 실내에서 볼 수 있으니까. 그 창밖의 화단은 너비가 90센티미터인데, 발자국이 하나도 없었어. 그렇다면 밖에서 뭔가 아주 무서운 모습을 보여주었다고 볼 수는 없어. 그렇게 이상하고 어려운 방법을 쓸 만한 무슨 동기가 있다고 볼 수도 없고 말이야. 참 난감한 노릇이라는 거 알겠어, 왓슨?"

"그거야 잘 알지." 내가 바로 대답했다.

"하지만 자료가 조금만 더 있으면, 극복하지 못할 것도 없다는 것을 증명할 수 있을 거야." 홈즈가 말했다. "왓슨, 자네의 방대한 사건 기록 가운데, 이번 사건과 맞먹을 만큼 난감했던 사건들을 찾을 수 있을 거야. 아무튼 좀 더 정확한 자료가 손에 들어올 때까지는 접어두고, 남은 오전 시간에는 신석기 시대 사람이나 찾아보자."

내 친구의 초연한 정신력에 대해서는 전에도 언급한 적이 있겠지만, 그해 봄날 콘월에서만큼 그 점에 그렇게 탄복한 적은 없었다. 그는 해결되기만 기다리는 흉흉한 사건이 아예 존재하지 않는다는 듯이 두 시간 동안 돌도끼와 화살촉, 도자기 파편에 대한 얘기를 마냥 늘어놓았던 것이다. 오후에 별장으로 돌아간 뒤에야 비로소 우리는 손님이 기다리고 있다는 것을 알게 되었다. 손님을 보자 우리는 바로 사건을 떠올렸다. 그가 누군지는 소개를 받을 필요도 없었다. 거구에 우락부락하고 깊게 주름이 잡힌 얼굴에 사나운 두 눈과 매부리코, 우리 별장의 천장을 쓸 듯한 반백의 머리칼, 늘 입에 물고 있는 시가로 인해 니코틴이 누렇게 밴 곳을 제외하고는 입술 부근이 하얗고 언저리는 황금빛인 수염, 이 모든 것은 아프리카에서만큼 런던에서도 유명했다. 이런 모습을 보고서도 리온 스턴데일 박사라는 굉장한 인물을 떠올리지 않을 수는 없었다. 그는 대단한 사자 사냥꾼이자 탐험가였다.

우리는 그 고장에 그가 있다는 얘기를 이미 들은 적이 있었고, 황무지의 어느 길에선가 거구의 그를 한두 번 본 적도 있었다. 그러나 그는 우리에게 말을 걸지 않았고, 우리 또한 말을 걸 생각도 하지 못했다.

여행에서 돌아와서는 비첨 애리언스의 호젓한 숲속에 감춰져 있는 작은 방갈로에서 대부분의 시간을 은둔자처럼 지내길 좋아한다는 사실이 널리 알려져 있었기 때문이다. 그는 책과 지도 속에 파묻혀 전적으로 혼자 지내면서, 그 밖에는 자기한테 꼭 필요한 것에만 신경을 쓸 뿐, 이웃 사람들의 일에는 전혀 신경을 쓰지 않는 듯했다. 그래서 그가 열띤 음성으로 이번 수수께끼 같은 사건을 재구성하는 데 진전이 있느냐고 홈즈에게 묻는 소리를 듣고 나는 놀라지 않을 수 없었다.

"주 경찰은 전혀 감을 잡지 못하고 있소이다." 그가 말했다. "하지만 경험이 더 많은 당신이라면 아마도 그럴듯한 설명을 내놓았겠지요. 비밀을 지켜야 할 수사 내용을 알려달라고 요구하는 것은 다만 내가 오랫동안 여기서 살아오면서 트리제니스 가문과 잘 알게 됐기 때문이오. 사실 콘월 출신인 우리 어머니 때문에 그들과는 친척이라고 할 수 있습니다. 그러니 그들의 이상한 운명은 당연히 내게 큰 충격을 주었소. 실은 아프리카로 가려고 플리머스까지 갔다가 오늘 아침 이 소식을 듣고, 조사하는 것을 거들어주려고 곧바로 돌아온 길이올시다."

홈즈가 눈썹을 치켜 올렸다.

"아프리카행 배편을 놓치셨겠군요?"

"다음 배편을 이용할 겁니다."

"이런! 그런 게 진짜 우정이죠."

"그들이 내 친척이라고 했소만."

"아, 그렇군요. 외가 쪽 친척. 짐은 배에 실으셨나요?"

"일부는 그랬지만, 대부분은 호텔에 남아 있소."

"알겠습니다. 그런데 이번 사건이 플리머스의 아침 신문에 났을 리는 없을 텐데요?"

"그렇소이다. 나는 전보를 받았소."

"누구한테 받으셨나요?"

탐험가의 섬뜩한 얼굴에 그늘이 스쳐 지나갔다.

"질문이 많으시군요, 홈즈 씨."

"그게 내 일입니다."

스턴데일 박사는 애써 평정을 되찾았다.

"그거야 말 못 할 것도 없소." 그가 말했다. "그건 목사인 라운드헤이 씨였소. 그가 내게 돌아와 달라는 전보를 쳤소."

"고맙습니다." 홈즈가 말했다. "박사님의 당초 질문에 대해 답하자면, 이 사건의 원인에 대해서는 아직 완전히 알아내지는 못했지만, 틀림없이 모종의 결론에 이를 거라고 봅니다. 더 이상 말하기는 아직 때가 이릅니다."

"어느 면이 의심스럽다고 말하는 것쯤은 무방하지 않겠소?"

"아니요, 그건 말씀드릴 수 없습니다."

"그렇다면 시간만 낭비했군. 더 머물 필요도 없겠어." 이 유명한 박사는 상당히 불쾌한 기분으로 우리 별장을 훌쩍 떠났고, 5분이 지나지 않아서 홈즈가 그를 뒤따라갔다. 다시 홈즈를 본 것은 저녁이 되어서였다. 그가 핼쑥한 얼굴로 터덜터덜 돌아온 것을 보니 헛수고만 한 게 분명했다. 그는 기다리고 있던 전보를 슬쩍 쳐다보고 벽난로 안에 던져버렸다.

His Last Bow

"플리머스 호텔에서 온 거야, 왓슨." 그가 말했다. "호텔 이름은 목사에게 알아냈지. 리온 스턴데일 박사의 말이 사실인지 확인해보려고 전보를 쳤어. 그는 간밤에 정말 거기 있었던 모양이야. 그가 실제로 일부 짐을 아프리카로 보냈고, 이번 조사를 위해 이리 돌아온 것도 맞는 것 같아. 왓슨, 그 점에 대해 자네는 어떻게 생각해?"

"무척 관심이 끌린 모양이지."

"무척 관심이…… 그래. 바로 그것에 우리가 미처 파악하지 못한 단서가 있어. 그 단서를 잡으면 얽힌 실마리를 풀 수 있을 거야. 기운 내, 왓슨. 자료가 곧 손에 들어올 게 분명하니까 말이야. 그렇게만 되면 바로 난점을 극복하게 될 거야."

나는 홈즈의 말이 그토록 빨리 이루어질 줄은 몰랐다. 아니 그렇게나 이상하고 불길하게 사건이 진전되어, 전혀 새로운 방향에서 조사를 하게 될 줄은 생각지도 못했다. 아침에 창가에서 면도를 하고 있을 때였다. 말발굽 소리가 들려서 고개를 들어보니 도그카트가 전력으로 질주해 오고 있었다. 마차가 집 앞에 서더니, 목사가 뛰쳐나와 정원 길을 따라 달려왔다. 홈즈는 이미 옷을 차려입고 있었기 때문에, 우리는 서둘러 그를 만나러 내려갔다.

손님은 너무나 흥분해서 제대로 말문을 열지도 못했다. 그러나 헉헉거리며 격앙된 그의 입에서 마침내 비극적인 이야기가 흘러나왔다.

"우린 악마에 씌었어요, 홈즈 씨! 우리 교구는 악마에 씌었다고요!" 그가 외쳤다. "사탄이 풀려난 겁니다! 우린 사탄의 수중에 떨어졌어요!" 그는 흥분을 해서 발을 동동 굴렀다. 잿빛 얼굴에 겁을 집어먹은 두 눈만 아니었다면 바보처럼 보였을 것이다. 마침내 그는 처참한 소식을 토해냈다.

"모티머 트리제니스 씨가 간밤에 죽었습니다. 다른 가족과 정확히 똑같은 증상으로 죽었어요."

홈즈는 순간 있는 힘을 다해 벌떡 일어섰다.

"도그카트에 우리 모두 탈 수 있습니까?"

"예, 타셔도 됩니다."

"그럼 왓슨, 아침 식사를 뒤로 미루어야겠어. 라운드헤이 씨, 안내를 부탁합니다. 서둘러주십시오, 서둘러요. 누가 현장을 어지럽히기 전에 말입니다."

하숙인은 목사관의 아래층과 위층의 한 지붕 아래 있는 방 두 개를 쓰고 있었는데, 아래층의 방은 커다란 거실이었고, 위층 방은 침실이었다. 거기서 내다보이는 크로켓 경기용 잔디밭이 창문까지 이어져 있었다. 우리는 의사나 경찰보다 먼저 도착해서, 아무것도 건드린 것이 없었다. 안개 낀 3월의 그날 아침에 우리가 본 현장을 정확히 묘사해보겠다. 그 모습은 내 뇌리에서 결코 지울 수 없는 강한 인상을 남겼다.

실내 공기는 지독할 만큼 숨이 턱 막혔다. 처음 들어왔던 하녀가 창문을 열어놓지 않았다면 더욱 견딜 수 없었을 것이다. 그것은 중앙의 탁자에 놓인 램프가 가물거리며 연기를 내뿜은 탓도 있었다. 램프 옆에는 의자에 기대앉은 채 남자가 죽어 있었다. 삐죽삐죽한 수염이 얼마간 자랐고, 안경을 이마 위로 올려 쓴 상태였다. 여위고 거뭇한 얼굴을 창 쪽으로 돌리고 있었는데, 죽은 누이와 똑같이 공포로 얼굴이 일

그려져 있었다. 팔다리와 손가락은 공포에 질려 발작을 하다가 죽은 것처럼 뒤틀려 있었다. 옷은 다 차려입고 있었지만, 다급히 옷을 입은 흔적이 보였다. 우리는 그가 침대에서 자고 일어난 이른 아침에 비극적인 종말을 맞았다는 것을 이미 들어서 알고 있었다.

그 죽음의 방에 들어서는 순간 홈즈의 표정이 갑자기 바뀐 것을 보자, 겉모습은 냉담해도 내면에서는 에너지가 작열하고 있음을 알았다. 그는 일순간 바짝 긴장을 하고 경계를 했다. 두 눈은 반짝거리며 표정이 굳어지더니 팔다리를 부지런히 놀렸다. 그는 잔디밭으로 나가서 창문을 들여다보고, 방 주위를 둘러보고, 침실로 올라갔다. 그는 꼭 사냥감을 덤불에서 몰아내며 돌진하는 여우사냥개 폭스하운드 같았다. 침실에서 재빨리 사방을 둘러보던 그는 창문을 열어젖혔다. 창밖으로 상체를 내밀고는 흥미진진하고 흥겹다는 듯이 환호성을 올리는 것으로 보아, 뭔가 솔깃한 새로운 장면을 본 모양이었다. 그러다 계단을 뛰어 내려가서 1층의 열린 창문으로 나가더니 잔디밭에 얼굴을 들이댔다. 곧이어 벌떡 일어나서, 사냥감을 바짝 뒤쫓는 사냥꾼처럼 저돌적으로 다시 방 안으로 뛰어 들어갔다. 그는 평범한 스탠드 램프를 아주 꼼꼼히 살펴보면서 기름통의 크기를 쟀다. 또 등피燈皮 위를 덮고 있는 활석 덮개를 돋보기로 면밀히 살펴보고, 표면에 묻은 그을음을 긁어내서 봉투에 담아 지갑 안에 챙겨 넣었다. 마침내 의사와 경찰이 나타나자, 그는 목사에게 손짓을 해서 우리 세 사람은 잔디밭으로 나갔다.

"이번 조사가 전혀 헛수고만은 아니어서 다행입니다." 그가 말했다. "나는 여기 남아서 경찰과 의논하고 있을 겨를이 없습니다. 라운드헤이 씨, 대단히 죄송합니다만 경위에게 내 인사 말씀 좀 전해주시고, 침실 창문과 거실의 램프를 잘 살펴보라고 전해주세요. 둘 다 의미심장하고, 거의 결정적인 단서라고 할 수 있거든요. 경찰이 더 알고 싶어한다면, 별장에서 기꺼이 그들을 만나보겠습니다. 자, 왓슨, 우리는 슬슬 다른 데로 가보는 게 좋겠어."

경찰은 민간인이 끼어든 것에 분개했는지, 혹은 조사가 술술 풀리고 있다고 생각했는지는 모르겠다. 하지만 분명한 것은 이틀 동안 경찰로부터 어떤 소식도 들려오지 않았다는 것이다. 그동안 홈즈는 별장에서 담배를 피워대며 생각에 잠긴 채 얼마간 시간을 보내기도 했지만, 대부분의 시간은 혼자 시골길을 걷다가 몇 시간 후 돌아왔고, 어디다녀왔는지는 말을 하지 않았다. 한번은 그가 어떤 조사를 하고 있는지 내게 보여주기 위해 실험을 했다. 그는 비극의 사건 당일 아침 모티머 트리제니스의 방에서 타올랐던 것과 똑같은 램프를 사왔다. 거기에 목사관에서 사용하는 것과 같은 기름을 채워 넣었다. 그리고 그것이 다 타는 데 걸리는 시간을 쟀다. 나중에 또 보여준 실험은 아주 언짢았는데, 아마 나는 그것을 결코 잊지 못할 것이다.

"자네도 기억하고 있을 거야, 왓슨." 어느 날 오후에 그가 말했다. "우리 손에 들어온 여러 보고서에 공통점이 딱 한 가지 있다는 것 말이야. 그것은 처음 방에 들어선 사람에게 방 안 공기가 미친 영향과 관련된 거야. 모티머 트리제니스가 형 집에 마지막으로 찾아간 이야기를 하면서, 방에 들어선 의사가 의자에 쓰러졌다고 말한 것 기억하지? 잊었어? 음, 장담컨대 분명 그렇게 말했어. 그럼 이제 가정부 포터 부인이 그 방에 들어갔다가 기절을 했고, 나중에 깨어나서 창문을 열었다고 우리에게 말한 것도 기억이 날 거야. 두 번째 사건, 그러니까 모티머 트리제니스 사건의 경우, 우리가 도착해서 방에 들어섰을 때 숨이 턱 막혔던 것을 자네도 잊을 수 없을 거야. 하녀가 이미 창문을 열어두었는데도 말이야. 알고 보니 그 하녀는 너무 아파서 몸져누웠더군. 이런 사실들이 아주 의미심장하다는 것을 자네도 인정할 거야, 왓슨. 그것들은 독가스가 퍼져 있었다는 증거야. 또한 두 경우 모두 뭔가 연소를 시키고 있었어. 한번은 벽난로를 피웠고, 한번은 램프를 켰지. 벽난로를 피울 필요는 있었지만, 기름이 소모된 양으로 볼 때 램프는 날이 훤히 밝은 뒤에도 켜져 있었어. 왜? 연소와 숨 막히는 공기, 그리고 마지막으로 사람들이 미치거나 사망한 것, 이 세 가지 일 사이에는 뭔가 연관이 있어. 이건 분명해, 그렇지?"

"그런 것 같군."

"적어도 그것을 유효한 가설로는 받아들일 수 있어. 그렇다면 이상한 중독 효과를 일으키는 가스를 발생시키기 위해 뭔가를 태웠다고 볼 수 있지. 바로 그거야. 첫 번째 사건, 그러니까 트리제니스 일가의 경우, 그 물질은 벽난로 속에 놓여 있었어. 창문은 닫혀 있었지만, 불길 때문에 가스가 어느 정도는 자연스레 굴뚝으로 빠져나갔겠지. 그래서 독가스 효과는 두 번째 경우보다 약했다고 볼 수 있어. 두 번째 경우에는 가스가 빠져나갈 곳이 그리 없었으니까. 그게 사실이라는 것을 결과가 보여주고 있잖아? 첫 번째 사건 때는 신체 기능이 민감하다고 볼 수 있는 여자만 사망했고, 다른 사람은 일시적이거나 항구적인 정신 이상을 보였어. 그건 분명 그 약물의 첫 증상이야. 두 번째 사건 때는 결과가 완벽했어. 따라서 그런 사실들은 연소에 의해 독가스가 발생했다는 가설을 뒷받침하고 있어.

이런 추리를 한 덕분에 나는 당연히 그 물질의 잔해를 찾기 위해 모티머 트리제니스의 방을 둘러보았지. 꼭 찾아봐야 할 곳은 램프의 활석 덮개였어. 그을음 차단판 말이야. 당연히 거기에 그을음이 잔뜩 끼어 있고, 언저리에는 완전 연소가 되지 않은 갈색 분말이 묻어 있는 것을 보았지. 자네도 보았다시피, 그걸 반쯤 긁어서 봉투에 담았지."

"왜 반이야?"

"이봐 왓슨, 내가 경찰 수사를 방해할 수는 없잖아. 내가 발견한 증거는 경찰을 위해 항상 그대로 남겨놓지. 경찰이 발견할 재간만 있다면 그 덮개에 아직도 남아 있는 독극물을 찾을 수 있어. 자, 왓슨, 이제 우리의 램프를 켤 거야. 하지만 우리 사회의 존경받을 만한 두 사람이 조기에 사망하는 것을 피하기 위해 미리 조심해서 창문은 열어두자. 자네는 열린 창문 가까이 있는 안락의자에 앉도록 해. 분별 있는 사람답게 이 사건에서 발을 빼겠다고 작심을 한 게 아니라면 말이야. 아, 끝까지 지켜볼 거지? 그래, 그럴 줄 알았어. 이 의자는 자네 맞은편에 놓도록 하지. 우리가 독가스로부터 같은 거리에 마주 앉아 있도록 말이야. 문

His Last Bow

은 빠끔히 열어둘 거야. 이제 마주 보는 자리에서 서로 지켜보고 있다가, 위험한 증상이 나타나면 실험을 끝내도록 하자. 잘 알겠지? 흠, 그럼 거기 남아 있던 분말을 봉투에서 꺼내서, 불 붙인 램프 위에 놓겠어. 이렇게! 자, 왔슨, 이제 앉아서 어떻게 되는지 기다려보자."

증상이 나타나는 데는 오래 걸리지 않았다. 나는 의자에 차분히 자리 잡기도 전에 벌써 짙은 사향 비슷한 냄새를 맡고 속이 메스꺼워졌다. 처음 흡입하는 순간 두뇌와 망상의 고삐가 풀려버렸다. 눈앞에서 짙은 먹구름이 소용돌이쳤고, 이 구름 속에서 아직 보이지 않지만 뭔가 소름끼치는 온갖 것, 이 세상에서 상상도 할 수 없이 사악하고 괴기한 존재가 잠복해 있다가 당장이라도 튀어나와 나를 소스라치게 할 것만 같았다. 캄캄한 구름두둑 한가운데서 희미한 형체들이 소용돌이치며 유영을 하고 있었는데, 그 모든 것들은 그림자만 봐도 까무러칠 뭔가 이루 말할 수 없는 존재가 바야흐로 도래할 거라고 위협하고 경고하는 것만 같았다. 섬뜩한 전율이 등골을 타고 흘렀다. 머리칼이 곤두서고, 두 눈이 튀어나올 것만 같았으며, 입은 딱 벌어지고, 입 안의 혀는 무두질한 가죽 같았다. 머릿속이 어찌나 뒤죽박죽인지 두뇌가 결딴이 난 게 분명했다. 비명을 지르려고 안간힘을 다 하며, 뭐라고 꺽꺽거리는 소리가 내 목소리라는 것을 희미하게 의식했지만, 그건 멀리서 아스라이 들려오는 것만 같았다. 그와 동시에 어떻게든 벗어나려고 하면서 그 절망적인 구름을 뚫고 갈 때 홈즈의 얼굴이 얼핏 보였다. 공포에 질려 찌푸린 얼굴이 창백하고 딱딱했다. 죽은 자의 얼굴에서 보았던 바로 그 표정이었다. 그것을 보는 순간 나는 흠칫 정신을 차리고 기

운을 냈다. 의자로 돌진해간 나는 두 팔로 홈즈를 부둥켜 일으켰다. 우리는 비틀거리며 같이 방문을 빠져나가, 잠시 후 잔디밭에 나동그라져서 나란히 드러누웠다. 우리의 목을 조이던 소름 끼치는 공포의 구름을 뚫고 찬란한 햇살이 폭죽처럼 터지는 것을 자각할 수 있었다. 들판에서 안개가 물러가듯 우리의 영혼에서 공포의 구름이 서서히 물러가더니, 이윽고 평온한 느낌과 이성이 되돌아왔다. 우리는 잔디밭에 앉아 이마의 진땀을 훔치고, 서로를 걱정스레 바라보며 방금 겪은 끔찍한 경험의 마지막 흔적을 살펴보았다.

"어이쿠, 맙소사." 마침내 홈즈가 우물쭈물 말했다. "정말 고맙고 미안해. 이건 누구에게도 해서는 안 될 실험이었어. 하물며 친구에게 했다니. 정말 미안해."

"무슨 소릴." 홈즈의 이런 마음씀씀이를 전에는 본 적이 없는 나는 다소 감동해서 대답했다. "자네를 돕는 것이야말로 내게는 가장 큰 기쁨이자 특권인걸."

홈즈는 반은 익살스럽고 반은 냉소적인 평소의 태도로 즉시 돌아가서 말했다. "굳이 약으로 우리를 미치게 할 필요가 없었어. 솔직한 사람이라면 우리가 그렇게 무모한 실험을 하기 전에 이미 미쳐 있었다고 단언할 테니까 말이야. 솔직히 약효가 그렇게 빠르고 독할 줄은 상상도 못 했어." 그는 집 안으로 뛰어 들어가더니, 멀리 쭉 뻗은 팔로 불붙은 램프를 들고 다시 나타나서 그것을 검은딸기 덤불 속으로 던졌다. "방이 환기가 되려면 시간이 좀 걸리겠어. 왓슨, 어떻게 그런 비극이 발생했는지에 대해 이제 자네는 한 점의 의혹도 없을 거야."

"두말할 나위 없지."

"하지만 동기는 아직도 알 수 없어. 저 정자로 가서 같이 얘기를 좀 해보자. 고약한 독가스가 아직도 목구멍에 걸려 있는 것 같아. 처음의 비극에서는 모든 증거가 그 남자, 모티머 트리제니스를 범인으로 지목하고 있다는 것을 인정하지 않을 수 없어. 그런데 두 번째에는 그가 희생자가 되고 말았어. 무엇보다 먼저 염두에 두어야 할 것은, 가족 간에 불화가 생겼다가 화해를 했다는 거야. 그 불화가 얼마나 심했는지, 화해가 정말 화해다웠는지, 그건 알 수 없지. 모티머 트리제니스의 여우 같은 얼굴과 안경에 가린 아주 약삭빠르고 생쥐 같은 눈을 생각해볼 때, 그는 특별히 너그러운 사람이라고 보기 어려워. 다음에 염두에 두어야 할 것은, 자네도 기억하겠지만, 누군가 정원에서 움직였다는 이야기를 한 사람이 모티머 트리제니스라는 거야. 그건 진짜 사인을 감추려고 우리의 주의를 잠시 딴 데로 끈 거지. 우리를 훼방 놓은 데에는 분명 동기가 있어. 마지막으로, 그가 방을 떠나면서 벽난로에 뭔가 던져 넣지 않았다면 누가 그랬겠어? 사건은 그가 떠난 직후에 일어났지. 누군가 다른 사람이 집 안으로 들어왔다면, 가족이 분명 자리에서 일어났을 거야. 게다가 평화로운 콘월 지방에서 저녁 10시가 넘어서 손님이 찾아오는 경우는 없어. 그러니 모든 증거가 모티머 트리제니스를 범인으로 지목하고 있는 거야."

"그럼 그는 자살을 한 거잖아!"

"아, 왓슨, 겉보기에는 그것도 불가능한 가정은 아니야. 가족에게 그런 짓을 한 것에 대해 죄책감을 느꼈다면 양심의 가책으로 자살을 할 수도 있을 거야. 하지만 자살이라고 볼 수 없는 강력한 이유가 있어. 다행히 그 점에 대해 잘 아는 사람이 잉글랜드에 딱 한 명 있지. 오늘 오후 그에게 직접 들어보려고 약속을 해두었어. 아! 조금 일찍 오셨군. 이쪽으로 오세요, 리온 스턴데일 박사님. 방에서 한 가지 화학 실험을 하는 바람에, 방이 어질러져서 저명하신 손님을 방으로 모실 수가 없는 상태입니다."

아까 정원 문이 삐거덕거리는 소리를 들었는데, 곧이어 대단한 아프리카 탐험가의 우람한 모습이 정원 길에 나타났다. 그는 흠칫하더니 우리가 앉아 있는 소박한 정자로 발길을 돌렸다.

"나를 찾는다기에 왔소이다, 홈즈 씨. 한 시간 전에 편지를 받았소. 내가 당신의 호출을 받아야 할 이유를 모르겠지만, 아무튼 이렇게 왔소이다."

"우리가 헤어지기 전에 그 이유를 밝힐 수 있을 겁니다." 홈즈가 말했다. "그건 그렇고 이렇게 친절하게 방문해주셔서 대단히 고맙습니다. 이렇게 야외에서 약식으로 손님을 맞이하게 되어 죄송합니다만, 내 친구 왓슨과 나는 신문에서 콘월의 공포라고 일컫는 사건의 뒷얘기를 거의 다 파악한 터라, 이제 맑은 공기를 좀 마시고 싶어서요. 아마도 우리가 논의해야 할 문제는 박사님과 워낙 밀접한 관계가 있으니, 아무도 엿듣는 사람이 없는 곳에서 얘기를 나누는 것이 좋겠죠."

탐험가는 입에 물고 있는 시가를 빼들고 내 친구를 준엄하게 쏘아보았다.

"나하고 워낙 밀접한 관계가 있는 얘기라니, 뭔지 도통 모르겠소이다." 그가 말했다.

"모티머 트리제니스를 살해한 것 말입니다." 홈즈가 말했다.

그 순간 나는 총을 가지고 있었으면 했다. 스턴데일의 사나운 얼굴이 시뻘겋게 변하면서 두 눈은 이글거리고, 불거져 나온 굵은 핏줄이 이마에서 꿈틀거렸다. 동시에 그는 두 주먹을 부르쥐고 내 친구 앞으로 와락 다가섰다. 그러다 멈칫한 그는 안간힘을 다해 냉정을 되찾았는데, 침착한 모습이 오히려 발끈하는 것보다 더 위험해 보였다.

"나는 무법의 야만인들 사이에서 아주 오랫동안 살아왔소이다." 그가 말했다. "그래서 스스로 법을 집행하는 길을 걸어왔지. 그것을 잊지 않는 것이 좋을 거요, 홈즈 씨. 당신을 해치고 싶지는 않으니까."

"나 역시 그렇습니다. 스턴데일 박사님. 진상을 다 파악한 뒤에 경찰을 부르지 않고 박사님을 불렀다는 게 바로 명백한 그 증거입니다."

스턴데일은 아마도 모험으로 가득한 그의 생애 처음으로 타인에게 압도되어 입을 딱 벌리고 자리에 주저앉았다. 침착하고 당당한 홈즈의 태도에는 저항할 수 없는 힘이 깃들어 있었다. 우리의 손님은 잠시 말을 더듬거리며 불안해서 주먹을 쥐었다 폈다 했다.

"그게 무슨 뜻이오?" 마침내 그가 물었다.

"홈즈 씨, 지금 허풍을 치는 거라면, 당신은 상대를 잘못 택했소. 이제 변죽은 그만 울립시다. 그게 정말 무슨 뜻이오?"

"말씀드리겠습니다." 홈즈가 말했다. "그런데 내가 박사님에게 터놓고 말씀을 드리는 이유는 정직이 정직을 낳기를 바라기 때문입니다. 내가 다음에 어떤 조치를 취할 것인지는 전적으로 박사님이 어떤 사연을 가졌느냐에 달려 있습니다."

"내 사연?"

"그렇습니다."

"무슨 일에 대한 사연 말이오?"

"모티머 트리제니스를 살해한 사연."

스턴데일은 손수건으로 이마를 훔치고 말했다. "정말 계속 이럴 건가? 자네의 성공은 다 이렇게 천재적인 허풍을 쳐서 거둔 건가?"

"허풍은 리온 스턴데일 박사님 쪽에서 치고 계십니다. 내가 아니라." 홈즈가 준엄하게 말했다. "그 증거로 내 결론의 토대가 된 사실을 일부 말씀드리죠. 박사님이 많은 짐을 아프리카로 보내놓고 플리머스에서 돌아온 것에 대해 내가 할 말은 이것뿐입니다. 이번 사건을 재구성할 때 고려하지 않을 수 없는 요소 하나가 바로 박사님이라는 것을 단박에 알게 되었다는 것 말입니다."

"내가 돌아온 것은……."

"그 이유는 들었습니다. 그런데 그 이유라는 게 부적절하고 미심쩍었죠. 그 얘기는 덮어둡시다. 박사님이 여기 온 것은 내가 누구를 용의자로 보는지 물어보기 위해서였습니다. 나는 대답하지 않았죠. 그러자 박사님은 목사관으로 갔고, 한동안 밖에서 기다리다가, 마침내 집으로 돌아갔습니다."

"그걸 어떻게 아시오?"

"뒤를 밟았습니다."

"나는 아무도 못 봤소."

"내가 쫓아갈 때 상대가 볼 수 있는 게 바로 그겁니다. 박사님은 집에서 꼬박 밤을 새우면서 무슨 계획을 세웠습니다. 계획은 이른 아침에 실행하려고 했죠. 동이 트자마자 집을 떠났는데, 대문 옆에 쌓여 있는 붉은 자갈을 주머니에 듬뿍 담았습니다."

스턴데일은 깜짝 놀라 움찔하며 홈즈를 바라보았다.

"그런 다음 목사관까지 빠르게 걸어갔죠. 굳이 말하자면, 그때 박사님은 지금 신고 계신 테니스 신발을 신었습니다. 목사관에서 과수원과 생울타리를 지나, 트리제니스의 하숙방 창문 아래로 다가갔죠. 이제 날이 밝았지만, 가정부는 아직 일어나지 않았습니다. 박사님은 주머니에서 자갈을 꺼내 위쪽 창문에 던졌습니다."

스턴데일이 벌떡 일어섰다.

"당신이 악마가 아니고서야 어떻게 그런 걸!" 그가 외쳤다.

홈즈가 그런 찬사에 히죽 웃었다. "자갈을 두 줌, 아니면 세 줌 던진 후에야 하숙인이 창가로 다가왔습니다. 그는 급히 옷을 걸치고 거실로 내려왔죠. 박사님은 창문으로 들어갔습니다. 거기서 잠깐 면담을 했습니다. 방 안을 오락가락하면서 말입니다. 그런 다음 밖으로 나와서 창문을 닫고, 바깥 잔디밭에 서서 시가를 피우며 무슨 일이 일어나는지 지켜보았죠. 마침내 트리제니스가 죽은 후, 박사님은 왔던 길로 돌아갔습니다. 자, 스턴데일 박사님, 그런 행동을 어떻게 정당화하시렵니까? 그 동기가 무엇입니까? 박사님이 발뺌을 하거나 나를 농락하려고 하신다면, 장담컨대 이 사건은 영영 내 손을 떠날 것입니다."

우리의 손님은 고발인의 말을 들으며 얼굴이 잿빛으로 바뀌었다. 이제 그는 두 손에 얼굴을 묻고 앉아 한참 생각에 잠겼다. 그러다 느닷없이 충동적인 동작으로 가슴주머니에서 사진 한 장을 꺼내 우리 앞의 허름한 탁자 위에 던졌다.

"내가 그 짓을 한 이유가 바로 그것이오." 그가 말했다.

얼굴이 매우 아름다운 여성의 상반신 사진이었다. 홈즈가 사진을 굽어보았다.

"브렌다 트리제니스로군." 그가 말했다.

"그렇소, 브렌다 트리제니스." 우리의 손님이 되뇌었다. "나는 오랫동안 그녀를 사랑했소. 그녀도 오랫동안 나를 사랑했지. 내가 콘월에 은둔해서 지내는 것을 사람들이 이상하게 생각했지만 그런 비밀이 있었던 겁니다. 세상에서 내가 유일하게 사랑한 존재 가까이에 있으려고 한 것이오. 나는 결혼할 수가 없었소. 내게는 아내가 있었기 때문이오. 아내는 여러 해 전에 나를 떠났는데, 빌어먹을 영국법 때문에 이혼을 할 수가 없었소. 브렌다는 오래 기다렸소. 나도 오래 기다렸고. 그런데 우리가 기다린 결말이 이거라니."

격렬한 흐느낌 탓에 그의 우람한 체구가 흔들렸다. 그는 얼룩덜룩한 수염 아래의 자기 목을 틀어쥐었다. 그리고 한참 애를 써 평정을 되찾은 뒤 말을 계속했다.

"목사는 알고 있었소. 그에게는 우리의 비밀을 털어놓았지. 그에게 들어보면 알겠지만, 그녀는 세상에 둘도 없는 천사였소. 그래서 그가 내게 전보를 쳤고, 나는 돌아왔습니다. 내 사랑에게 그런 일이 생겼다는 것을 알았으니 내 짐이 다 무엇이고 아프리카가 다 무엇이겠습니까? 내 행동의 동기에 대해 당신이 알아내지 못한 게 바로 그것이오, 홈즈 씨."

"계속하십시오." 내 친구가 말했다.

스턴데일 박사는 주머니에서 종이 쌈지를 꺼내 탁자 위에 올려놓았다. 겉에는 라딕스 페디스 디아볼리Radix pedis diaboli라고 쓰여 있고, 그 아래 빨갛게 독극물 표시가 되어 있었다. 그는 내게 그것을 밀어주었다. "당신은 의사 선생인 것으로 알고 있습니다. 이런 조제약이 있다는 걸 들어보셨습니까?"

"악마의 발 뿌리! 아니요, 들어본 적이 없습니다."

"의사가 이걸 모른다고 해서 불명예가 되는 건 아닙니다." 그가 말했다. "부도(1361년 이후 헝가리의 수도로, 1873년 이 부도가 페슈트와 합병해 부다페스트가 되었다—옮긴이)의 한 실험실에 견본이 하나 있는 것만 빼고는 유럽 어디에도 없으니까요. 아직은 약전에도, 독물학 문헌에도 실리지 않았습니다. 뿌리가 발처럼 생겼는데, 반은 사람 같고 반은 염소같이 생겼소. 그래서 어느 식물학자 선교사가 악마의 발이라는 묘한 이름을 붙여준 겁니다. 서아프리카의 어느 지역에서는 주술사들이 죄인 판별용 독물로 사용하는데, 그건 그들만 아는 비밀입니다. 이 특별한 견본은 내가 우방기 강(중앙아프리카의 강으로 콩고 강 우안의 최대 지류—옮긴이) 유역에서 우여곡절 끝에 얻은 것이오."

그렇게 말하며 그는 쌈지를 열고 적갈색의 코담배 가루 같은 분말을 보여주었다.

"그래서요?" 홈즈가 준엄하게 물었다.

"다 털어놓을 겁니다, 홈즈 씨. 실제로 일어난 모든 일을. 홈즈 씨가 이미 너무나 많은 것을 알고 있으니, 차라리 모든 사연을 다 알려주는 것이 내게 도움이 될 게 분명하니까 말이오. 트리제니스 가족과 나 사이의 관계는 앞서 말한 바와 같소이다. 그들의 누이를 봐서 나는 형제들과도 사이좋게 지냈습니다. 돈 문제로 가족 간에 다투었고, 그 때문에 그 모티머가 떨어져 나갔는데, 화해가 이루어진 듯해서 나중에 다른 식구들처럼 그도 역시 만났소. 그는 교활하고, 음흉하고, 의뭉스런 자였고, 여러 차례 의심스러운 일도 있었지만, 굳이 내가 분란을 일으킬 이유는 없었소.

불과 2주 전쯤 어느 날, 그가 우리 집에 찾아왔기에, 내가 아프리카의 신기한 물건들을 몇 가지 보여주었소이다. 그중에 이 분말도 있었는데, 묘한 약효에 대해 말해주었습니다. 이 독약이 공포의 감정을 다스리는 두뇌 중추를 어떻게 자극하는지, 아프리카 부족의 주술사에게 심문을 받은 토착민이 어떻게 미치거나 죽었는지 그런 얘기였소. 또 유럽 과학으로는 이것을 검출할 수도 없을 거라는 이야기도 했습니다. 그가 이걸 어떻게 훔쳐갔는지는 모르겠소. 나는 집을 떠난 적이 없으니까 말입니다. 내가 캐비닛을 열고 안에 있는 상자들을 굽어볼 때, 그가 악마의 발 뿌리 일부를 어떻게 슬쩍한 게 분명합니다. 그런 효과를 내는 데 필요한 분량과 시간에 대해 그가 꼬치꼬치 물었던 기억이 납니다만, 설마 그걸 사용할 속셈으로 질문을 하는 줄은 꿈에도 몰랐소.

나는 플리머스에서 목사의 전보를 받았을 때까지 그 문제를 더는 생각지 않았습니다. 그 악당은 이 소식이 퍼질 무렵 나는 이미 바다에 나가 있을 테고, 소식이 두절된 채 아프리카에서 몇 년을 보낼 거라고 생각한 겁니다. 하지만 나는 즉시 돌아왔습니다. 물론 자세한 이야기를 듣자 바로 내 독약이 사용되었다는 것을 확신할 수 있었소.

당신을 찾아온 것은 혹시나 다른 가능성이 있을까 싶어서였소. 하지만 그럴 가능성은 없었지. 나는 모티머 트리제니스가 한 짓이라고 확신했습니다. 돈 때문에 말입니다. 다른 식구들이 모두 미쳐버리면 재산을 모두 자기가 관리하게 될 거라고 생각했을 겁니다. 그래서 악마의 발 분말을 사용해서, 두 사람이 미쳐버렸고, 브렌다는 죽고 말았습니다. 내가 그토록 사랑했고, 나를 그토록 사랑한 사람이 살해된 거요. 놈이 그런 짓을 저질렀는데, 어떻게 처벌을 해야겠소?

내가 법에 호소를 해야겠소? 증거도 없는데? 그가 살인범이라는 사실을 나는 알고 있었지만, 이 나라의 어느 배심원이 그런 황당한 이야기를 믿겠습니까? 혹시 믿을지도 모르지만, 결코 운에 맡길 수 없었소. 나는 결단코 복수를 하지 않을 수 없었소. 홈즈 씨, 앞서 말씀드렸듯이 나는 무법의 세계에서 오랜 세월을 보내면서, 마침내 스스로 법을 집행하게 되었소. 지금이 바로 그럴 때였소. 그가 다른 이들에게 한 짓을 스스로 당해야 한다고 나는 판단했습니다. 스스로 그러지 않는다면 내가 직접 그를 심판하기로 한 겁니다. 잉글랜드를 통틀어 이 순간 나만큼 제 목숨을 가볍게 여기는 자는 없을 것이오.

이제 더 들려줄 말이 없소이다. 나머지는 당신도 다 아는 사실들이오. 홈즈 씨가 말한 대로, 나는 불면의 밤을 보내고, 아침 일찍 집을 나섰습니다. 그를 깨우기가 어려울 거라는 사실을 미리 알고, 당신이 말한 그 곳에서 자갈을 챙겨서, 그것을 그의 창문에 던졌습니다. 그가 내려와서 나를 거실 창문으로 들어가게 해주었지요. 나는 그의 죄상을 밝혔습니다. 그리고 내가 심판자이자 형 집행인으로 왔다고 말했소. 그 가련한 녀석은 내 권총을 보고 몸이 굳어 의자에 주저앉고 말았지. 나는 램프를 켜고, 그 위에 분말을 뿌려놓고 창밖에 서 있었소. 방 밖으로 나가려고 하면 쏘겠다고 위협하고, 여차하면 그렇게 할 작정이었소. 그는 5분 만에 죽었습니다. 세상에! 비참한 최후였소! 하지만 내 마음은 싸늘하기만 했습니다. 무고한 내 연인이 당한 고통을 그가 잠깐 겪었을 뿐이니까요. 내 이야기는 여기까지입니다, 홈즈 씨. 당신도 한 여자를 사랑했다면, 나처럼 그랬을 겁니다. 아무튼 이제 내 운명은 당신 손에 달렸소. 당신 좋을 대로 하시오. 이미 말했듯이 나만큼 죽음의 공포에 초연한 사람도 없을 것이오."

홈즈는 잠시 말없이 앉아 있었다.

"박사님은 앞으로 어쩌실 계획이었습니까?" 마침내 그가 물었다.

"중앙아프리카에 뼈를 묻을 작정이었소. 거기서 할 일을 반밖에 하지 못했으니까."

"가서 나머지 반을 마저 하십시오." 홈즈가 말했다. "나로서는 박사님의 길을 막을 생각이 없습니다."

스턴데일 박사는 거구를 일으켜 세우고는 엄숙하게 고개를 숙여 보인 후, 정자에서 걸어나갔다.

홈즈는 파이프에 불을 댕기고 내게 담배쌈지를 건넸다.

"독성이 없는 연기라면 기분전환용으로 제격이지." 그가 말했다. "자네도 동의할 거야, 왓슨. 이건 우리가 끼어들 사건이 아니라는 것을 말이야. 우리는 독자적으로 조사를 했으니, 행동 또한 그래야지. 자네는 그 남자를 고발하지 않을 거지?"

"물론이지." 내가 대답했다.

"왓슨, 나는 여자를 사랑한 적이 없지만, 만일 내가 사랑을 했다면, 그리고 내가 사랑한 여자가 그렇게 종말을 맞았다면, 나 또한 무법의 우리 사자 사냥꾼처럼 행동했을지도 몰라. 그걸 누가 알겠어? 아무튼 왓슨, 명백한 사실들을 더 설명하면 자네의 지성을 욕되게 하는 일이 되겠지. 물론 창턱에 놓여 있던 자갈이 내 조사의 출발점이었어. 그건 목사관의 정원에 있는 자갈과는 달랐지. 스턴데일 박사를 염두에 두고 그의 집을 조사하고서야 비로소 똑같은 자갈을 발견할 수 있었어. 대낮에 켜놓은 램프와 그 뚜껑에 남아 있던 분말이 꽤 명백한 일련의 추리를 가능케 했지. 자, 왓슨, 그럼 이제 우리는 이 사건에 대한 생각은 훌훌 털어버리고, 홀가분한 마음으로 언어의 뿌리를 캐보자. 위대한 켈트어의 한 갈래인 콘월어를 파헤치면 칼데아어의 뿌리가 딸려 나올 거야."

His Last Bow

그의 마지막 인사

셜록 홈즈의 에필로그

세계 역사상 가장 끔찍했던 8월, 그 8월의 둘째 날 밤 9시였다. 누군가는 타락한 세상에 무서운 신의 저주가 내렸다고 일찌감치 생각했을지도 모른다. 찌는 듯이 무덥고 탁한 대기 중에 섬뜩한 침묵과 막연한 예감이 감돌았기 때문이다. 진작에 해는 졌지만, 벌어진 상처와도 같이 시뻘건 핏빛 균열이 먼 서쪽 하늘에 낮게 걸려 있었다. 머리 위로는 별들이 밝게 빛났고, 저 아래 항구에는 선박의 불빛이 가물거렸다.

길고 야트막하고 육중한 박공집을 배경으로 유명한 두 독일인이 정원 산책로의 돌난간 옆에 서 있었다. 그들은 백악질의 거대한 벼랑 아래 널따란 모래톱을 굽어보고 있었다. 이 벼랑 위는 4년 전 폰 보르크가 떠도는 독수리처럼 둥지를 튼 곳이었다. 두 사람은 머리를 가까이 하고 나지막이 은밀한 어조로 소곤거리며 서 있었다. 저 아래에서 바라보면, 불붙은 시가 두 대의 불빛이 어둠 속에서 굽어보는 사악한 악마의 연기 나는 눈으로 보였을지도 모른다.

눈여겨봐야 할 이 사람, 폰 보르크는 카이저(독일 황제이자 프로이센의 왕인 빌헬름 2세를 말함—옮긴이)의 충직한 대리인들 중에서도 필적할 자가 없는 남자였다. 가장 중요한 영국 첩보 임무를 처음부터 맡게 된 것도 그의 재능 때문이었다. 그러나 임무를 맡은 이후 그의 재능은 더욱 빛을 발했는데, 그런 사실은 세상에서 여섯 명만이 알고 있었다. 그중 한 명이 지금 같이 있는 영국 주재 독일 대사관의 1등 서기관 폰 헤를링 남작이었다. 100마력의 커다란 벤츠 승용차가 주인을 런던으로 다시 실어 나르기 위해 시골길을 가로막고 대기 중이었다.

"사태를 보아하니 당신은 아마 일주일 안으로 베를린으로 돌아가게 될 겁니다." 서기관이 말했다. "폰 보르크, 당신이 베를린에 가면 아마 깜짝 놀랄 만큼 대대적인 환영을 받게 될 것입니다. 이 나라에서 당신이 한 일에 대해 최고위층에서 어떻게 생각하고 있는지 우연히 알게 되었죠." 이 비서관은 거구의 남자였다. 키가 크고, 어깨가 떡 벌어지고, 음성은 낮고 굵었다. 그의 느리고 무거운 어투는 정치 생활을 하는 데 있어서 큰 재산이었다.

폰 보르크가 웃음을 지었다.

"그들을 속이는 것은 식은 죽 먹기입니다." 그가 말했다. "그들보다 더 어수룩하고 단순한 인종도 없을 겁니다."

"글쎄, 그럴까요?" 상대가 진지하게 말했다. "그들에게는 묘한 최후의 선이라는 게 있어서, 그걸 꼭 지켜야 합니다. 그들이 겉으로는 단순해 보여서, 외국인은 자칫 학을 뗄 수도 있어요. 처음 볼 때는 그들

His Last Bow

이 물렁하다는 인상을 받게 됩니다. 그러다 느닷없이 아주 매서워집니다. 바로 그 최후의 선을 밟을 때면 반드시 그들 식대로 해야 하죠. 예를 들어 이 섬나라 사람들에게는 독특한 관습이 있는데, 그 관습을 꼭 지켜야 합니다."

"'바른 예절' 같은 것 말이죠?" 폰 보르크도 꽤나 데었다는 듯이 한 숨을 푹 내쉬었다.

"예절에 대한 영국인의 편견은 이만저만이 아니죠. 그걸 얼마나 이상하게 표명하는지 모릅니다. 예를 들어 내가 최악의 실수를 했던 일을 하나 말씀드리죠. 실수한 얘기를 할 수 있는 것은 내가 그동안 성공적으로 일을 처리해왔다는 것을 당신이 잘 알고 있기 때문입니다. 내가 영국에 처음 왔을 때였습니다. 나는 주말 모임에 초대 받아 갔습니다. 어느 장관의 시골 별장이었죠. 대화가 놀랍도록 경솔하더군요."

폰 보르크가 고개를 주억거렸다. "나도 겪어보았습니다." 그가 떨떠름하다는 듯 말했다.

"그랬을 겁니다. 아무튼 나는 당연히 그때 주워들은 정보를 정리해서 베를린으로 보냈습니다. 안타깝게도 우리의 총리께서는 그런 문제에 좀 서툴러서 당장 영국에 한마디 했습니다. 그들이 무슨 말을 했는지 알고 있다면서 말입니다. 물론 내가 일러바쳤다는 사실이 바로 드러났습니다. 내가 얼마나 피해 막심했는지 모를 겁니다. 그런 경우 손님을 초대한 영국인 주인들은 결코 물렁하지가 않습니다. 장담컨대, 그 일을 무마하는 데 물경 2년이나 걸렸습니다. 그건 그렇고 당신은 스포츠를 좋아하는 척하더군요."

"아니, 아닙니다, 척하다니요. 억지로 그러는 게 아닙니다. 나한테 그건 아주 자연스러워요. 나는 타고난 스포츠맨이거든요. 나는 스포츠를 즐깁니다."

"흠, 그게 오히려 효과적이죠. 당신은 그들과 요트 경주를 하고, 같이 사냥을 하고, 폴로를 하고, 같이 온갖 게임을 하고, 올림피아 경기장에서 사륜마차 경주를 해서 상을 타기도 했죠. 듣자하니 심지어 젊은 장교들과 복싱까지 했다더군요. 그 결과가 참 대단해요. 아무도 당신을 수상쩍게 여기지 않습니다. 그들에게 당신은 '선량한 스포츠맨', '독일인치고는 썩 괜찮은 사람'이죠. 술꾼에 유흥가를 누비는 도시의 사냥꾼이고, 악마한테도 사랑받을 듯한 젊은이라고 여겨요. 그래서 결국 잉글랜드 파괴 공작의 반은 바로 당신의 조용한 이 시골집에서 이루어졌죠. 스포츠를 즐기는 시골 지주가 유럽에서 가장 민활한 첩보원이라니. 아, 폰 보르크, 당신은 천재입니다, 천재!"

"과찬입니다, 남작님. 하지만 이 나라에서 보낸 4년 세월이 헛되지 않았다는 것만은 확실히 장담할 수 있습니다. 내가 모은 자료를 보여드린 적이 없는데, 잠시 들어가시겠습니까?"

테라스를 지나자 바로 서재 문이 나왔다. 폰 보르크가 문을 밀어 열고 앞서 가서 전등 스위치를 켰다. 그러고서 거구의 남자가 들어서자 문을 닫고, 격자 창문에 묵직한 커튼을 빈틈없이 드리웠다. 이렇게 조심스레 단속을 한 다음에야 비로소 그는 볕에 그을린 독수리 같은 얼굴을 손님에게 돌렸다.

"일부 서류는 먼저 보냈습니다." 그가 말했다. "그리 중요하지 않은 서류는 아내와 가정부가 어제 블리싱겐(네덜란드 남서부 젤란트 주의 자치체로 안트웨르펜으로 가는 길목을 장악한 전략적 요충지라서 여러 차례의 전투가 벌어졌다—옮긴이)으로 떠날 때 가져가게 했죠. 다른 서류는 물론 대사관에서 잘 챙겨주셔야 합니다."

"당신의 이름은 이미 개인 수행원으로 올려놓았습니다. 당신과 짐이 이 나라를 빠져나가는 데에는 아무런 문제가 없을 겁니다. 물론 우리가 떠날 필요가 없을지도 모릅니다. 프랑스에서 전쟁이 터져도 영국이 아랑곳하지 않을지 모르니까요. 두 나라 사이에는 구속력 있는 조약을 맺지 않은 게 분명합니다."

"그럼 벨기에는?"

"벨기에도 마찬가지입니다."

폰 보르크는 고개를 저었다. "과연 그럴까요? 벨기에와는 명백히 조약을 맺었습니다. 영국은 그런 굴욕을 당하면 만회할 수 없을 겁니다."

"적어도 잠깐 동안은 평화 상태를 유지할 거요."

"명예에 먹칠을 하면서 말입니까?"

"쯧쯧, 이봐요. 우리는 실익을 따지는 시대에 살고 있어요. 명예란 중세의 개념이지. 게다가 영국은 준비가 안 됐어요. 매우 놀랄 만한 일이지만, 우리가 5,000만 파운드의 특별 전쟁세를 거두었는데도 영국인들은 잠에서 깨어나지 않았습니다. 그건 우리의 목적이 무엇인지 마치 《타임스》지 전면에 광고를 한 것이나 마찬가지였는데도 말이오. 여기저기서 질문을 하기는 합니다. 대답을 해주는 것이 내 일이죠. 여기저기서 화를 내기도 합니다. 그걸 달래주는 것도 내 일이죠. 하지만 장담컨대 필수불가결한 문제에 관한 한 그들은 아무런 준비가 되어 있지 않아요. 탄약이 모자라고, 잠수함 공격에 대한 준비도 안 돼 있고, 고성능 폭탄도 없습니다. 그러니 잉글랜드가 어떻게 개입할 수 있겠소. 더구나 우리가 아일랜드 내전이라는 벌통을 쑤셔놓았고, 유리창을 깨뜨리는 복수의 여신들(고대 그리스 신화에서 복수의 여신들, 곧 알렉토, 티시포네, 메가이라는 대지의 모신의 세 딸이다. 유리창을 깨뜨리는 복수의 여신들은 여성의 참정권을 쟁취하기 위한 군사 조직인 '여성 사회 정치 연맹'을 가리킨 것일 수 있다. 1910년부터 1914년까지 그 연맹의 많은 회원들이 유리창 깨기에 참여했고, 일부는 방화까지 했다—옮긴이)을 부추겨 놓았으니 말이오. 영국이 무슨 꿍꿍이를 갖고 있는지야 아무도 모르지만 말입니다."

"영국은 틀림없이 미래를 생각하고 있을 겁니다."

"아, 그건 다른 문제입니다. 우리는 미래의 영국에 대해 아주 분명한 복안을 가지고 있습니다. 당신의 정보가 핵심적인 구실을 하겠지요. 영국은 오늘이냐 내일이냐입니다. 오늘을 택한다면 우리는 만반의 준비가 되어 있죠. 내일을 택한다 해도 더욱 준비가 잘 되어 있을 겁니다. 영국으로서는 혼자 싸우느니 동맹국과 같이 싸우는 것이 더 현명하겠지만, 그건 우리가 알 바 아니오. 그들에게는 이번 주가 고비겠지. 그런데 아까 서류 이야기를 하셨죠?" 그는 넓적한 대머리에 불빛을 받으며 안락의자에 앉아 차분히 시가 연기를 내뿜었다.

떡갈나무 판벽을 두른 커다란 서재 벽에는 책이 빼곡히 꽂혀 있었고, 한쪽 구석에는 커튼이 드리워져 있었다. 이 커튼을 걷자 황동 테를 두른 커다란 금고가 나타났다. 폰 보르크는 회중시곗줄에서 작은 열쇠를 떼어내, 한참 손을 쓰더니 육중한 금고 문을 열었다.

"보세요!" 그가 비켜서서 손으로 가리키며 말했다.

열린 금고 안으로 불을 비추자, 서기관은 서류로 꽉 찬 정리함들이 줄줄이 놓인 것을 아주 흥미롭게 바라보았다. 정리함마다 분류표가 붙어 있었고, 거기 적힌 제목들을 그는 쭉 읽어 내려갔다. '강 유역', '항구 방어물', '비행기', '아일랜드', '이집트', '포츠머스 요새', '영국 해협', '로시스' 등 20여 가지 제목이 적힌 정리함은 서류와 도면으로 꽉 차 있었다.

"대단하군요!" 서기관이 말했다. 그는 시가를 내려놓고 두툼한 손으로 나직이 박수를 쳤다.

"모두 4년 만에 모은 겁니다, 남작님. 죽어라 술을 마시고, 죽어라 말을 타고 다니는 시골 지주치고는 그리 나쁘지 않죠. 하지만 내 수집물 중 백미가 곧 손에 들어올 예정인데, 그것을 넣을 자리도 벌써 마련해두었죠." 그가 '해군 암호'라고 쓰인 정리함을 가리켰다.

"하지만 그건 이미 훌륭한 문서가 있잖습니까."

"그건 철 지난 쓰레기죠. 해군 제독이 무슨 낌새를 알아차리고 모든 암호를 바꿔버렸습니다. 그건 큰 타격이었습니다, 남작님. 내 모든 공작이 최악의 차질을 빚었죠. 하지만 내 수표책과 앨터몬트라는 멋진 친구 덕분에 오늘밤 모든 일이 잘 풀릴 겁니다."

남작이 자기 시계를 보더니 실망해서 툴툴거렸다.

"거참, 나는 더 기다릴 수가 없습니다. 현재 칼턴 테라스에서는 상황이 급박하고 돌아가고 있어서 우리가 모두 자리를 지켜야 한다는 것을 알 겁니다. 당신의 대성공 소식을 가져갈 수 있기를 바랐는데 유감이오. 앨터몬트는 약속 시간을 정하지 않았소?"

폰 보르크가 전보를 건네주었다.

오늘 밤 어김없이 새 점화 플러그를 가져가겠음.

— 앨터몬트

"점화 플러그?"

"그는 모터 전문가 행세를 하고 나는 대규모 정비소를 운영하는 것으로 되어 있습니다. 논의될 만한 것은 모두 부품 이름을 따서 암호를 만들었습니다. 그가 라디에이터 얘기를 하면 그건 전함이죠. 오일펌프는 순양함, 이런 식이죠. 점화 플러그는 해군 암호를 뜻합니다."

"정오에 포츠머스에서 보냈군." 서기관이 주소란을 보며 말했다. "그런데 대가로 얼마나 줍니까?"

"이번 건만 500파운드입니다. 물론 그는 따로 월급도 받죠."

"탐욕스러운 자로군. 그 매국노들이 우리에게 쓸모는 많지만, 솔직히 그런 사례금이 아깝습니다."

"앨터몬트에게는 전혀 아깝지 않습니다. 그는 놀라운 일꾼입니다. 사례를 잘 할 경우, 그의 표현에 따르면, 물건은 어김없이 배달해 줍니다. 게다가 그는 매국노가 아닙니다. 잉글랜드에 대한 그의 반감에 비하면, 우리의 가장 범독일적인 융커(독일어로 시골 지주라는 뜻으로 프로이센과 동부 독일의 지주 귀족을 일컫는다. 정치적으로 보수적이고, 군주제와 군부와 농업보호정책을 지지했다―옮긴이)의 반감은 반감도 아닐 정도입니다. 그는 진짜 지독한 아일랜드계 미국인이죠."

"오, 아일랜드계 미국인?"

"그가 말하는 것을 한번 들어보면 남작님도 결코 의심치 않을 겁니다. 때로는 나조차도 그의 반감을 이해하지 못할 정도입니다. 그는 영국 왕뿐만 아니라 그 왕의 나라에까지 전쟁을 선포한 사람 같습니다. 정말로 가셔야 합니까? 그가 곧 올 텐데요."

"안됐지만 벌써 가야 할 시간이 지났습니다. 우리는 내일 일찍 다시 만날 수 있겠죠. 요크 공작의 계단에 있는 그 작은 문으로 내일 암호책을 가져오면 당신은 잉글랜드에서 승리의 결정타를 날리는 겁니다. 아니! 이건 토케이(헝가리 카르파티아 산맥 아래 토케이 지방에서 나는 백포도주―옮긴이)!" 그는 단단히 봉인되어 먼지가 껴 있는 술병을 가리켰다. 그 술병과 함께 쟁반 위에 굽이 높다란 유리잔이 두 개 놓여 있었다.

"떠나시기 전에 한 잔 드릴까요?"

"아니, 됐습니다. 그런데 한잔하려나 봅니다?"

"앨터몬트가 와인에 일가견이 있는데, 내 토케이에 반했죠. 그는 제법 까다로운 친구라서 소소한 일로 비위를 좀 맞춰줄 필요가 있어요. 정말이지 그는 대접을 해줄 필요가 있습니다."

그들은 다시 천천히 테라스로 나가서 밖으로 나섰다. 남작의 운전
기사가 살짝 건드리자 거대한 차가 부르르 떨며 부릉거렸다.

"저건 하리치 항구(당시 영국 구축함과 잠수함 함대 기지였다—
옮긴이)의 불빛이겠군요." 서기관이 먼지 방지용 외투를 걸치며 말했
다. "참으로 고요하고 평화로워 보이는군요. 하지만 일주일 안에 또
다른 불빛이 나타날 테고, 그러면 영국 해안은 더 이상 고요하지 않을
겁니다! 그 모든 멋진 체펠린(독일의 경식硬式 비행선 발명자. 1914-
1918년에 88척의 군용 비행선을 건조하였다—옮긴이)이 예정대로 만
들어지면 하늘도 그리 평화롭지 않겠지. 그런데 저건 누군가요?"

그들 뒤의 집에서 불이 켜진 창문은 한 곳뿐이었다. 그 실내의 스탠
드 등불 곁에 붉은 얼굴의 노파가 시골 아낙의 모자를 쓰고 탁자에 앉
아 있었다. 그녀는 고개를 숙이고 뜨개질을 하다가 가끔 멈추고, 자기
옆의 걸상에 앉아 있는 커다란 검은 고양이를 쓰다듬었다.

"저건 마사입니다. 하인으로 한 명만 남겨두었죠."

서기관이 나직이 웃었다.

"영국의 모습을 그대로 보여주는 듯하군요." 그가 말했다. "자기 일
에 푹 파묻힌 모습 하며, 편안하고 졸린 듯한 분위기를 지닌 게 말입니
다. 그럼 폰 보르크, 오 르부아au revoir(안녕, 또 봅시다)!"

그는 마지막으로 한 차례 손을 흔들고 승용차 안으로 훌쩍 올라탔
다. 잠시 후 두 줄기의 금빛 전조등 불빛이 어둠을 가르고 앞으로 나
갔다. 서기관은 화려한 리무진 쿠션에 등을 기댔다. 그는 임박한 유럽
의 비극에 대한 생각에 여념이 없어서, 승용차가 마을의 거리를 지날

His Last Bow

때 맞은편에서 다가온 작은 포드와 엇갈려 지나간 것도 알아차리지 못했다.

폰 보르크가 천천히 걸어서 서재로 돌아갔을 때 멀리서 가물거리던 승용차의 불빛도 사라졌다. 그는 집 안에 들어서기 전에 늙은 가정부가 불을 끄고 잠자리에 든 것을 보았다. 그가 널따란 집 안의 침묵과 어둠에 맞닥뜨린 것은 낯선 경험이었다. 전에는 식구들이 북적댔기 때문이다. 그러나 그들 모두 안전하게 피했고, 이곳에는 부엌에 늦게까지 남아 있던 노파 한 명 외에는 자기밖에 없다는 것을 생각하니 한편으로는 마음이 놓였다. 서재에는 정리해야 할 것들이 많이 남아 있었다. 정리를 하면서 서류를 태우는 열기에 아주 잘생긴 그의 얼굴이 붉어졌다. 금고 속의 귀중한 문서는 탁자 옆에 있는 가죽 손가방 안에 아주 가지런히 체계적으로 담기 시작했다. 그러나 짐 꾸리는 일을 막 시작했을 때, 예민한 그의 귀에 멀리서 자동차 소리가 들려왔다. 그는 바로 흐뭇한 탄성을 지르고는 가방 끈을 묶어놓고, 금고를 잠근 뒤 서둘러 테라스로 나갔다. 때마침 정문에 멈추어 선 소형 자동차의 불빛을 볼 수 있었다. 승객 한 명이 날렵하게 밖으로 나오더니 그를 향해 재빨리 다가왔다. 거구에 나이가 지긋하고 검은 콧수염을 기른 운전기사는 오래 밤샘을 하려는 사람처럼 편안히 자리를 잡았다.

"어떻게 됐나요?" 폰 보르크가 앞으로 달려가서 손님을 마중하며 열띤 음성으로 물었다.

그 사람은 대답 대신 머리 위로 의기양양하게 갈색 작은 종이 꾸러미를 흔들어 보였다.

"오늘 밤 나를 열렬히 환영해주시오." 그가 외쳤다. "마침내 성공을 거두었으니까요."

"암호 말이죠?"

"전보로 얘기한 것과 같습니다. 깃발 신호, 불빛 암호, 마르코니(무선 전신─옮긴이)까지 몽땅. 원본은 아니고 사본이지만 말입니다. 너무나 위험했습니다만, 이건 제대로 된 물건입니다. 아니면 내 손에 장을 지지겠소." 그가 허물없이 독일인의 어깨를 철썩 치자 독일인은 살짝 낯을 찡그렸다.

"들어오세요." 그가 말했다. "집에는 나 혼자 있습니다. 오로지 이걸 기다리고 있었던 겁니다. 물론 원본보다 복사본이 낫습니다. 원본을 잃으면 모든 암호를 바꿔버릴 테니까요. 복사할 때 문제는 없었겠죠?"

아일랜드계 미국인은 서재로 들어가서 안락의자에 앉아 팔다리를 쭉 뻗었다. 그는 키가 크고 수척한 예순 살의 남자였다. 윤곽이 뚜렷한 이목구비에, 작은 염소수염을 길러서 미국인 샘 아저씨 캐리커처와 비슷해 보였다. 그의 입에는 반쯤 피우다 만 젖은 시가가 물려 있었다. 그는 자리에 앉은 채 성냥을 켜서 시가에 다시 불을 붙였다.

"이사할 준비를 하시오?" 그가 주위를 둘러보며 말했다. "아니, 저런." 지금은 커튼이 젖혀진 금고를 바라보며 그가 덧붙여 말했다. "설마 서류를 저 안에 보관한 건 아니겠죠?"

"아니 왜요?"

"원 세상에, 저렇게 취약한 금고에다! 저걸 보면 사람들은 당신을 스파이라고 생각할 겁니다. 게다가 미국인 도둑쯤 되면 저 정도는 깡통 따개로도 열 수 있을 거요. 내 편지가 저런 곳에 어수룩하게 보관될 줄 알았다면, 얼간이가 아닌 담에는 아예 편지를 보내지 않았을 것이오."

"어떤 도둑이라도 저 금고를 억지로 열지 못할 겁니다." 폰 보르크가 응수했다. "어떤 연장으로도 절단할 수 없고 말입니다."

"하지만 자물쇠를 딸 거요."

"천만에요, 이건 이중 복합 자물쇠입니다. 그게 뭔지 아시나요?"

"모릅니다." 미국인이 말했다.

"이 금고를 열려면 숫자를 알아야 하고 낱말 하나까지 알아야 합니다." 그가 일어나서 열쇠구멍 주위에서 빛나는 이중의 원반을 가리켰다. "이 바깥쪽 것은 문자용이고, 안쪽 것은 숫자용입니다."

"어, 그거 참 멋지군."

"그러니 이건 당신이 생각하는 것만큼 단순하지 않아요. 내가 이걸 만든 게 4년 전입니다. 낱말과 숫자가 무엇일 것 같습니까?"

"내가 어떻게 알겠소?"

"음, 낱말은 오거스트August이고, 숫자는 1914입니다. 바로 지금 말이죠."

미국인의 얼굴에 놀라움과 감탄의 표정이 어렸다.

"하, 그것 참 대단하군요! 4년 전에 전쟁이 터질 날을 정확히 알아내다니."

"그래요, 몇 명은 당시 날짜까지 알아맞혔습니다. 이제 때가 되었어요. 나는 내일 아침 이곳을 폐쇄할 겁니다."

"음, 그렇다면 내 일도 마무리를 지어주셔야 하겠군요. 이 빌어먹을 나라에서 혼자 지내고 싶지는 않으니까요. 내가 볼 때 일주일도 안 돼서 영국인들은 길길이 뛰며 나를 잡으려고 들 거요. 그걸 바다 건너에서 지켜보고 싶군요."

"하지만 당신은 미국 시민이잖습니까?"

"아, 잭 제임스도 미국인이었지만, 포틀랜드에서 죽도록 복역을 하고 있습니다. 영국 순경한테 미국인이라고 말해봐야 마이동풍이오. '여기서는 영국의 법과 질서를 따르시오' 하면 할 말이 없지. 그런데 잭 제임스 이야기를 하고 보니, 당신은 부하들을 그리 돌보지 않는 것 같소이다."

"그게 무슨 뜻입니까?" 폰 보르크가 날카롭게 물었다.

"아, 그들을 고용한 게 당신 아닙니까? 그들이 체포되지 않게 하는 것도 당신 책임이오. 그런데 그들이 잡혀 들어갈 때 구출한 적이 있소? 제임스만 해도……."

"그건 제임스의 잘못이었습니다. 당신도 잘 알 겁니다. 그는 일을 너무 제멋대로 했어요."

"제임스가 멍청하긴 했지. 그건 인정하겠소. 그런데 홀리스도 잡혀 들어갔소."

"그 사람은 미쳤어요."

"아, 그가 마지막에 좀 얼빠지긴 했지. 그렇지만 자기를 경찰에 밀고할 수많은 사람들과 같이 밤낮없이 일하다 보면 돌아버리는 것도 무리가 아니지. 하지만 지금 스타이너가……."

폰 보르크가 벌떡 일어나더니 불그레한 얼굴이 창백해졌다.

"스타이너가 어떻게 됐습니까?"

"아, 그가 잡혔다 이겁니다. 경찰이 간밤에 그의 가게를 덮쳐서, 지금 스타이너와 그의 서류가 죄다 포츠머스 형무소에 있소. 당신은 무사히 떠나겠지만, 불쌍한 그 녀석은 곤욕을 치르겠지. 목숨이라도 건지면 그나마 다행일 거요. 내가 당신처럼 서둘러 바다를 건너고 싶은 것도 그래서입니다."

폰 보르크는 강하고 자제력이 있는 남자였지만, 그 소식에 놀란 기색이 역력했다.

"놈들이 어떻게 스타이너를 찾아냈지?" 그가 중얼거렸다. "이건 최악의 타격이로군."

"그것보다 더 나쁜 소식이 있소. 놈들이 나를 바짝 뒤쫓고 있는 것 같소."

"아니 설마!"

"확실합니다. 프래턴 거리의 내 하숙집 주인에게 누가 나에 대해 물어봤소. 그 얘기를 듣고 보니 달아날 때가 되었다는 생각이 들었소이다. 하지만 내가 알고 싶은 것은, 경찰들이 어떻게 낌새를 챘느냐 하는 겁니다. 내가 당신과 계약한 이후 당신이 잃은 사람이 스타이너까지 다섯 명이나 됩니다. 내가 여길 뜨지 않으면 여섯 번째가 누가 될지는 빤한 일이오. 이걸 당신은 어떻게 설명할 겁니까? 이렇게 당신의 일꾼들이 잡혀가는 것을 보면서 부끄럽지도 않습니까?"

폰 보르크는 얼굴이 시뻘게졌다.

"감히 그런 소릴 하다니!"

"그런 소리도 못 한다면 나는 당신의 일을 맡지 않았을 것이오. 나는 하고 싶은 말을 서슴없이 할 겁니다. 듣자하니 첩보원이 당신네 독일 정치가들과 같이 일을 한 뒤에, 당신네는 그가 체포되든 말든 아랑곳하지 않는다더군."

폰 보르크가 자리에서 벌떡 일어났다.

"지금 내가 요원들을 넘겨주기라도 했다는 겁니까?"

"그런 뜻은 아닙니다. 하지만 어딘가 밀고자가 있는데, 그걸 알아내는 것은 당신의 책임이오. 어쨌든 나는 더 이상 위험을 무릅쓰지 않을 거요. 나는 네덜란드로 갈 겁니다. 빠를수록 좋겠지."

폰 보르크는 분노를 억눌렀다.

"우리는 오래도록 손을 잡아왔는데 어떻게 이런 승리의 순간에 다툰단 말입니까." 그가 말했다. "당신은 일을 아주 훌륭하게 해냈고, 위험을 무릅쓴 것에 대해 나는 잊지 못할 겁니다. 어떻게든 네덜란드로 가면, 로테르담에서 뉴욕행 배를 탈 수 있습니다. 지금부터 일주일 동안은 다른 어떤 길도 안전하지 않을 겁니다. 그 책을 주십시오. 다른 서류와 함께 짐을 꾸려야겠습니다."

미국인은 한 손에 작은 꾸러미를 들고 있었지만, 그것을 건네주려고 하지 않았다.

"쩐은 어딨소?" 그가 물었다.

"예?"

"돈 말이오. 사례금 500파운드. 그 포병대장이 마지막 순간에 더럽게 구는 바람에 가외로 100파운드를 뇌물로 써야 했습니다. 안 그랬으면 당신도 나도 무사하지 못했을 거요. '절대 안 돼!' 이러는데, 그건 진담이었소. 하지만 최후의 100파운드를 질러서 해결했지. 처음에 쓴 것까지 200파운드가 든 거요. 그러니 내 찐을 챙기지도 않고 이걸 넘길 수는 없지."

폰 보르크는 쓸쓸한 웃음을 머금었다. "당신은 나를 그리 신용하지 않는 모양이군요." 그가 말했다. "돈을 먼저 줘야 책을 넘기시겠다?"

"아, 이건 사업이니까."

"좋아요. 당신 뜻대로 합시다." 그가 탁자에 앉아서 수표책에서 뜯어낸 수표를 긁었다. 그러나 동료에게 그것을 넘기지 않고 말했다. "앨터몬트 씨, 결국 우리가 그런 관계일 수밖에 없어서 하는 말인데, 당신이 나를 믿는 것보다 내가 당신을 더 믿어야 할 이유는 없습니다. 내 말 아시겠습니까?" 그가 고개를 돌려 어깨 너머로 미국인을 바라보며 덧붙여 말했다. "수표는 탁자 위에 있습니다. 당신이 수표를 집어들기 전에 내가 그 꾸러미를 좀 살펴봐야겠습니다."

미국인은 말없이 꾸러미를 건네주었다. 폰 보르크는 종이로 두 겹 싸고 줄로 묶은 포장을 벗겼다. 그러고는 자리에 앉은 채 어안이 벙벙해서 앞에 놓인 자그마한 푸른 책을 잠깐 말없이 쳐다보았다. 표지에 금빛 문자로 '실용 양봉 안내'라는 제목이 인쇄되어 있었다. 이 거물 첩보원이 뚱딴지같은 책 제목을 노려본 것은 아주 짧은 순간이었다. 다음 순간 그는 무쇠 같은 손아귀에 목덜미가 붙잡혔고, 클로로포름을 적신 스펀지가 일그러진 그의 얼굴을 덮었다.

"한 잔 더 해, 왓슨!" 셜록 홈즈 씨가 임페리얼 토케이병을 내밀며 말했다.

탁자에 앉은 땅딸막한 운전기사가 흔쾌히 잔을 내밀었다.

"홈즈, 이거 좋은 와인이군그래."

"훌륭한 와인이야, 왓슨. 소파에 있는 우리 친구는 이게 쇤브룬 성에 있는 프란츠 요제프 황제의 특별 포도주 저장실에 있던 거라고 큰소리치더군. 창문 좀 열어주지 않겠어? 클로로포름 냄새가 미각에는 도움이 되지 않으니까 말이야."

금고가 빠끔히 열렸고, 그 앞에 선 홈즈는 서류를 차례로 꺼내며 각각의 서류를 재빨리 훑어본 후, 폰 보르크의 가방에 차곡차곡 꾸려 넣었다. 독일인은 위 팔뚝과 다리를 묶인 채 소파에 누워 코를 골며 자고 있었다.

"서두를 필요 없어, 왓슨. 우리를 방해할 사람은 없으니까. 초인종을 좀 울려줘. 마사 말고는 집에 아무도 없어. 그녀는 한몫 단단히 해주었지. 이번 일에 착수하면서 나는 그녀에게 이 일자리를 얻게 했지. 아, 마사, 모든 게 잘되었다는 말을 들으면 기쁘겠죠?"

호감이 가는 노파가 문간에 나타났다. 그녀는 홈즈 씨에게 살짝 무릎을 굽혀 인사하며 미소를 지었지만, 소파에 누운 인물을 보며 다소 걱정 어린 표정을 지었다.

"괜찮아요, 마사. 그는 전혀 다치지 않았어요."

"그렇다니 다행이군요, 홈즈 씨. 그래도 나름대로 인정 많은 주인이었답니다. 어제는 내가 그의 아내와 함께 독일로 가길 바라더군요. 하지만 그게 홈즈 씨의 계획은 아니잖아요?"

"그럼요. 마사가 여기 있어서 한결 일이 쉬웠습니다. 오늘 밤에는 마사의 신호를 한참 기다렸죠."

"서기관이 있었어요."

"나도 압니다. 그의 차가 우리 차를 지나쳐 갔습니다."

"나는 그가 떠나지 않을 줄만 알았지 뭡니까. 그가 여기 있으면 홈즈 씨의 계획이 틀어질 줄 알았죠."

"그랬을 겁니다. 아무튼 마사의 등불이 꺼져서 방해물이 없다는 것을 알게 될 때까지 고작 한 30분 기다렸을 뿐입니다. 나머지 일들은 내일 런던에서 보고해주세요, 마사. 클래리지 호텔에서."

"알겠어요."

"떠날 준비는 다 되어 있죠?"

"예. 그는 오늘 편지 일곱 통을 부쳤어요. 전처럼 주소는 내가 챙겨 두었어요."

"잘했어요, 마사. 내일 조사해보겠습니다. 안녕히 주무세요." 노파가 사라지자 그가 이어서 말했다. "이 서류들은 그리 중요한 게 아냐. 물론 여기 담긴 정보가 진작에 독일로 전송됐기 때문이지. 이 원본들은 국외로 안전하게 유출할 수 없어서 여기 남아 있는 거야."

"그렇다면 쓸모없는 것들이잖아."

"그렇지는 않아, 왓슨. 적어도 이 서류를 보면 알려진 것과 알려지지 않은 것이 무엇인가를 알 수 있거든. 이 서류 가운데 상당수는 내가 건네준 거야. 전혀 신빙성이 없는 정보라는 것은 두말할 나위도 없지. 내가 건네준 기뢰 부설 도면에 따라 독일 순양함이 솔런트 해협을 우왕좌왕하는 것을 보면 내 말년이 유쾌할 거야. 그런데 왓슨," 그는 하던 일을 멈추고 옛 친구를 어깨 너머로 돌아보았다. "자네를 여태 자세히 바라보질 못했군. 세월이 자네를 비켜 가기라도 한 건가? 옛날처럼 쾌활한 소년처럼 보이다니 말이야."

"스무 살은 더 젊어진 것 같아, 홈즈. 자동차를 가지고 하리치로 만나러 오라는 전보를 받고 얼마나 기뻤는지 몰라. 그런데 홈즈, 자네는 그 흉한 염소수염만 빼고 달라진 게 없군그래."

"이건 국가를 위한 희생이야, 왓슨." 홈즈가 말하며 짧은 턱수염을 잡아당겼다. "내일이면 이것도 뜨악한 추억이 되겠지. 내일 나는 머리를 깎고 몇 가지 겉모습을 바꾸고서 예전처럼 다시 클래리지 호텔에 나타날 거야. 이 미국인 곡예사—아, 미안해, 왓슨. 내 영어의 샘이 영영 오염되고 만 것만 같아—그러니까 이 미국인 일자리가 잘 굴러가기 전처럼 말이야."

"하지만 홈즈, 자네는 은퇴했잖아. 자네가 사우스다운스의 작은 농장에서 벌과 책을 벗 삼아 은둔 생활을 한다고 들었어."

"그래, 왓슨. 여유롭고 평화로운 삶의 산물이자 근래의 내 걸작이 이거야." 그가 탁자에서 책을 집어들고 전체 제목을 소리 내어 읽었다. "『실용 양봉 안내 및 여왕벌 격리 소고』. 나는 홀로 해냈어(셰익스피어의 『코리올라누스』 제5막 6장에 나오는 마르키우스 코리올라누스의 말—옮긴이). 한때 런던에서 범죄계를 지켜볼 때처럼, 일하는 작은 벌들을 지켜보며, 낮에는 땀을 흘리고 밤에는 시름에 잠긴 세월의 결실을 좀 봐."

"그런데 어쩌다 다시 이 일을 하게 됐지?"

"아, 나도 그 점에 놀랄 때가 많아. 외무부 장관만 요청을 했다면 나도 뿌리칠 수 있었을 텐데, 총리께서 남루한 내 집에까지 찾아오겠다고 하시니, 원! 왓슨, 사실 소파 위의 저 신사는 우리 영국인이 감당하기에는 너무나 유능했어. 독보적인 존재였지. 일이 자꾸만 꼬였는데, 왜 그러는지 그 이유를 아무도 알 수가 없었지. 의심스러운 첩보원들을 체포하기까지 했는데, 뭔가 강력한 비밀 핵심 세력이 도사리고 있다는 증거가 있었어. 단연코 그 세력의 정체를 캐내지 않을 수 없었지. 그래서 내게 이 건을 맡으라는 강한 압력이 들어왔어. 여기까지 오는 데 2년이나 걸렸어, 왓슨. 하지만 잠시라도 흥분되지 않는 순간이 없었지. 시카고에서 순례를 시작해서, 버펄로의 아일랜드 비밀 결사에 뛰어들어, 스키베린(아일랜드 코크 군에 속하는 곳—옮긴이) 경찰을 꽤나 괴롭히고, 마침내 폰 보르크의 부하 요원의 눈에 들어서, 그가 나를 믿음직한 인물로 추천하기에 이른 과정을 줄줄이 늘어놓으면 일이 얼마나 복잡했는지 알 만할 거야. 그 후 단단히 그에게 인정을 받아, 그의 계획이 대부분 은근히 빗나가도록 유도하고, 최고의 요원 다섯 명을 감옥에 처넣었지. 왓슨, 나는 일을 지켜보다가 무르익었을 때 따먹은 거야. 아, 과히 편찮은 데가 없기를 바랍니다!"

마지막 말은 폰 보르크에게 한 말이었다. 그는 한참 숨을 씩씩거리고 눈을 껌벅이더니 조용히 누워 홈즈의 말에 귀를 기울이고 있었다. 그러다 이제 독일어로 맹렬히 욕을 하며 울분에 사로잡혀 얼굴을 실룩거렸다. 홈즈가 재빨리 서류를 살펴보는 동안 포로는 계속 저주와 욕을 퍼부었다.

"독일어는 비록 음악적이지는 않지만 세상의 어떤 언어보다 더 표현력이 뛰어나죠." 폰 보르크가 지쳐서 입을 다물자 홈즈가 말했다. "어라! 이게 뭐지!" 그가 상자에 집어넣으려던 등사물 한 귀퉁이를 뚫어지게 바라보며 덧붙여 말했다. "이걸 보니 또 다른 새 한 마리를 잡아넣어야겠군. 회계주임이 이런 악당인 줄 몰랐어. 그동안 줄곧 지켜보긴 했지만 말이야. 폰 보르크 씨, 당신한테 듣고 싶은 이야기가 많군요."

소파에서 힘겹게 몸을 일으켜서 앉아 있던 포로는 홈즈에게 놀라움과 증오가 묘하게 뒤섞인 눈길을 던졌다.

"앨터몬트, 너를 가만두지 않겠다." 그가 또박또박 말했다. "내 평생이 걸리더라도 너에게 복수를 하고야 말겠어!"

"달콤한 옛 노래 같은 소리군." 홈즈가 말했다. "그건 애석한 고故 모리아티 교수의 애창곡이었어. 세바스찬 모런 대령도 그런 노래깨나 지저귄 걸로 알려져 있지. 하지만 나는 사우스다운스에서 벌을 치며 잘만 살았답니다."

"이중간첩, 이 죽일 놈!" 독일인이 버럭 외치고는 밧줄에 묶인 채 용을 쓰며 사나운 두 눈에서 살기를 내뿜었다.

"이런, 이런, 그건 그렇게 못된 게 아니죠." 홈즈가 히죽 웃으며 말했

다. "이미 내가 밝혔듯이 시카고의 앨터몬트 씨라는 사람은 실제로 존재하지 않습니다. 내가 그 이름을 썼는데, 그는 이미 세상을 떴죠."

"그럼 너는 누구냐?"

"내가 누군지는 사실 중요하지 않습니다. 하지만 폰 보르크 씨가 그 문제에 관심이 많은 듯하니, 굳이 말씀드리자면 이번에 내가 당신네 식구들을 처음 알게 된 것은 아닙니다. 나는 지난날 독일에서 썩 많은 일을 했으니 당신도 아마 내 이름이 귀에 익을 겁니다."

"그 이름이 뭔지 알고 싶군." 독일인이 차갑게 말했다.

"서거하신 보헤미아의 왕과 아이린 애들러 사이를 갈라놓은 게 바로 나입니다. 당신의 사촌 하인리히가 칙사였던 시절 말입니다. 무정부주의자 클로프만에게 당신의 큰 외삼촌인 폰운트추 그라펜슈타인 백작이 암살되는 것을 막은 사람이기도 합니다. 또 나는……."

폰 보르크가 놀라서 일어나 앉았다.

"그런 사람은 한 명밖에 없어!" 그가 외쳤다.

"맞습니다." 홈즈가 말했다.

폰 보르크는 신음을 내뱉으며 소파에 맥없이 기댔다. "그 정보의 대부분을 당신에게 입수했어." 그가 외쳤다. "그렇다면 그 정보가 다 무가치하단 말인가? 내가 뭘 한 거지? 난 완전히 망했어!"

"그건 다분히 믿을 수 없는 정보죠." 홈즈가 말했다. "확인이 필요할 텐데, 당신은 확인할 시간이 없을 겁니다. 당신네 제독은 새 대포가 예상한 것보다 더 크다는 것을 알게 될 테고, 순양함은 아마 더 빠를 겁니다."

폰 보르크는 절망적인 심정으로 자기 목을 틀어쥐었다.

"그 밖에도 할 얘기가 아주 많지만 때가 되면 저절로 밝혀질 겁니다. 그런데 폰 보르크 씨, 당신은 독일인치고 아주 희귀한 자질을 한 가지 지니고 있습니다. 스포츠맨이라는 것 말입니다. 그러니 다른 많은 사람을 속인 당신이 마침내 내게 속았다고 해서 원한을 품지는 않을 거라고 봅니다. 어쨌든 당신은 조국을 위해 최선을 다했고, 나 또한 내 조국을 위해 최선을 다했으니, 그보다 더 자연스러운 일이 어디 있겠습니까? 게다가," 하고 홈즈는 패배한 남자의 어깨에 한 손을 얹고 자상하게 덧붙여 말했다. "아무래도 자기보다 못난 적에게 당한 것보다는 한결 낫죠. 서류는 이제 다 챙겼어, 왓슨. 자네가 거들어준다면 이제 우리의 포로를 데리고 바로 런던으로 떠나는 게 좋겠어."

폰 보르크를 옮기는 일은 만만치 않았다. 그가 완력도 센 데다 필사적이었기 때문이다. 결국 두 친구는 그의 양쪽 팔을 잡고 아주 천천히 정원을 걸어갔다. 폰 보르크가 불과 몇 시간 전만 해도 유명한 외교관의 축하를 받으며 그렇게 의기양양하게 걸었던 바로 그 길을 말이다. 잠시 후 그는 여전히 팔다리를 묶인 채 마지막으로 버티다가 결국 번쩍 들려서 작은 자동차의 예비좌석에 실렸다. 그의 귀중한 가방도 옆에 실렸다.

"그만하면 편안하리라고 봅니다." 준비를 마친 홈즈가 말했다. "무례하다고 생각지 않는다면, 내가 시가에 불을 댕겨 당신의 입에 물려드리죠."

하지만 성난 독일인에게는 어떤 호의도 소용이 없었다.

His Last Bow

"셜록 홈즈 씨, 당신네 정부가 당신을 지원해서 지금 내게 이런 행동을 하고 있다면 이건 전쟁 행위가 된다는 것을 알 것이오."

"당신의 정부와 이 모든 행동은 어떻고요?" 홈즈가 가방을 토닥거리며 말했다.

"당신은 민간인이오. 영장도 없이 나를 체포했소. 모든 과정이 전적으로 불법적이고 부당한 행동이오."

"맞습니다." 홈즈가 말했다.

"독일 신민을 유괴하다니."

"게다가 그의 개인 서류까지 훔치고."

"그래, 당신과 저 공범은 주제 파악을 해야 할 것이오. 마을을 지나갈 때 내가 도와달라고 소리를 지르면……."

"맙소사, 당신이 그런 바보짓을 했다가는 이제까지 소박했던 마을 객점들 간판이 아마 화려해질 겁니다. '목매단 독일인' 따위로 말입니다. 영국인은 참을성이 많은 족속이지만, 지금은 좀 격앙되어 있으니 괜히 자극하지 않는 것이 나을 겁니다. 그래요, 폰 보르크 씨, 현명하게 런던 경찰국까지 조용히 우리와 함께 갑시다. 거기서 당신의 친구인 폰 헤를링 남작을 불러서, 당신을 위해 예약해둔 대사 수행원 자리가 아직도 비어 있는지 알아봅시다. 왓슨, 자네는 다시 군복무를 하려는 것으로 알고 있는데, 그렇다면 자네는 런던으로 가도 되겠지. 우리가 한가하게 대화를 나눌 수 있는 것도 이것이 마지막일 듯하니 이 테라스에서 같이 좀 있도록 하자."

두 친구는 지난날들을 다시 회고하며 몇 분 동안 허물없는 대화를 나누었다. 그사이에 그들의 포로는 묶여 있는 줄을 풀려고 몸부림을 쳤지만 헛일이었다. 두 사람이 자동차로 돌아왔을 때, 홈즈가 불이 밝혀진 해안을 가리키며 생각이 가득한 머리를 내둘렀다.

"동풍이 불어올 거야, 왓슨."

"그럴 것 같지 않은걸? 날이 덥기만 하잖아."

"이런, 왓슨! 자네는 변화무쌍한 시대에도 한결같군. 그래도 동풍은 불어올 거야. 잉글랜드에 한 번도 분 적이 없는 바람이 말이야. 세상은 춥고 모질 거야, 왓슨. 수많은 영국인이 강풍에 쓰러지겠지. 하지만 그래도 그건 신이 보낸 바람이어서, 폭풍이 잦아들면 더 깨끗하고 더 살기 좋고 더 강한 세상이 태양 아래 드러날 거야. 시동을 걸도록 해, 왓슨. 슬슬 길을 떠날 시간이야. 500파운드짜리 수표를 갖고 있는데 이걸 일찌감치 현금으로 바꿔야 하거든. 혹시 발행인이 지급 정지를 시킬지도 모르니까."

그의 마지막 인사

지은이 | 아서 코난 도일
옮긴이 | 승영조
펴낸이 | 양숙진

초판 1쇄 펴낸날 | 2012년 3월 5일

펴낸곳 | ㈜현대문학
등록번호 | 제1-452호
주소 | 137-905 서울시 서초구 잠원동 41-10
전화 | 02-2017-0280
팩스 | 02-516-5433
홈페이지 www.hdmh.co.kr

ISBN 978-89-7275-593-7 04840
ISBN 978-89-7275-563-0 (세트)

* 책값은 뒤표지에 있습니다.